KB261237

虛空踏步

허공 답보

배금산 新무협 판타지 소설

허공답보 2

배금산 新무협 판타지 소설

초판 1쇄 찍은 날 § 2006년 12월 1일
초판 1쇄 펴낸 날 § 2006년 12월 8일

지은이 § 배금산
펴낸이 § 서경석

편집장 § 문혜영
편집책임 § 심재영
편집 § 서지현

펴낸곳 § 도서출판 청어람
등록번호 § 제1081-1-89호
등록일자 § 1999. 5. 31
어람번호 § 제2-1074호

주소 § 경기도 부천시 원미구 심곡1동 350-1 남성B/D 3F (우) 420-011
전화 § 032-656-4452 팩스 § 032-656-4453
http://www.chungeoram.com
E-mail § eoram99@chollian.net

ISBN 89-251-0433-4 04810
ISBN 89-251-0431-8 (세트)

배금산 新무협 판타지 소설
Fantastic Oriental Heroes

허공답보

목차

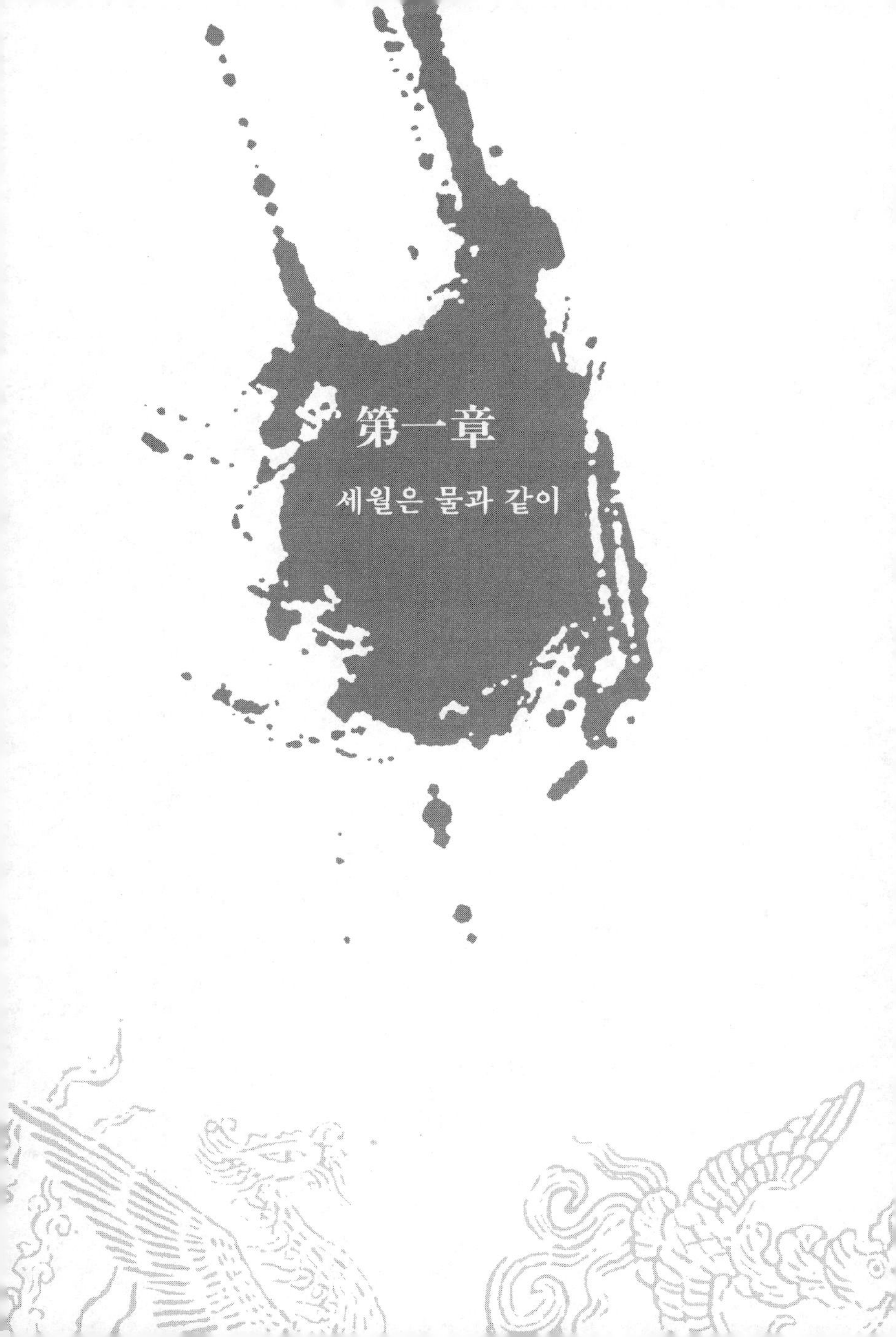

第一章

세월은 물과 같이

    한나절이 지나서야 돌아온 주노는 방 안에 틀어박혀 나오지 않았다. 생의 의욕을 상실한 듯 축 처진 모습에서 심상치 않은 일이 발생했다고 생각한 만석 등 제자들이 수시로 문후를 여쭈었지만 주노는 사흘이 지나서야 바깥으로 나왔다.

    나와서 한 첫마디가,

    "이놈들아! 사부가 쫄쫄 굶고 있는데 밥이 넘어가더냐?"

    였으니, 겉으로 봐서는 전혀 변함이 없어 보여 제자들은 안심하지 않을 수 없었다.

    거의 한솥의 밥을 다 먹어치운 주노가 조용히 만석을 밖으로 불러낸 시각은 그날 저녁때였다. 그로부터 사흘간 만석은 창고에서 나올 줄을 몰랐다.

　모래톱에 일렬로 제자들을 세운 주노가 물속으로 들어가 자세를 잡았다.

　"잘 봐라! 한 번밖에 보여주지 않을 테니 너희가 소화시키고 자시고 하는 것은 자질 문제야. 귀찮게 나중에 다시 가르쳐 달라고 조르면 그날 밥은 없다!"

　이렇게 초장부터 먹을 것을 가지고 제자들을 위협하는 것이었다. 이에 각기 지게 작대기 하나씩을 든 제자들은 눈만 빛내며 주노의 동작을 주시할 수밖에 없었다.

　"무공이란 중심이다. 물속에서는 더욱 그렇다. 원래 물결이란 속에 물체가 들면 밀어내는 성질이 있도다. 지나치게 힘을 주면 앞으로 넘어질 것이요, 힘을 덜 주면 뒤로 밀릴 것이니 스스로의 체형에 맞도록 중심 잡는 법을 익혀야 하리라."

　주노가 물속에서 어깨 폭만큼 다리를 벌리며 한 소리였다.

　"자, 보아라. 중심이란 자세로다. 좋은 자세에서 큰 위력이 나오니 항상 올바른 자세에 신경 쓰도록 하여라."

　주노가 지게 작대기를 머리 위로 들었다.

　"무기를 허공으로 치켜들면 이번에는 바람이 무기를 밀어낸다. 그러나 물결은 중(重)하며 바람은 거세다고 해도 경(輕)하도다. 때문에 물결은 힘주어 버텨야 하며 바람은 힘을 거슬리지 않도록 해야 한다."

　주노가 가볍게 지게 작대기를 허공에 주억거렸다.

　"무기와 몸은 일체로다! 항상 무기를 곁에 두고 끊임없이 만져 동질감을 느끼도록 하라. 그렇게 될 때 무기는 곧 내가 되리니 주인이 위기에 닥쳤을 때 무기가 운다 함은 이를 말함이로다.”

주노가 조용히 서서 물속을 오고 가는 물고기들을 주시했다.

“지금 나의 몸은 물과 일체가 되었도다. 이에 물고기들은 나를 살아 있는 생명체가 아니라 무생물로 느끼나니, 나와 물의 차이를 못 느껴 가랑이 사이로도 지나가지 않느냐?”

그랬다. 물고기들은 주노의 다리 옆으로, 벌린 가랑이 사이로 유유히 지나가고 있었다.

제자들은 주노의 동작을 뚫어지게 보며 한마디라도 그의 말을 놓칠세라 주의를 집중하고 있었다.

“이 치켜든 병기를 물체에 적중시킬 때는 그 물체와의 거리와 바람의 세기, 그리고 무기의 속도와 물고기의 움직임을 한눈에 간파해야 하리라.”

주노는 허공에 치켜든 지게 작대기 끝을 살짝 흔들었다.

“몸의 자세는 바로 하되, 병기를 든 손은 가볍게 움직여 둬라. 경직된 상태에서는 절대로 유연한 움직임이 나올 수 없다. 때문에 몸의 중심을 유지하며 가장 효율적인 다리의 움직임을 추구하는 것이 보법이며, 이 보법을 바탕으로 무공 초식이 만들어지는 것이다. 명심하라! 모든 것은 다리에서 나오는 것이니 다리의 움직임을 무시한 무공은 발전이 없도다!”

주노가 지게 작대기에서 한 손을 떼어냈다. 그러자 불어오는 바람을 타고 지팡이가 전후좌우로 끄덕거렸다.

"보아라! 바람이 불고 있구나. 가장 작은 힘으로 큰 힘을 만들고 또 큰 힘에서 미세한 움직임을 내는 것이 바람이로다."

주노가 다시 양손으로 지게 작대기를 잡았다.

"그 가장 작은 힘으로 가장 큰 힘을 내는 것은 빠르기에 있도다. 그러나 많은 사람들이 오해를 하고 있구나. 바람을 거슬리지 않는다 함은 바람의 결을 찾아내는 것이로다. 바람은 가만히 있는 것 같아도 항시 부는 것. 가장 빠름은 곧 곡선에 있도다."

주노가 허공에서 가볍게 지게 작대기를 내려 물결을 내려쳤다.

그러자 툭! 하는 미약한 소리가 들리며 약간의 잔파랑이 물결 위에 일었다.

그리고는 할 일을 다 마친 듯 물에서 나와 바깥으로 걸어나오는 것이었다.

'엉? 아무 일도 없잖아?'

제자들은 모두 물속에서 무슨 일이 벌어지나 열심히 주시를 했지만 주노가 겨냥한 것 같은 물고기는 그저 지느러미를 힘차게 움직이며 유영할 뿐이었다.

제자들이 멍하니 물고기만 보고 있을 때, 제자들을 지나친 주노가 웃으며 한마디 하였다.

"무릇, 모든 생명은 소중한 것이니 일단 칼을 들면 그 마음부터 새기도록 해라."

주노의 말이 끝나자마자, 물속을 유영하던 물고기가 갑자기 움찔하더니 하얀 뱃때기를 물 위에 드러냈다.

"우와아아!"

제자들이 기이한 현상에 놀라서 환호성을 지르니 그 소리에 놀란 듯 물고기가 화들짝 깨어나 물속으로 잠수하였다.

오후에는 모래톱 위에서 보법과 관련한 금과옥조 같은 가르침이 있었으니 제자들은 책상다리한 주노의 앞에 반원형으로 빙 둘러 무릎을 꿇고 있었다.

"모름지기 무공이란 손이 아니라 다리로 하는 게야."

주노의 근엄한 가르침에 관대형이 고개를 갸웃하더니 아는 척한다.

"저, 스승님! 그건 아까 하신 말씀인데요?"

빠각!

"크억!"

불시에 지게 작대기로 얻어맞은 관대형이 머리통을 감싸 안고 비명을 지를 때, 주노가 소리 높여 외쳤다.

"이놈아! 좋은 것은 많으면 많을수록 좋은 게야!"

안됐다는 표정으로 흘낏 관대형을 보던 유식한이 한마디 하며 끼어들었다.

"아아! 오, 옳으신 말씀입니다. 그것이 바로 저 유명한 다다… 해서… 그 뭐냐, 익사! 한다는 바로 그 말씀 아닙니까?"

"그래, 이놈아! 어디 한번 익사해 봐라!"

"케에엑!"

풍덩!

주노가 유식한을 슬쩍 떠밀자 강력한 경기가 휩싸여 오는지라 유식한이 냉큼 도망쳐 물속으로 뛰어들었다.

"네놈은 할 말이 없느냐?"

이번엔 주노가 배일도를 곁눈으로 째리며 은근히 말을 걸자 매우 숙연한 표정으로 안면을 굳히고 있던 배일도가 꽉 다물었던 입술을 부담스럽게 열며 가슴을 탕탕 쳤다.

"제자의 유… 유두(乳頭)… 는 무언(無言)이올시다!"

"이놈아! 유두가 무슨 말을 해! 에이구, 어째 요렇게 하나같이 무식하냐?"

"제, 제자는 일찍이 좀도둑 아비와 창녀 어미를 둔지라……."

"그래! 자랑이다, 이놈아!"

주노가 하도 어이가 없어서 주위를 둘러보니 만석들은 터져나오는 웃음을 간신히 틀어막고 허공만 쳐다보는 척하고 있었다.

"에이구! 이놈들이야 워낙 무식하니 그렇다 치고 너는 이 사부가 같은 말을 또 한 이유를 뭐라고 생각하느냐?"

만석이 대답하려다가 소이를 슬쩍 쳐다보며 눈을 찡긋했다. 소이의 입술이 열릴 기미가 보여 양보를 한 것.

소이가 예쁘장한 얼굴에 자신만만한 미소를 달았다.

"세 가지 이유가 있어요."

'어, 어잉? 세, 세 가지씩이나?'

주노는 사실 어리둥절하지 않을 수 없었다. 그냥 보법을 가르칠 시간이 되니 서두로 꺼낸 말인데 세 가지나 뜻이 있다니? 주노는 자신의 놀라움을 감추려고 소리 높여 웃을 수밖에 없었다.

"허어, 허어허! 그래, 그것이 무엇이더냐?"

소이가 옷깃을 여미더니 꼿꼿하게 상체를 세우면서 신중히 말을 꺼냈다.

"그 첫째로 이번 시간의 가르침은 다리를 움직이는 방법에 관한 것이라는 점. 둘째는 모든 무공은 튼실한 하체에서 나온다는 점, 그리고 세 번째로는 다리의 중요성을 제자들의 머리에 각인시키려는 사부님의 의도라고 생각합니다!"

"호, 호오! 실로 그러하다! 그래, 대제자 만석아. 너는 더 할 말이 없느냐?"

만석이 의미심장한 눈으로 주노를 응시하다 빙긋이 웃었다.

"제자는 유구무언이올시다."

"마, 맞아! 유구무언!"

배일도가 무릎을 탁치며 옆자리의 만석을 존경스러운 눈빛으로 쳐다보자 만석이 그의 어깨를 툭 치며 말했다.

"사사제(四師弟), 사람이란 번드르르한 말보다는 행동거지를 보고 평가하지 않느냐. 무식함이 자랑은 아니나 그렇다고 부끄러울 것도 없다. 나는 너희의 솔직함과 거침없는 성격이 좋다. 설혹 많이 틀리면 어떠랴!"

"대, 대사형!"

감격한 배일도와 관대형, 그리고 유식한이 한 가지로 만석을 부르자, 만석이 쑥스러운 웃음을 입가에 달았다.

"나이도 어린 내가 이런 말을 하다니, 참으로 부끄럽구나."

"아, 아니여! 나이가 어려도 대사형은 대사형! 부끄럽다니요?"

"그렇습니다. 한 스승 밑의 제자들은 위아래가 확실해야 합니다!"

'오호! 내가 늘그막에 제자들은 잘 두었구나.'

주노가 그들의 대화를 들으며 흐뭇한 미소를 입가에 흘릴 때, 우거형이 끼어들었다.

"사부님, 말만 하지 마시고 행동으로 보여주세요."

그러자 관대형이 바로 말을 받아 문자를 쓴다.

"삼사형, 말 한번 잘했소! 그 뭐냐, 배, 백문이… 불… 불여우다! 하는 말도 있으니 둔갑술을 써서 사람으로 변신하기도 하고 홀리기도 하며… 근데 어째 말이 이상하게 나가네?"

"아이구, 형님! 그건 백문(百聞)이 불여일견(不如一犬)이라고 해요!"

'어잉? 어조가 이상하긴 하다만.'

주노의 눈에 의외라는 기색이 들이찼다.

“오호라? 식한이는 좀 아는구나. 허어, 참으로 기특한지고. 그런데 그게 무슨 뜻인지도 아느냐?”

“아, 물론입니다! 그게 말이죠, 백 번 말을 들어봤자 개 한 마리만 못하다는 뜻이지요.”

“마, 맞아! 개새끼라면 잡아먹기나 하지, 안 그래?”

이번에는 배일도가 맞장구를 쳤다.

“하, 하구야! 정말 어째 이렇게 똑같냐? 이놈들 말 듣다가는 이 사부의 머리가 훼까닥 돌 것만 같구나!”

배일도 등을 죽일 듯한 눈으로 노려보던 주노가 앉은자리에서 신형을 붕 띄우더니 모래사장에 파묻히다시피 한 널찍한 땅 바위로 날아갔다. 그리고,

하나, 둘, 셋…….

바위 위에 발을 놀려 십여 개의 발자국을 내는 주노였다.

“이놈들아! 이 사부가 바위 위에 시연한 것이 이름하여 천주부동신법(天柱不動身法)의 기초니라! 저녁때 와서 시험해 보려니와 만약 실패하는 녀석은 굶는 거야?”

그리고는 제자들이 미처 대답하기 전에 뒷짐을 턱지고는 스적스적 제방 둑으로 향하는 것이었다.

“가보자!”

제자들이 우르르 한꺼번에 발자국 주위로 몰려가 살펴보니 왼발 오른발 식으로 차례로 찍힌 발자국은 거의 닿으리만큼 근접해 있었다. 이러니 발자국을 그대로 따라간다는 것은 몸을 최대한 꼬고 비틀거리며 걸어야 한다는 뜻이었다.

"야, 이거 말로만 듣던 개방의 취팔선보(醉八仙步) 아냐?"

유식한이 아는 척하며 감탄하자 관대형이 같잖다는 듯이 소리를 질렀다.

"짜식아, 이게 계집이 몸을 비비 꼬며 교태를 부리는 모양새지 무슨 놈의 개방의 취… 뭐냐?"

"그게 그렇게 되나?"

유식한이 고개를 외로 꼬며 발자국 모양을 살피고 있을 때, 배일도의 감탄사가 들렸다.

"여어! 역시 사부님이여! 어째 이렇게 발자국을 얕게 낼 수 있단 말이여?"

"저, 정말 그렇네?"

유식한이 발자국을 쓰다듬으며 따라 감탄하자 우거형이 눈을 돌리며 물었다.

"아니, 이게 그렇게 어렵단 말이야?"

"크흐흐. 물론이오. 바위에 깊게 자국을 내는 것은 웬만큼의 내공이 있거나 힘만 있으면 되지만, 이렇게 보일 듯 말 듯 얕게 낸다는 것은 절정의 고수가 아니면 흉내도 못 내요."

그로부터 만석부터 차례로 발자국을 흉내 내며 보법을 익히기 시작했다. 그런데 처음에는 웃음이 터져 나오지 않을 수 없었다. 이리 비틀 저리 비틀 보법을 밟는 것이 진짜 취한의 걸음걸이 같기도 하고, 계집이 교태를 부리는 몸짓 같기도 하였다.

그러나 보기보다는 너무 어려웠다.

만석이 몸의 중심을 최대한 유지한 채 살짝살짝 가볍게 발을 옮기는 모습은 매우 가벼웠다. 그러나 열 발자국까지는 앞으로 나가다가 돌아가는 발자국은 모양새로 봐서 뒷걸음으로 가야 했다.

"어쿠!"

만석이 끝내는 열두 발자국에서 발을 헛딛고 비틀하며 발자국에서 벗어나고 말았다. 겨우 세 발자국을 남겨놓고 실패한 것.

"에이! 저게 뭐 어려울 게 있다고!"

소이는 여덟 발자국, 그리고 우거형은 여섯 개로 실패하자 배일도가 자신만만하게 발자국 위로 올라섰다.

"어어어? 그게 아닌데?"

배일도가 소이와 마찬가지로 여덟에서 실패하자 관대형과 유식한은 긴장한 기색이 역력했다.

덩치는 산만 하지만 몸이 무척이나 민첩한 배일도도 겨우 여덟 발자국에서 실패하다니! 이어 관대형이 다섯 발자국에서, 유식한이 여섯 발자국에서 끝내고 나자 정신이 바짝 든 제자들이었다.

"에구. 이게 뭐야?"

그리고 동작을 수십 번씩이나 되풀이했지만 오히려 점점 집중력이 떨어지니 처음보다 더 못했다.

"에휴. 힘들어!"

우거형이 먼저 자리에 털썩 주저앉아 발자국 위의 관대형을 멀거니 바라보았다.

"야찻!"

기합 소리도 드높게 주노의 발자국 위로 신형을 올린 관대형이 엉덩이를 씰룩이며 족적(足跡)을 따랐다.

'자, 한 발, 두 발, 세 발…….'

"어쿠야!"

안간힘을 다해 위태롭게 발길을 옮기던 관대형이 발을 엇갈려 제풀에 넘어지더니 바위에 그대로 머리를 박고 엎어졌다.

"제, 제기랄!"

이마에서 피를 철철 흘리며 관대형이 투덜대니 얼른 금창약을 갖다 바르는 유식한이었다.

그리고는 침묵이었다.

저녁때는 다 되어가는데 만석만이 열다섯 발자국 중 두 발짝만 남겨놓았을 뿐, 나머지 제자들은 처음보다 못했다.

"와아아! 성공이다!"

만석이 마지막까지 통과하자 먼저 우거형이 달려나오고 곧이어 소이 등이 달려들어 만석의 손을 잡고 다리를 잡고 한바탕 난리를 쳐댔다. 되긴 되는 것이다.

그 다음에는 다들 자신감을 갖고 달려들었지만 자신감으로 되는 것도 아닌 모양이었다.

"에헴! 준비는 다 되었느냐?"

서서히 황혼이 온 누리를 물들이는 시간이 되자 주노가 나타나더니 제자들을 빙 둘러보았다.

이미 멀리서 제자들의 모습들을 살펴보았는지라 결과를 뻔히 알면서도 모른 척하는 것이었다.

아니나 다를까.

제자들이 다시 한 번 힘을 내서 족적을 따랐지만 주노가 지켜보니 오히려 더욱 형편이 없었다.

'어잉? 저놈은 또 왜 저러냐?'

주노가 마지막으로 기대감을 안고 만석을 지켜보았더니 마지막 한 발에서 삐끗하더니 그만 실패하고 마는 것이었다.

"와아아! 아깝다!"

우거형이 제 일인 양 안타깝게 소리쳤다.

"에에잉! 한심한 놈들! 약속대로 저녁밥은 없다!"

실망한 표정으로 혀를 끌끌 차며 몸을 돌리던 주노가 생각난 듯 말을 보탰다.

"물고기를 잡아먹을 생각 하면 내 제자가 아닌 줄로 알겠다!"

진짜 굶길 작정인지 쐐기를 박는 주노였다.

여섯 제자는 하릴없이 모랫바닥에 주저앉아 고개를 떨구었다. 그러나 한 사람, 배일도는 기이한 눈길로 만석을 보고 있었다.

'성공할 수도 있었는데 막판에 일부러 균형을 잃는 척하며 실패했다?'

배일도는 만석의 생각을 알 수 있을 것 같았다. 굶어도 모두 함께 굶자는 의도였다.

그로부터 육 개월 뒤.

관대형을 마지막으로 모두가 열다섯 개의 발자국을 통과하자 주노가 제자들에게 일렀다.

"이제부터는 너희가 보법을 밟을 때 내가 중간중간 공격을 하겠다. 공격을 받더라도 한 발이라도 족적을 벗어나면 실패다!"

그때부터였다. 연일 지게 작대기로 두드려 맞은 제자들의 몸은 성할 날이 없었다.

"크애액!"

"어헉!"

주노의 가차없는 공격에 제자들이 토해내는 비명 소리와 신음 소리로 백사장이 후끈후끈 달아오르기를 또한 삼 년.

나중에는 움직인 듯, 만 듯하면서 주노의 지팡이를 피해내는 만석이었지만, 관대형까지 가면 간신히 지팡이를 피해 족적을 놓치지 않을 정도는 되었다.

움직인 것 같으면서도 움직임이 없어 보인다. 이 때문에 이름하여 천주부동신법인 모양이었다.

그 다음에 주노가 가르친 것은 만리파(萬里波)의 경공이었다.

"다들 들어갔느냐?"

모가지만 내어놓고 물속에 들어간 제자들이 물살에 떠밀리는 신형을 안정시키려고 애쓰고 있었다.

물속에서 꼿꼿이 서면 발이 닿을 깊이였지만 제대로 물속의 지면을 디딘 것은 내공의 뒷받침이 있는 배일도와 관대형, 그리고 유식한밖에 없었다.

그들의 모습을 주위 깊게 둘러보던 주노가 꽥 하니 소리를 질렀다.

"이놈들아, 내공 빼!"

"어헉!"

"에구구!"

주노의 지시를 듣고 불시에 내공을 빼니 물살에 확 밀려나는 세 사람이었다.

만석 등은 열심히 물속에서 발을 놀리고 있어 거의 그 자리에 둥둥 떠 있었지만 세 사람은 금방은 균형을 잡지 못하고 물을 퍼마실 수밖에 없었다.

"커억!"

"푸우웁!"

오륙 장을 떠내려가 간신히 신형을 잡은 세 사람은 코로 입으로 물을 마시고 골도 띵하니 이미 지쳐 버린 기색이 역력했다.

그러나 주노는 인정사정이 없었다.

"처음이니 십 장으로 한다. 십 장을 뛰었다가 다시 물살을 거스르며 제자리로 돌아온다! 실시!"

"아푸, 아푸, 벌컥!" "크아아! 죽겠다."

　여기저기서 물을 마시는 소리와 함께 비명 소리가 요란했
다.
　이렇게 시작한 만리파의 경공을 습득하는 데는 거의 오 년
이나 걸렸다.

第二章
새로운 출발

"빨리빨리 움직여라! 출발 시간이 멀지 않았다!"

십여 대의 마차가 줄을 지어 늘어선 장강표국의 안마당이었다.

이번은 큰 표행이라 표국주 거창해(巨創海)가 직접 준비 상황을 챙기고 있었는데, 휘영청 뜬 보름달 빛이 사위를 희미하게 밝히고 있었다.

"만석이! 국주께서 부르신다!"

차판돌이 큰 소리로 만석을 부르니 마차에 물건을 집어넣고 있던 만석이 얼굴을 들며 땀방울을 닦았다.

육 척의 키에 어깨가 떡 벌어진 다부진 몸매, 그리고 더욱 깊이 가라앉은 눈매에서는 강렬한 기운이 솟구치고 있었다.

물처럼 흘러간 십 년 세월은 만석을 청년으로 탈바꿈시킨 것이었다.

"무슨 일로 부르실까?"

만석이 차판돌이 손가락으로 가리킨 방향으로 걸어갈 때, 덩치가 산만 한 거한이 그에게 다가왔다.

짧지만 밤송이같이 삐죽빼죽한 구레나룻을 기르고 호안을 번뜩이는 거한의 몸에서는 터질 듯 힘이 넘쳐흘렀으며, 그의 바로 뒤에는 중키의 미소년 같은 청년이 눈에 띄었다. 바로 우거형과 소이가 장성한 모습이었다.

만석이 그들을 보면서 이를 드러내며 웃더니 손짓을 했다.

"국주께서 부르신다니 갔다 오겠다."

표국주 거창해는 나무 의자에 앉아 있다가 만석이 다가오자 몸을 일으켰다. 그의 신분으로 봐서 그냥 앉아 있어도 그만인데 일어나서 만석을 맞다니.

만석도 이를 느꼈음인지 심상치 않은 눈길로 키가 작은 그를 내려다보았다.

"으음. 자네에게 부탁을 할 것이 있어 불렀네."

만석이 그의 말을 기다리고 있자, 잠시 뜸을 들인 거창해가 넌지시 말했다.

"이번에는 자네도 표행길에 동행해 주었으면 하네만……."

남들이 보았을 때는 전혀 의외의 일이었다.

하늘 같은 표국주가 겨우 상용 인부에게 조심스러운 어투로 부탁을 하다니!

사실은 이랬다.

만석들이 나이가 점점 들고 장강표국에서 일하는 기간이 늘어갈수록 그들의 용력이 소문나지 않을 수 없었다.

주머니 속에 들은 칼은 보이지 않아도 그 날카로움을 알게 되는 것이다. 그리고 뜬구름 같은 소문이기는 하지만, 세 명의 표두도 그들을 당해낼 수 없다는 얘기가 떠돌고 있었다.

이러하니 표국주 거창해가 그들에게 관심을 두지 않을 수 없었다.

작은 표행이야 이들이 쓸모가 없었지만 이번 일은 상황이 전혀 달랐던 것이다.

장강표국이 생긴 이래 처음이라 할 수 있을 정도로 길고 대규모인 표행이었다. 목적지는 개봉.

바야흐로 무림맹 개파대전이 한 달여 앞으로 다가오자 무창의 군소문파나 무문은 물론 지역의 호족들이 각기 재물과 귀중한 물건을 내어 장강표국에 표행을 맡긴 것이었다. 엄청난 재물로 가득 실린 마차들.

만약 장강표국이 이번의 표행을 성공시킨다면 일약 일류표국으로 발전할 수 있는 밑거름이 되는 것이었다.

거창해의 성실한 운영으로 최근 들어 무창의 십여 개 표국 중 조금씩 두각을 나타내고 있다고는 하지만 장강표국이 표물을 맡게 된 이유는 달리 없었다. 워낙 표물의 덩치가 큰 만큼 실패하면 끝장이다. 이래서 표물을 맡지 않으려고 서로 경쟁을 하는 사태가 벌어진 것이었다.

그동안 해체된 지 오래였던 무림맹이 다시 창설된다는 것은 다른 것이 아니었다.

혼란! 대혼란이었다.

겉보기에는 조용했던 무림이 작금에 와서는 각종 사마의 무리들이 홍기하고 있었고, 장강수로연맹의 재건 움직임도 포착되고 있었다.

게다가 황하녹림맹은 이미 삼 년 전에 성립되었으니 무림맹 재건은 오히려 때늦은 감도 있었다. 이는 물론 팔파일방이나 육대세가의 이해관계에 따른 물밑 각축이 그 주요한 이유였다.

이번 표행을 맡으면서 장강표국은 건물과 부지, 그리고 모든 저축을 물주들에게 저당을 잡힐 수밖에 없었다. 장강표국은 이번 표행에 모든 것을 건 셈이었다.

만석이 묵묵히 그를 응시할 뿐 대답을 하지 않자, 거창해가 한숨을 쉬면서 애원하는 눈길로 만석을 쳐다보았다.

"휴우. 물론 자네가 표행에 따라나서지 않으려고 부러 인부로 지냈다는 것은 잘 알고 있네. 하지만 이번 일에는 우리 표국의 홍망이 달려 있어. 십 년간이나 한솥밥을 먹은 정리를 생각해서라도 내 부탁을 들어주었으면 좋겠네."

이대로는 군소표국에서 벗어날 수 없다는 생각에 욕심이 앞서 이번 표행 건을 승낙하긴 했지만, 괜히 맡았다고 후회로 밤을 지새우던 판이었다.

그런데 며칠 전에 총관 구한이 술을 마시며 슬쩍 귀띔해 준 것이 바로 만석들에 대한 소문이었다.

그래서 아예 용역 업소에 의뢰를 해서 알아보니 만석이 바로 무창의 밤 세계에서 대형이라고 불리는 존재임을 알게 된 것이었다.

"저에 대해서 무슨 말을 들으셨는지는 모르겠지만, 저는 표물을 지킬 능력이 없습니다."

만석이 담담하게 말을 하곤 머리를 숙이며 몸을 돌리자 거창해가 그의 소매를 붙들고 매달렸다.

"자, 자네! 만약에 이번 일을 승낙하면 내 자네를 총표두로 임명하겠네. 그러니 제발 거절하지 말아주게."

함부로 그를 뿌리치기도 어정쩡한 만석에게 어젯밤 일이 떠올랐다. 주노가 평소처럼 한참 강호의 음모와 귀계에 대해 설명하다가 마지막으로 한 말이었다.

"이 사부가 너에게 가르칠 것은 여기서 끝이다. 이젠 넓은 세상에 나가 웅지를 펼치도록 해라. 그리고 네가 강호에 나가 행도할 땐 결코 무적문(無敵門)의 대제자임을 잊어서는 안 될 것이야!"

'그래. 너무 한군데서 오래 머물렀구나.'

표국의 인부로 지내던 십 년 세월이 어느덧 마음을 꿈쩍하기 싫도록 은연중 밀어붙이는 모양이었다. 그러나 새로운 세계에 대한 동경은 돌부처처럼 지냈던 긴 세월을 점차 물리치고 있었다.

"좋습니다. 다만, 저는 쟁자수로 따라갑니다."

"아, 아니, 쟁자수라니?"

거창해는 만석의 제안에 어리둥절했다. 출세를 시켜준다고 해도 마다하다니.

"그렇습니다. 표행을 갔다 온 다음에도 마찬가지. 국주님께서 거절하신다면 이번 얘기는 못 들은 것으로 하겠습니다."

딱 부러지는 만석의 대답이었다.

"저, 정말 자네의 넓은 마음에 내 감탄하지 않을 수 없네. 하지만 쟁자수라 해도 급료는 표두 급으로 줄 테니 이것만은 거절하지 말아주게."

실은 거창해도 은근히 걱정이 되지 않는 것이 아니었다.

나이도 새파랗고 표행의 경험이 전혀 없는 만석이 총표두를 맡는다는 것은 표국에 위화감을 조성할 우려가 컸다.

"알겠습니다. 정 그러시다면……."

만석은 그의 제안을 승낙하며 사부를 뵙고 떠나야겠다고 생각했다. 이제 떠나면 언제 올지 모르니 당연한 노릇이었다.

이미 수삼 년 전에 배일도 등과 나미나는 집을 떠났고 지금은 만석 등 세 사람이 사부를 모시고 있었다.

만석들이 오두막에 도착했을 때는 서서히 동녘의 기운이 움터오는 시각이었다.

오두막을 둘러싼 송림은 여명을 받아 검게 우뚝 서 있었으

며 장강의 검푸른 물결은 우당탕퉁탕거리며 새벽의 공기를 일
깨우고 있었다.

"사부님!"

오두막의 마당에 도착하니 기분 때문인지 왠지 아무도 없다
는 느낌에 우거형이 큰 소리로 사부를 찾았다.

그러나 역시 느낌대로 집 안에서는 아무런 반응이 없었다.

'응?'

의아해서 서로의 얼굴을 쳐다본 세 사람이 주노의 방문을
벌컥 열어젖히며 얼굴을 들이밀었다.

"어디 가셨지? 아직 일어나실 시간이 아닌데⋯⋯?"

소이가 중얼거리며 만석의 얼굴을 보니 그의 표정은 이미
딱딱히 굳어 있었다.

소이와 우거형이 만석의 눈길이 향한 곳으로 눈을 옮겼을
때,

"아니, 저, 저건!"

세 사람이 누가 먼저랄 것도 없이 방 안으로 뛰어들어 갔다.

둘둘 말린 서찰을 펼친 세 사람은 길게 쓰여진 글귀를 읽어
나갔다.

제자들아, 보아라!

이 사부는 본시 소림 출신으로 법명은 무초(無草)라 하였다.

이미 삼십여 년이 지난 옛일이다마는 그때의 일이 바로 오늘
일처럼 생생하게 떠오르는구나.

당시 소림방장이었던 이 사부는 반야대능력을 구성 익히고 반야선장을 극성에 가깝게 연마하여 무림에서 적수가 없다고 자부하였으며 사실이 그러했다.

평생 불도에 정진해야 하는 수도승으로서는 가당치도 않은 자부심이었지만, 겨우 예순의 나이에 무공의 극을 보았다는 믿음에 노부는 자부심이 지나쳐 자만을 할 수밖에 없었다.

그러던 어느 날이었다.

노부가 무림에 더 이상 적수가 없다는 마음에 절대자로서의 외로움을 못 이겨 홀로 태실봉에 올랐을 때, 나를 보고 아는 척하며 접근해 오는 자가 있었다.

그러나 당시 그자는 복면을 하고 있어 진면목을 볼 수가 없었는데 대뜸 나에게 비무를 청하는 것이었다.

벌건 대낮에 복면을 한 자라.

노부는 일순 마음이 꺼려졌지만 그자가 하도 찰거머리처럼 달라붙어 모욕을 주는지라 끝내는 그자와 비무를 할 수밖에 없었다. 그러나 어찌 상상이나 했으리요.

그자는 나의 수법을 환히 꿰뚫고 있어서 내가 공격을 하려고 하면 벌써 비켜서서 비웃고 있었다.

그런 일이 반복되자 노화가 머리끝까지 치민 내가 정신없이 공격을 해대었지만 나는 그자의 옷깃 하나 건드릴 수 없었다.

한참 피하기만 하던 그가 노부가 지친 것을 보고 그제야 공격을 시작했는데, 노부로서는 전혀 처음 보는 괴이 독랄한 수법이었다. 팔이 반대편으로 휘기도 하고 갑자기 죽 늘어나기도 하면서 공격을 하니 지친 나로서는 금방 손발이 어지러워질 수밖에 없었다.

게다가 그자의 공격은 이상한 기운을 숨기고 있어 더욱 대응이 어려웠는데, 가볍게 지르는 한 수마다 엄청난 위력이 담겨 있는 것이었다.

그자의 공격이 시작된 지 십여 초 만에 패배를 당하고 만 내가 망연히 그자를 쳐다보고 있을 때, 그자가 껄껄거리며 웃더니 한마디 하는 것이었다.

자신은 팔파일방의 모든 무공을 꿰뚫고 있으며, 그것이 아니라도 천하에 자신의 십 초를 넘기는 자가 없노라고 큰소리치는 것이었지.

노부가 생각해도 그자의 말에 반박하기는 힘들었다.

노부는 완전히 드러난 상태이고 그자는 과연 어떤 수법을 숨기고 있는지 전혀 알 수도 없는 노릇이기도 했지.

노부가 그자의 말을 수긍하자 그자가 마지막으로 한 소리가 있었다.

"향후 십 년이 지나도 나의 적수가 없다면 팔파일방은 물론 정파라고 자처하는 모든 자들의 씨를 말리겠노라. 명심하라! 곧 모든 준비가 끝나리라!"

그자의 눈에 떠오른 소름 끼치는 광망과 사람의 혼을 빨아들일 것 같은 마력적인 음성에 노부는 믿지 않을 수가 없었다.

그것은 다름 아닌 마기(魔氣)였다.

그러나 당시에는 그자의 경고보다 내가 겨우 십 초 만에 패배

했다는 사실이 더 믿기지 않았다.

또한, 그자는 나의 무공을 아는데 나는 몰랐다는 변명으로 스스로를 부추기지 않을 수 없었다.

이에 노부는 소림방장 직을 사제인 무우(無愚)에게 물려주고 그자를 찾아 중원천지를 헤매고 다녔다.

그러기를 수년, 그자의 행적은 오리무중이었다. 그때 떠오른 것이 그자가 노부 혼자만 찾았을 리가 없다는 것이었다.

그래서 노부는 먼저 친우인 청운자를 찾아 무당산으로 갔지만 그 역시 수년 전에 장문 직을 그만둔 터라 그의 행적을 알 수가 없었다.

그로부터 다시 몇 년, 천하를 떠돌던 노부가 이곳 무창에 왔을 때 우연히 청운자를 만날 수 있었다.

이미 짐작은 하고 있었지만 그 역시 그 복면인에게 패한 후, 한편으로 자신의 무공을 보강하고 다른 한편으로는 세상에 알려지지 않은 기인을 찾고 있던 중이었다. 그러나 그에 대해 말을 나누다 보니 그자가 예기한 십 년이 일 년밖에 남지 않았음을 깨닫고 우리는 다급해지지 않을 수 없었다.

이에 청운자의 제안으로 우리는 모종의 일을 꾸미기 시작했으니, 각 문파의 중요 인물들에게 우리가 장문 직을 그만두고 은퇴한 것이 바로 무적초자에게 패했기 때문으로 소문을 냈다.

이를 듣고 우리를 찾아온 것이 천무세가에 몸을 숨기고 있던 추인걸(秋人杰)과 그자를 찾아 중원을 헤매던 폭풍신군 목철군이었다.

청운자는 이에 좀 더 일을 확실히 하기 위해 무적초자가 직접 지은 것으로 가장한 무명서를 짓자고 제안했으며, 노부가 그의 뜻을 받아 무명서를 쓴 것이다.

이에 우리는 다시 무적초자가 지은 무명서라는 책자에 무적초자의 진전(眞傳)이 있다고 소문을 내었던 것이다.

제자들이여,

하지만 무적초자란 전혀 가공의 인물이 아니로다!

원래 사부께서 내 법명을 지으신 것은 제자 중에서 가장 무골이 뛰어난 내가 무적초자의 진전을 이어받기를 바라는 뜻이었다. 무적초자는 이미 전전대의 인물로 타계했을 가능성이 크지만, 만약에 그분의 제자라도 있으면 그 소문을 듣고 모습을 드러내지 않을까 하는 기대감도 있었다.

또한 무적초자가 지게 작대기로 무공을 시전했다고 하여 무명서에 그대로 집어넣은 것이로다.

다만 우리가 여러 가지로 조사한 결과, 혹시 무적초자 본인이나 그분의 제자가 아닌가 하고 의심되는 인물은 있었다.

추노가 네게 준 그 도끼도 그에게 받은 것이라, 도끼를 무적초자의 신물로 꾸몄던 것이다.

그런데 일을 마치고 난 어느 추운 겨울날, 노부는 집의 마당에서 얼어 죽은 거지노인을 보았다.

가끔 무창 시내를 돌아다니다 보면 눈에 띄던 거지노인이었지. 내가 듣기로 십여 년 전만 해도 떵떵거리며 잘살던 사람으로 이름은 주노라고 불린다는 것이었다.

얼어붙은 땅을 파고 그의 애처로운 시신을 묻었을 때 노부는 실로 인생의 무상함을 보았다. 이에 과거의 영화와 원망(願望)이 모두 부질없음을 느끼고 죽은 주노 대신에 내가 주노 노릇을 하며 살기로 하였으니…….

제자들아.

돌이켜보면 주노로 살아온 이십 년 세월이 이 사부에게는 정녕 값진 삶이었도다.

이제 노부의 생이 얼마 안 남았음을 깨닫고 홀가분하게 떠나노니 너희는 너무 슬퍼하지 말라.

노부는 흙에서 나왔기에 다시 흙으로 돌아가려니와 너희와의 즐거웠던 한때를 저승에서도 웃으며 그려보리라.

현금의 강호는 끝이 안 보이는 혼란기로 들어갈 조짐이 보이는도다. 함께 인생의 중요한 때를 보낸 인연으로 너희에게 당부하노니, 부디 소아(小我)를 버리고 대의(大義)를 따르라.

제자들아!

무적문(無敵門)을 세워 억조창생의 빛이 되거라!

나무아미타불, 관세음보살…….

"크흑! 사, 사부님……!"

서찰을 다 읽자 거의 동시에 오열을 터뜨리는 세 사람이었다. 다시는 사부를 만나지 못할 것이다.

그러나 그가 베풀어준 하늘보다 높고 하해보다 넓은 은혜를 어찌 잊으랴.

그중 특히 우거형의 울부짖음은 장강을 떨쳐 울릴 듯했다.

가장 먼저 자리에서 일어난 만석이 두 사람의 어깨를 토닥거리며 먼 하늘을 바라보았다.

"그만 진정하자. 우리가 아무리 슬피 울어도 한번 가신 사부님은 돌아오시지 않는다. 우리는 사부님의 뜻대로 우리의 길을 가는 거야."

두 사람이 훌쩍거리며 몸을 세우자 만석이 주먹을 그러쥐고 소리를 질렀다.

"사부님! 저 하늘 어딘가에 계시더라도 언제나 제자들을 지켜봐 주소서!"

"지켜봐 주소서!"

이어 소이와 우거형이 만석의 뒤를 따라 소리치자, 나뭇가지에서 젖은 날개를 말리던 이름 모를 산새가 포로롱거리며 가지를 떠났다.

새벽 안개가 걷혀가는 장강의 아침은 맑고 경이로웠다.

그 아침 안개를 밀치며 장강표국의 삼십여 표사와 십여 명의 쟁자수는 수로를 마다하고 육로를 가고 있었다.

장강수로연맹을 재건하려는 움직임이란 곧 장강변의 군소수적들이 이합집산하는 과정이었다. 이에 따라 장강수로를 이용한 표행은 지체되게 마련이었다.

장강을 무대로 한 이들의 세력 싸움은 극심하였으니, 이로

인하여 장강은 피가 마를 날이 없었다.

　이를 일러 사람들은 장강의 난이라고 부르며 전전긍긍하였고 살던 곳을 떠나는 피난 행렬이 끊이지 않았다.

　장강표국의 표행은 조금이라도 길을 단축하려는 욕심에서 장강의 제방 길을 가고 있었다. 열 대의 표물 마차와 한 대의 치중마차로 이루어진 행렬인데, 전후좌우로 말을 탄 표사들이 날카롭게 눈을 빛내며 사위를 경계하고 있었다.

　이렇게 대운하로 장강의 남쪽 끝인 항주에 도착해서 양주를 거친 다음 홍택호의 북쪽 사홍부터는 육로를 이용할 예정이었다.

　표행의 선두에는 거창해 표국주와 만석이 말 머리를 나란히 하고 있었는데, 거창해가 열심히 손가락으로 앞을 가리키며 뭔가 말을 하고 있었다.

　그리고 그의 바로 뒤에는 세 명의 포두 중 대표두인 막지한(漠志漢)이 만석을 연신 못마땅한 눈초리로 힐끔거리고 있기도 했다.

　'제길! 겨우 하루 사이에 인부 녀석을 쟁자수로 임명하더니 곁에서 떼어놓을 줄을 모르네?'

　만석들의 능력이야 그가 모를 리가 없었다. 하지만 질투에 눈이 먼 그에게는 잘 안다는 것과 인정한다는 것은 별개의 얘기였다.

　'끄으음. 에이, 얄미운 자식!'

그의 고리눈이 또다시 만석의 뒤통수를 훑더니 주먹을 쥐고 부르르 떨었다. 그가 이렇게 분해하는 이유는 단순히 표국주의 옆에 있어야 할 자신의 자리를 만석이 차지했다는 것만이 아니었다. 거창해는 그야말로 사사건건이 만석의 의견만 물어보고 자신에게는 일언반구도 묻지 않았던 것이다.

졸지에 권력의 주변에서 밀려났다는 박탈감은 이로 인해 더욱 커지고 있었다. 어떡하든 자신의 진가를 인정받고 싶은 욕망만이 그의 뇌리에 가득했다.

제방 길은 군데군데 산이 가로막혀 끊겨 있었다. 이에 행렬은 마주치는 산들을 빙글빙글 돌아 다시 제방 쪽으로 나오는 일을 반복하고 있었다.

이렇게 이백여 리의 길을 가다 보니 그들의 눈 밑으로 구강호(九江湖)의 푸른 물결이 펼쳐지고 있었는데 멀리 엷은 안개에 쌓인 파양호가 눈에 닿을 듯 다가왔다.

"자, 여기서 다리를 건너 석가촌(石家村)에서 쉬어간다!"

그들의 왼쪽으로 장강 위에 놓인 넓은 구름다리가 나타나자 거창해가 즉시 소리를 질렀다.

그들이 이대로 길을 간다면 바로 여산이 나온다.

비교적 기일에 여유가 있다면 우측으로 길을 크게 우회하여 여산을 구경하고 싶기도 했지만 지금은 그럴 때가 아니었다.

구강교(九江橋)라고 불리는 구름다리를 건너 석가촌으로 다가가던 만석은 이상한 기운을 느끼고 바짝 긴장하고 있었다.

'으음. 겉으로 봐서는 보통의 촌락에 불과한데 이 날카로운 기운은 어디서 나오는가?

그러나 표국주 거창해는 전혀 이상한 낌새를 못 챈 듯 입맛을 쩝쩝 다시면서 만석에게 말을 거는 것이었다.

"이곳은 특산물은 없지만 예로부터 진흙에 넣어 구운 오리구이가 유명하다네. 먹어보면 말이야, 고소하고 바삭바삭하고 씹히는 맛이 일품인데, 아예 며칠 전에 예약을 해야 맛볼 수 있는 귀한 음식일세."

그가 연신 입맛 다시는 소리를 하자 만석이 가볍게 웃었다.

"핫핫. 국주님의 표정을 보니 먹지 않아도 절로 입맛이 땡깁니다."

"그래, 그렇지? 실은 맛이 좋은 만큼 비싸기도 한데, 자네를 대접하려고 특별히 예약한 거야."

'춧! 그 양반. 자기가 먹고 싶어서 시켰다면 되지, 나는 왜 끌고 들어가나?'

만석이 겉으로는 머리를 끄덕여 맞장구를 치면서도 속으로는 실소를 금할 수 없었다.

이윽고 그들이 도착한 곳은 대로변에 인접한 금홍루(金紅樓)라는 이층 주루였다. 이름 그대로 황금색과 붉은색이 건물 전체에 칠해져 있었는데, 외양만 봐도 고급스런 풍취를 풍기고 있었다.

"호오! 매우 화려한 주루로군요. 이런 촌락에서는 매우 보기가 힘들 만큼 잘 꾸며놓았군요."

만석이 일부러 감탄하는 척하며 건물 주변의 동정을 살폈다.

‘으음. 역시 이곳에서 뻗쳐 나온 기운이었어. 최소한 십여 명은 넘을 것 같구나.’

만석들이 다가가자 기세가 현저히 줄었지만, 만석은 그 기세가 구강교에서 느낀 기운과 동일하다는 것을 알고 있었다.

“금홍루에서 심상치 않은 기운이 풍긴다. 조심해라.”

소이와 우거형도 뭔가 불길한 느낌을 받았는지 만석의 조심하라는 전음에 히죽 웃으면서 고개를 끄덕였다.

자신만만한 표정. 만석도 마주 웃어 보이며 주위를 한 바퀴 둘러보았다. 대놓고 행동해도 겨우 쟁자수 차림의 만석들에게 주의를 기울이는 사람은 없을 것이다.

‘아직은 다른 동정이 없으나 틀림없이 표물을 노리는 자들일 것이다.’

살벌한 강호에서 살아남으려면 결코 자신의 감각을 무시해서는 안 된다. 만석은 다시금 긴장의 끈을 바짝 조였다.

반씩 교대로 점심을 먹기로 하고 만석은 거창해 국주 등과 먼저 주루로 향했다.

만석이 일행 중 마지막으로 주렴을 들치고 주루 안으로 들어섰을 때 그리 좁지 않은 주루에는 반 정도의 손님들이 차서 식사에 열중하고 있었다.

‘역시!’

살기를 억제했지만 눈치 채지 못하게 만석의 일행을 힐끔거리는 자들. 일부러 목소리를 높이며 떠들어대지만 만석은 삼십여 명의 손님 중에 반 가까이는 한패라는 느낌을 받고 있었다.

그때, 얼굴이 돼지같이 생긴 자의 눈길이 만석과 마주쳤다.

만석이 아무렇지도 않게 눈을 돌리자 의심스러운 눈초리로 만석을 살피던 그의 눈길이 모른 척 돌려졌다.

입구에 섰던 만석이 막 국주 거창해와 대표두 막지한이 앉은 탁자 방향으로 발을 옮기려고 할 때,

"아쿠야!"

하는 늙수그레한 비명 소리가 들리며 만석에게 부딪쳐 온 자가 있었다. 보아하니 점소이에게 밀린 듯하였다.

'음?'

만석이 흠칫하며 한 걸음 옆으로 발을 옮겨 몸을 비키려고 했지만 부딪쳐 오는 그의 몸을 온전히 피할 수는 없었다.

"에고오! 늙은이 죽네!"

'으음. 이 노인네가?'

바닥에서 떼굴떼굴 구르며 비명을 질러대는 노인을 보면서 만석이 눈살을 깊이 찡그렸다.

커다란 머리통에 앞머리가 비정상적으로 튀어나온 몸집이 왜소한 거지노인.

그러나 그의 이상스런 생김새보다는 만석의 주의를 끈 것은 다른 것이 아니었다. 비록 근접한 거리라도 만석이 노인을 피하지 못하고 부딪쳤다는 것은 우연이라고 보기는 어려웠다.

'일부러 부딪쳤다?'

"아, 이놈아! 늙은이를 치고 빤히 내려다보기만 하면 어쩐단 말이냐? 요새 젊은 놈들은 어찌 저리도 뻔뻔스럽냐? 에고! 삭신이 노곤하고 쑤시는 것을 보니 뼈가 부스러졌나 봐!"

거지노인이 반쯤 몸을 일으키더니 만석을 삿대질하며 난리를 피우는 것이었다.

"죄송하게 되었습니다, 노인어른. 크게 다친 데는 없어 보이니 그만 일어나시죠."

만석이 마지못해 손을 내밀자, 노인이 휙 하고 그의 손을 뿌리치며 언성을 높였다.

"뭐, 뭐이야? 다친 데가 없어? 네놈이 그걸 어떻게 아냐? 오호라? 그냥 넘어가려고? 아, 어림도 없는 수작 말어!"

거의 생떼를 부리는 거지노인이었다.

'이거, 안 되겠군.'

언제 주루 안의 놈들이 기습할지 모르는 상황. 만석은 노인네와 실랑이를 벌일 시간이 없었다.

"노인장이 계속 다친 척하면 국물도 없소. 따라오면 고기도 먹여 드리지."

만석이 매정하게 몸을 돌리며 뱉듯이 말을 하자, 거지노인이 발딱 일어나며 소리쳤다.

"아, 이 사람아. 나 안 다쳤어! 켈켈켈."

희색이 만면해서 만석의 뒤를 따라 졸래졸래 쫓아오던 거지노인이 만석이 말을 하기도 전에 냉큼 거창해와 막지한의 건너편 의자에 엉덩이를 붙였다.

'크으윽… 이 냄새! 정말 지독하구나.'

얼마나 안 씻었는지 노인의 온몸에서 나오는 고약한 냄새가 연신 콧구멍을 자극하는 것이었다.

노인을 못마땅한 눈초리로 째려보던 거창해와 막지한이 거의 동시에 코를 틀어쥐며 고개를 돌렸다.

그때, 주변 공기를 자욱이 채우는 향긋하고 구수한 냄새와 함께 점소이가 오리구이 세 마리를 커다란 접시에 담아 탁자에 갖다 놓았다. 이어 다른 점소이가 술병 두 개를 탁자 모퉁이에 올리자 거지노인의 째진 눈이 개구리를 본 독사의 눈처럼 변했다.

다른 사람이 말릴 새도 없었다.

벌컥, 벌컥! 커어어. 아, 좋다! 우걱우걱, 와그작. 찌이익~!

오리 한 마리를 싸안듯이 거머쥐고는 한 손으로는 술병을 기울이고 다른 한 손으로는 연신 입속에 오리 고기를 처박는 거지노인이었다.

'이, 이게 뭐야?'

거창해 등은 너무 어이가 없어서 눈만 크게 뜨고 노인의 손과 입 사이로 눈길을 옮길 뿐이었다. 노인의 옆에 우두커니 서 있던 만석도 고개만 젓고 있을 때 그의 귀에 살짝 닿는 작은 속삭임이 있었다.

"방주님, 어떻게 할까요?"

"으음. 저 늙은이 때문에 산통 다 깨겠다. 에잇, 더러운 늙은이!"

"놈들이 저 늙은이로 인해서 정신이 팔려 있을 때 해치우는 건 어떨까요?"

"조금 더 기다려 보자. 먹는 속도로 봐서 금방 끝날 것 같으니. 저 거지 늙은이가 원 없이 먹도록 하는 것도 적선 아니겠어?"

'적선이라…….'

만석이 속으로 싱긋 웃었다. 말하는 것을 보니 아주 상종 못할 종자는 아닌 듯했다.

"아, 제기랄! 술 떨어졌잖아?"

노인이 술병 주둥이에 입을 맞추고 고개를 한껏 치키고 있다가 아쉬운 듯 투덜거렸다.

그리고는 노인의 눈이 거창해의 얼굴을 빠르게 훑더니 히죽 웃는 것이었다.

'노인네가 더럽게도 웃네.'

거창해가 그러지 않아도 멀쩡한 오리구이를 빼앗긴 억하심정에 눈꼬리를 치키며 인상을 험악하게 굳힐 때 노인네가 한마디 하는 것이었다.

"술 더 시켜도 되지?"

"뭐, 뭐요? 그……."

"정말 고마우이. 아, 점소이, 뭐 하나? 술 두 병 추가!"

"이, 이……!"

거창해가 말을 꺼낼 새도 없이 술을 추가로 시킨 노인이 겔겔거리며 웃었다.

"아, 두당(頭當) 한 병씩은 마셔야지, 안 그래?"

혼자 다 마셔놓고는 두당 한 병 운운하는 거지노인이었다.

"으으으……!"

거창해의 콧구멍에서 열기가 솟거나 말거나 점소이가 추가로 가져온 술병과 손에 든 오리구이를 다 뜯어 먹은 거지노인이 꺼억 하고 트림을 하더니 배를 슥슥 문지르는 것이었다.

"다, 다 드셨소?"

이제 와서 뭐라고 하랴. 거창해가 남은 두 마리의 오리구이를 흘낏거리며 말을 걸자 노인네의 눈이 고약스럽게 변했다.

"다 먹긴 뭘?"

노인네가 아쉬운 눈길로 남은 오리구이를 둘러보더니 갑작스럽게 상의를 벗어 젖히는 것이 아닌가? 냄새가 풀풀 날리는 것은 둘째 치고 시커먼 속옷이 노출되었다.

'크윽… 노인네가 미쳤나? 갑자기 옷은 왜 벗나?'

찔끔하고 놀란 거창해 등이 의자를 뒤로 물릴 때 노인네가 벗은 옷으로 재빠르게 오리구이를 싸는 것이었다.

"에구, 음식을 남기면 죄받는다니 안 싸갈 수도 없잖아?"

"뭐, 뭐요?"

하도 어처구니가 없어 이번에는 막지한이 몸을 벌떡 일으키며 노인을 노려보자 노인이 손가락을 입술에 대고 조용히 하라는 시늉을 하더니 속삭이듯 말을 꺼내는 것이었다.

"혹시 자네들, 원수 진 놈 있어?"

"뭐요? 아니, 원수라니요?"

막지한이 무슨 소린가 하고 언성을 높이자 노인이 혀를 차며 대꾸했다.

"아, 눈치도 없이 크게 소리치면 어떡하냐? 아, 저놈들도 다 듣잖아!"

노인이 손가락을 높이 들어 예의 돼지머리 쪽을 가리키며 소리를 지르자 사람들의 눈이 일시에 손가락 방향으로 집중되었다.

"껠껠, 난 고기 값하고 가니 잘들 해보게나."

거지노인이 잽싸게 몸을 돌리더니 다람쥐처럼 실내를 빠져 나갔다.

"크아악! 죽일 놈의 늙은이!"

그 꼴을 보던 돼지머리의 커다란 입에서 불같은 노성이 터졌다.

그리고,

채채챙!

돼지머리에 이어 주루 곳곳에 있던 십여 명의 인물이 각자 병기를 뽑는 소리가 섬뜩하게 들렸다.

"싸, 싸움이다!"

"와아악! 사람 살류!"

갑작스런 살벌한 분위기에 주루를 메웠던 손님들이 아우성을 지르며 입구 쪽으로 우르르 몰려갔다.

"음식 값은 내고 나가요!"

"사람이 죽느냐 사느냐 하는 판국에 무슨 음식 값이야!"

"난 먹지도 못했어!"

점소이들과 손님들이 식사 값을 내라느니, 못 내겠다느니 볼썽사나운 광경에 이어, 서로 밀고 밀치며 주루 바깥으로 나가려고 아귀다툼을 벌이는 소란에 주루는 혼잡스러웠다.

만석이 어느 정도 장내가 정리된 것을 보고 역시 각자의 병기를 꼬나 든 장강표국 표사들의 앞을 막아설 때, 그보다 앞서 전면에 나서는 자가 있었다. 대표두 막지한이었다.

이 기회에 잃어버린 국주의 신임을 회복하려는 듯 그의 표정엔 굳은 결심이 자리 잡고 있었다.

"이놈들! 백주대낮에 물건을 강탈하려고 하다니! 나 장강표국의 대표두 막지한이 네놈들의 쓸모없는 머리통을 떼주마!"

실로 호기만만한 막지한의 호통 소리였다.

'홋! 상대를 알지도 못하면서 너무 성급하게 나서는구나.'

만석은 일순 어이가 없었다. 한순간에 목이 달아나는 살벌한 무림이다. 자기 집 침상에서 죽으려면 나설 자리를 잘 골라야 하는 법이었다. 그런데 지금은 아니었다. 괴이한 광채가 도는 돈안(豚眼)에 돼지털같이 뻣뻣한 수염을 기른 거한은 한낱 중소표국의 표두가 만만히 볼 상대가 아니었다.

"컬컬컬! 쥐새끼가 고양이 흉내를 내는구나! 저놈의 방자한 머리통을 가져올 자 없느냐?"

거한이 커다란 철퇴로 막지한을 가리키며 소리를 질렀다.

"방주! 제가 놈의 머리통을 한달음에 가져오겠소!"

거한의 옆에 있던 냉막한 인상의 사내가 말을 하자마자 막지한의 앞으로 나섰다.

'헉! 이게 무슨 기운인가?'

갑작스레 전신을 내리덮는 싸늘한 예기에 막지한이 주춤하며 한 걸음 뒤로 물러섰다. 그의 얼굴이 삶은 돼지 간처럼 시뻘겋게 변한 것을 보면 기세만으로도 겁을 집어먹은 것이 틀림없었다.

"키키키! 큰소리칠 때는 언제고 벌써 간이 콩알처럼 오그라들었느냐? 주인 앞에서 꼬리만 흔들던 똥강아지라 이빨이 썩었냐?"

"이, 이이!"

화가 난 막지한이 이빨을 부드득 갈았다. 하지만 잘못하면 여기서 목을 내놓아야 할지도 몰랐다. 그러나 이왕 나선 걸음, 물러설 수는 없다. 자신의 일거수일투족을 지켜보는 십여 명의 표사도 그렇지만 특히 표국주 거창해 앞에서 어떻게 꼬리를 만단 말인가?

게다가 얄미운 만석 놈의 콧대를 납작하게 해주어야 했다.

'그래! 전력을 다한다면 설마 죽기야 하랴!'

생각은 길었지만 걸린 시간은 짧았다. 몇 번씩 얼굴색을 바꾸던 막지한이 장검을 곧추세우고 상대에게 짓쳐들었다.

"이놈! 죽어라!"

챙! 땡그랑!

그러나 가볍게 옆으로 비키며 연검으로 막지한의 장검을 막은 장한이 그 즉시 장검을 밀쳐 내자, 막지한은 손아귀가 터져 나가는 충격을 느끼며 검을 놓칠 수밖에 없었다.

"크으윽!"

막지한이 피가 철철 흐르는 오른손을 왼손으로 감싸며 주춤 주춤 뒤로 물러섰다.

단 한 번의 격돌에 두 사람의 우열이 확연하게 드러나는 순간이었다.

"저, 저런!"

표국주 거창해는 물론 표사들이 일제히 놀라서 소리쳤다.

반면, 상대 진영에서는 비웃는 웃음소리가 왁자지껄 터져 나왔다.

"낄낄낄! 좆도 아닌 놈이 소리만 요란했구나!"

"그러게. 가만있으면 중간이나 가지, 안 그래? 크크크."

그 장면을 보며 비릿한 미소를 흘리던 돼지머리거한이 눈을 희번덕거리며 수하들을 둘러보았다. 여기서 혼란을 일으켜 바깥 놈들도 주루로 유인해서 유유히 표물을 강탈하려는 계획. 사실 이들이 이런 양동작전을 펼치는 이유는 장강표국이 두려 워서가 아니라 표물을 노리는 다른 세력들을 염두에 둔 행동 에서였다.

그가 막 '쳐라!' 하고 고함을 지르려는 순간!

화톳불 같은 광채가 그의 홉뜬 돼지눈깔에 파고들었다.

'엉? 이게 뭐야?'

눈알이 뜨끔거리는 강렬한 눈빛!

황급히 눈길을 돌린 거한의 눈에 마른 체구의 청년이 들어왔다.

"핫핫핫! 우리 대표두께서 일부러 약세를 보였더니 기고만장해서 어쩔 줄을 모르는구나."

"크허헉!"

만석이 입을 약간 벌리며 나직이 말했지만 적도들은 답답한 신음을 흘리며 부들부들 몸을 떠는 것이었다.

거기에는 중간중간 귀를 감싸고 괴로워하는 자들도 간혹 섞여 있었다.

'응? 저놈들이 왜 저러지?'

표사들이야 영문을 몰랐지만 이것이 바로 사자후의 일성이었다. 적에게 한꺼번에 타격을 주는 대소림의 음공.

비록 변형되어 그 위력이 현저히 줄긴 했지만 이처럼 상대에게 일시 충격을 주기에는 부족함이 없었다.

"네놈은 누구냐?"

놀란 거한은 묻지 않을 수 없었다. 허약한 표국 무리에 어찌 이런 놈이 있단 말인가? 보아하니 새파란 애송이였지만 풍기는 기세가 만만치 않았다.

"거, 그 양반. 내가 누구냐고 묻기 전에 스스로를 밝혀야 하지 않겠소?"

만석이 빙긋이 웃으며 거한을 쳐다보았다.

'놈! 지금이야 하늘 높은 줄 모르고 까분다만!'

"조, 좋다! 본인은 철혈방(鐵血幇)의 방주 마동풍(馬東風)이다. 너는 누구냐!"

'역시 그런가?'

처음부터 놈들의 기세가 예사롭지 않다 했더니 장강의 패권을 놓고 다투는 신예 세력. 익히 들어본 이름이었다.

"호오! 파양호의 토룡(지렁이)으로 위명이 자자하신 마동풍 대인이시군?"

"뭐, 뭐야? 감히 방주님을 보고 지렁이라니! 네놈이 죽으려고 환장을 했구나!"

"왓핫핫. 나는 그대의 방주하고 얘기하고 있는 터! 건방진 자로군."

"너는 끼어들지 말라!"

마동풍이 냉면인에게 지시하며 불그레한 눈으로 만석을 쏘아보았다. 어서 네놈이 누군지 말을 하라는 재촉이었다.

"그렇게 알고 싶으시다면 말씀드리지."

만석이 일부러 말을 끊고 마동풍의 얼굴 표정을 살폈다.

'자식이 사람 답답하게 하는 데는 일가견이 있구나!'

마동풍이 그런 만석에게 눈을 고정시키고 움쩍도 않자 만석이 씨익 미소를 흘렸다.

'그래도 줏대는 있어 보이네?'

"나는 장강표국의… 쟁자수로 있는 정… 만석이다!"

만석이 천웅이라고 말할까 하다가 본명을 대었다. 이름 하나 바꾸어봤자 유치할 뿐이라는 생각이 떠올랐던 것이다.

"뭐, 뭐야? 고작 쟁자수?"

"이 자식이 누굴 놀리나?"

마동풍의 말에 뒤이어 냉면인 공두래(孔頭來)가 이죽거리자, 만석이 슬쩍 웃더니 입을 여는 것이었다.

"형씨들은 몰라서 그렇지, 장강표국에는 쟁자수가 되기도 하늘의 별따기야. 그건 뭐, 알아보면 될 것이고, 쟁자수의 몽둥이 맛이나 보여줄까?"

농담조로 한마디 하던 만석이 허리춤의 박달나무 몽둥이를 꺼내 들더니 머리 높이 치켜들었다.

"미친놈! 겨우 몽둥이로……."

공두래가 하도 어이가 없어서 만석의 몽둥이만 쳐다보자 만석이 그 자세 그대로 빙긋 웃었다

"미친개한테는 몽둥이가 약이라더라!"

그때부터였다.

뻑! 뻐억!

몽둥이의 격타음과 함께 깨갱거리는 소리만 고통스럽게 울렸다. 그리고 순식간에 장내를 한 바퀴 돌아 공두래 앞에 선 만석이 헤벌쭉하고 웃는다.

"진짜 미친개는 너지?"

뻐억!

미처 방비할 틈도 없이 머리통을 두드려 맞은 공두래의 신형이 예의 깨갱 소리와 더불어 바닥에 처박혔다.

"저, 저 허약한 놈들 같으니!"

삽시간에 십여 명의 부하가 모두 바닥에 널브러져 고통스러

운 비명 소리만 내뱉고 있자 마동풍은 뭔가 뭔지 정신을 차릴
수가 없었다.

'도대체 이게 꿈이야, 생시야?'

그가 붕 떠서는 눈만 깜빡거리고 있을 때, 만석이 몽둥이 끝
을 까딱거리며 마동풍을 향해 빙긋 웃었다.

"아마 바깥에서도 쟁자수 몽둥이맛을 보고 있는 미친개들
이 많은가 본데 같이 나가 보실까?"

"뭐, 뭣이? 그게 무슨……?"

만석의 말을 바로 받아 대꾸하던 마동풍이 귀를 쫑긋하더니
얼굴을 팍삭 우그렸다.

'으음? 이, 이 소리는?'

사실이 그러했다.

바깥에서도 한창 싸움이 벌어지고 있는 것인지 깨갱거리는
비명 소리가 합창하듯 귓전을 두드리고 있었다.

"자, 국주님. 나가 봅시다!"

만석이 어안이 벙벙해서 못 박힌 듯 서 있는 거창해에게 말
을 걸자 그제야 퍼뜩하니 정신을 차리는 그였다.

"쯧쯧쯧. 목불인견(目不忍見)이군."

머리통 한 대씩을 두드려 맞고 땅바닥을 줄줄이 기는 수십
명의 장한을 보며 혀를 차는 거지노인이 있었다.

노인이 연신 오리구이를 씹어가면서 어눌하게 말을 하다
보니 옆에서 듣는 구경꾼들에겐 꼭 목불인견(木不人犬)으로

들렸다.

몽둥이로 인견을 두드리는 세 명의 신출내기 고수.

장강의 떠오르는 잠룡 철혈방을 개박살 낸 강호초출의 일개 중소표국 쟁자수들. 출신이나 신분이 미천한 자들은 이들의 출현에 큰 기대를 걸게 되었다고 한다.

'응? 저 거지노인네가 왜 따라오지?'

장강표국 일행은 금홍루를 나와 석가촌이 멀리 보이는 황무지에서 잠깐 발을 멈추고 휴식을 취하던 중이었다.

그런데 그동안 보이지 않던 거지노인이 입을 우물거리며 어기적대며 따라오고 있는 것이었으니.

만석이 천천히 자리에서 일어나자 그의 옆에서 벌렁 누워 있던 거창해가 말을 걸었다.

"응? 왜 일어서는가? 좀 더 쉬지."

만석들의 무위를 똑똑히 견식한 거창해는 그들에게 전적으로 의존하고 있었다. 강호에 어떤 소문이 퍼졌는지 알 수는 없었지만 이제는 만석이 곁을 떠나면 불안해지기까지 하였다.

"아닙니다. 아까 그 거지노인이 뒤를 따라오는군요."

만석이 말을 마치고 바로 노인을 향해 다가갔다. 사실 앞날이 어찌 될지 모르는 험난한 표행길에서 신경 쓰이는 사람이 끼어들면 귀찮기도 한 것. 노인을 쫓아내려는 생각에서였다.

행렬의 선두에서 쉬고 있던 만석이 다가오자 소이와 우거형도 몸을 일으켜 만석의 눈길이 향한 곳으로 고개를 돌렸다.

"왜? 뭐 이상한 것이 있어?"

소이가 고개를 갸웃하며 말을 걸었다.

혼란스런 싸움 와중에도 오리구이를 뜯던 거지노인네라 그의 천연덕스러운 모습이 기억에 남긴 하였지만 두 사람에게는 그것뿐이었다.

"핫하. 범상치 않은 노인네야. 절대 평범한 거지는 아니지."

만석이 웃으며 소이와 우거형을 일별하더니 곧장 거지노인에게 고개를 돌리며 소리쳤다.

"이보슈, 노인장! 뭐 얻어먹을 게 있다고 졸래졸래 쫓아오시우?"

노인이 잔뜩 못마땅한 표정을 지으며 만석에게 일갈했다.

"이 빌어먹을 놈아! 바람 따라 구름 따라 떠도는 것이 인생인 게야! 그러니 누가 누구를 쫓아간다는 것이냐?"

만석이 노인의 심술딱지 가득한 얼굴을 살피더니 장난스럽게 웃었다.

"호오. 제발 그래 주시오. 나중에 먹을 것을 달라고 하면 똥바가지나 퍼드리지."

명백한 도발이었다. 이제 그만 정체를 드러내라는 압박이기도 했다.

"철모르는 어린아이가 못하는 말이 없구나. 허어! 노부가 이 꼴을 보려고 백오십 년이나 살아왔단 말인가?"

'배, 백오십 년?'

만석들은 믿을 수가 없었다. 아무리 무림인이 오래 산다고 하지만 저 나이까지 살 수 있을까? 게다가 저렇게 정정하게?

"노인네가 망령이네? 백오십 년이 뉘 집 개 이름인가?"

우거형이 헤벌쭉 웃으면서 같잖다는 표정을 하니 노인네가 화가 솟구친 모양이었다.

"뭐야? 이놈들이 덜떨어진 아이들을 손보더니 어른 알기를 우습게 아는구나!"

이어 노인이 남은 오리구이를 왁자하니 씹는가 했더니 입을 벌리고 혹 내뿜었다.

"어헉!"

수십 개의 자잘한 오리 뼈다귀가 오륙 장의 거리를 격하고 허공을 날아오는 광경은 실로 놀랍고 뼈다귀스러웠다.

'쳇! 이 까짓 뼈다귀쯤이야!'

자신에게 집중적으로 날아오는 오리 뼈다귀들을 바라보던 우거형이 몽둥이를 들어 전후좌우로 가볍게 휘둘렀다.

'그럼 그렇지! 별것도 아닌 걸 가지고!'

"어헉! 이게 뭐야?"

바람에 떨어지는 낙엽처럼 우수수 떨어지는 뼈다귀들을 보며 우거형이 웃으며 한마디 하려고 할 때, 바닥으로 떨어지던 뼈다귀가 일제히 솟구쳐 전신을 덮쳐 오는 것이었다.

전혀 예상치 못한 상황!

"이, 이런!"

우거형이 경호성을 터뜨리며 어지럽게 몽둥이를 휘두르자 대부분의 뼈다귀가 산지사방으로 밀려 떨어져 나갔다.

그러나,

"저, 저런!"

소이가 오리의 양다리 뼈가 우거형의 옆구리를 파고드는 것을 보며 아찔해할 때, 갑작스런 회오리바람이 일며 오리뼈가 벽에 부딪친 것처럼 방향을 틀어버리는 것이었다.

"어잉?"

오히려 우거형과 소이보다 더 경악한 거지노인이 만석을 직시하며 눈을 동그랗게 떴다. 어느새 꺼내 들었는지 만석이 도끼를 좌우로 흔들며 씨익 웃고 있었던 것이다.

노인의 이기어골(以氣馭骨)의 수법에 이화접목의 묘리로 응수한 멋진 방어였던 것이다.

그러나 거지노인은 만석의 수법에 놀라기보다는 도끼에 눈을 박고 뗄 줄을 몰랐으니…….

第三章

전설은 살아 있다

　그와 비슷한 시각.

　천무세가의 하인촌이 내려다보이는 가파른 산등성이 중턱 암석에 뿌리박은, 늘어진 소나무 가지 위에 앉아 있는 죽립인이 있었다.

　보통 사람은 도저히 올라갈 엄두를 못 낼 이 석산(石山)에 여유롭게 자리한 것으로 봐서 상당한 무공을 소지한 자 같았다.

　게다가 몸에서 자연스럽게 풍겨 나오는 기도는 거의 절대자의 품격을 가진 것처럼 사람을 내리누르는 기상이 있었다.

　거의 코 언저리까지 내려온 깊숙한 삿갓은 죽립인의 얼굴을 비밀스럽게 감싸고 있었는데, 머리 뒤로 늘어뜨린 회백색 머리칼로 보아서는 적지 않은 나이로 보였다.

　그리고 첫눈에 봐도 무척 질길 것처럼 보이는 갈색 장삼은 초여름 날씨에 전혀 어울리지 않았으니 괴팍한 성미의 인물 같기도 했다.

　그런데 그가 열심히 입으로 집어 나르는 것은 다른 것이 아닌 마른 누룽지였다.

　"우걱, 우걱, 와자작."

　한동안 누룽지 씹는 소리만 시끄럽더니 죽립인이 문득 삿갓을 들어 뭉게구름이 떠가는 쪽빛 하늘을 눈에 담았다.

　"후우우… 벌써 이십 년이 넘었구나……."

　태산처럼 우뚝 선 코에 일자로 꾹 다물린 입술이 사이한 눈초리와 잘 어울려 보이는 노인. 가슴까지 늘어뜨린 하얀 수염이 더욱 고아하게 보이게 했다.

　한동안 그 자세로 몸을 굳히고 있던 노인이 다시 무릎 위로 시선을 떨구었다.

　겉장뿐 아니라 전체가 너덜너덜한 두꺼운 책자였다.

　"흐음… 대체 무적초자라는 자가 얼마만한 무위를 지니고 있는지 짐작도 안 가는구나……."

　노인이 다시 장탄식을 발하며 무겁게 눈을 감았다.

　한낮의 뜨거운 햇볕을 식혀주는 한줄기 바람이 불었다.

　"허허허. 내 나이 벌써 고희. 바람처럼 왔다가 안개처럼 스러지는 것이 사람의 삶이라 하니 어찌 허무하지 않을쏜가?"

　그러면서 책장을 가볍게 넘기며 다시 꼼꼼히 내용을 살피는 것이었다. 그랬다. 이것이 바로 무초 대사가 지은 무명서로 그들이 천하에 뿌린 열 권 중 한 권이었던 것이다.

다만, 만석이 입수했던 책자에 비해서 두께가 절반에 불과하다는 것이 차이점이었다.

"허허허! 노부가 상대의 무공을 손바닥 손금 보는 것처럼 아는 상황에서 십 초 걸려 이긴 것을 겨우 일 초 만에 끝냈다니, 전대의 무적초자보다 오히려 강한 것이 틀림없구나."

노인의 시름은 더욱 깊어만 갔다.

그런데 전대의 무적초자라니?

그렇다면 단순히 책을 보고 무적초자의 이름을 접한 것이 아니었다는 말인가?

"간신히 실마리를 잡았나 했더니, 천무세가는 거의 멸문지경이고 청운자와 왕두홍은 간데없으니, 허어……."

죽립노인의 눈이 암울하게 변해서 하인촌을 망연히 내려다보고 있을 때, 갑자기 그의 눈에 띈 여인이 있었다.

마을의 중간에 있는 우물가에 물을 기르려고 나왔는지 허름한 차림에 날씬한 여인이었다.

"허어? 마을이 텅 빈 줄 알았더니 사람, 그것도 젊은 여인이 있다?"

한동안 반가운 웃음을 지으며 여인을 내려다보던 죽립노인이 자리를 박찼다.

조금 전까지는 인적 없이 깊은 적막만이 감돌던 마을이었다.

그도 그럴 것이 오 년 전 청운자와 추인걸이 천무세가를 떠나면서 천무세가의 무사들도 속속 천무세가를 이탈하였다.

이렇게 되자 천무세가의 외부 기업부터 사파의 침습을 받기 시작하더니 이삼 년 전부터는 천무세가의 부지 외에는 모두 다른 문파들의 손에 넘어가 버렸다.

무림칠대세가의 하나였던 천무세가의 비참한 몰락이었다.

이러다 보니 지금의 천무세가에는 보잘것없는 무공으로 어디에서도 받아줄 가망이 없는 몇몇 삼류무사와 하인 몇 사람 외에는 송백과 불구가 된 장남 송대원만이 남아 있었다. 차남 송영원은 재물을 싸들고 나가서 행방불명된 지 벌써 여러 해였다.

'그래, 촌 처자 같으니 놀라지 않게 물어보아야겠구나.'

괴노인은 지푸라기라도 잡는 심정으로 청운자 등에 대해서 그녀에게 물어보기로 마음먹은 것이었다. 노인이 일부러 발소리를 내며 다가가자 물을 긷던 여인이 퍼뜩 눈을 들어올렸다. 새까맣게 반짝이는 눈에 티없이 맑은 피부를 한 여인.

'허어, 촌 처자치고는 곱기도 하구나.'

노인이 의외의 눈길로 바라보는 여인은 바로 만석의 정혼녀인 홍자려였다. 청운자와 추노가 만석의 소식을 전해준 후, 겨우 일 년에 한두 차례씩의 서찰을 받았을 뿐 만석의 얼굴을 본 적이 없었다.

그러나 그녀는 일편단심 만석을 기다릴 뿐이었다.

무공을 연마하랴, 표국 일을 하랴, 만석이 전혀 시간을 낼 수 없음을 그녀는 잘 알고 있었고, 만석이 천무세가에 오면 위험하다는 얘기도 두 노인으로부터 전해 들은 터였다.

다만 부친은 아직도 침상에서 일어나지 못했고, 수년 전부터는 모친마저 시름시름 앓고 있어 그녀 역시 만석을 찾아갈 엄두를 못 내는 형편이었다.

그저 만석이 어서 무공을 다 익히고 자리를 잡아 자신을 부를 날만 기다리고 있는 실정이었다.

"누구신가요?"

그녀가 허리를 곧게 펴더니 똑바로 노인을 응시하였다.

'허어! 낯선 사람을 봤는데도 전혀 놀라지 않는다?'

노인은 또다시 감탄했다. 이런 정도면 섣불리 묻다가는 의심을 살 우려도 있었다. 곧장 그런 생각이 든 노인이 일부러 한숨을 길게 쉬며 부드럽게 입을 놀렸다.

"휴우우… 노부는 원래 무당산 출신으로 무당파의 은혜를 입어 나이가 든 지금에야 조그만 기업을 일굴 수 있었네. 그래서 옛날 노부에게 큰 은혜를 베푸셨던 청운자 노장문인을 만나 그 은혜를 만분지 일이라도 갚으려고 수소문해서 여기를 찾았더니 벌써 떠나고 안 계시는 것이야. 어디 가야 그분을 만날 수 있는지 혹시나 해서 처자에게 묻는 것이니 대답해 줄 수 있겠는가?"

홍자려가 자세히 노인의 얼굴을 살피니 차려입은 옷도 고급으로 보이고 얼굴도 광채가 나는 것이 범상한 노인은 아니었다.

그러나 그녀는 청운자라고는 들어본 적도 없었다.

"글쎄요. 저는 들어본 적이 없는 분인걸요?"

"여기서는 글 선생을 했다고 하던데, 그래도 모르겠는가?"

"어머, 글 선생이시라면 혹시 허 선생님 말씀인가요?"

그제야 그녀가 안다는 듯 말하자 괴노인의 눈꼬리가 보이지 않을 만큼 미세하게 떨렸다.

"눈꼬리가 좀 처지고 왜소한 체구가 아니었는가?"

"어머, 맞아요. 딱 그렇게 생기셨어요."

"허어! 그럼 맞는가 보이! 그런데 그 사람의 행방을 들어본 적이 있는가?"

노인이 뛸 듯이 기뻐하며 되묻자 홍자려가 잠시 망설였다.

그들의 행방은 알 길이 없지만 만석은 두 사람과 각별한 사이이니 혹시 연락을 주고받을지도 모르는 것이다.

그러나 노인의 정체를 모르는 상황에서 어찌 곧이곧대로 알려줄 수 있을까?

그녀가 망설이는 표정을 보고 노인은 확신할 수 있었다.

'으으음. 눈치를 보니 알긴 아는 모양인데, 쉽사리 말하지는 않을 것 같구나. 할 수 없지, 한시가 급한 일이니.'

"아이야, 노부의 눈을 보아라!"

그녀가 자신도 모르게 노인의 사이한 목소리에 끌려 눈을 들어 노인을 보았다.

'흑……!'

노인의 눈에 이상한 광채가 안개처럼 휘돌며 안구가 투명하게 반짝이고 있었다.

그녀는 가슴이 철렁해지는 기분에 얼굴을 돌리려고 했지만 거미줄에 걸린 곤충마냥 꼼짝도 할 수 없었다.

노인이 시전한 괴이한 안공은 죽림마원(竹林魔院)의 궤멸과 함께 사라진 절대독존의 귀령마안공(鬼靈魔眼功)이었다.

백여 년 전 마교의 일파로 몰린 죽림마원과 제구차 무림맹의 대회전. 피가 강물이 되어 흘렀다는 대혈전은 아직도 후인들의 뇌리에 생생히 기억되고 있었다. 그러나 죽림마원의 힘은 상상을 초월하였다. 당시 죽림마원의 원주였던 절대독존(絶對獨尊)과 절대십마에 신위에 의해 벼랑 끝에 몰렸던 무림맹은 홀연히 등장한 한 기인에 의해 위기에서 벗어날 수 있었다.

이후 전력을 기울인 무림맹에 의해 지리멸렬한 죽림마원은 간신히 새외로 도주하고 말았으나, 그 기인의 정체에 대해서는 억측만이 분분할 뿐 속 시원히 밝혀진 것은 아무것도 없었다. 아득한 백여 년 전의 비사(秘事). 그러나 백 년의 침묵을 깨고 죽림마원의 독문무공인 귀령마안공이 다시 등장했다는 것은 무엇을 말함인가.

'그래! 제대로 걸렸군!'

노인의 투명한 눈이 더욱 강렬하게 번질거렸다.

"아이야, 너는 허 선생에 대해서 아느냐?"

"네, 네."

그녀가 정신없이 고개를 끄덕였다.

"그래, 그래야지. 그럼 그가 어디로 갔는지도 알겠구나."

“그, 그건…….”

‘음? 모른다는 말인가?’

노인은 질문을 바꾸기로 했다.

“허어, 모른다면 알 만한 사람도 있을 터인데… 그래도 모르겠느냐?”

“그, 그건…… 그… 그건…….”

그건, 소리만 되풀이하며 그녀가 말을 잇지 못하자, 괴노인의 얼굴에 조바심이 돋아났다.

‘이런! 하도 오랜만에 쓰다 보니 잘 듣지를 않나? 좀 더 강화시켜야겠구나.’

노인이 공력을 더욱 끌어올리자 그의 투명한 눈에서 황금 빛줄기가 튀어나오더니 안구를 감싸고 돌기 시작했다. 귀령마안공이 거의 극성에 달한 현상이었다.

홍자려의 얼굴이 홍시처럼 빨갛게 실핏줄이 터질 듯이 불거져 나오기 시작했다.

‘허어! 잘못하면 죽이고 말겠군.’

괴노인이 당황한 기색으로 귀령마안공을 거두어들이려고 할 때 심장을 짜내는 듯한 목소리가 홍자려의 입술로 기어나왔다.

“아… 아아… 마… 만석…….”

괴노인이 황급히 재촉했다.

“그래, 만석은 지금 어디에 있느냐?”

“무, 무창… 자, 장강표국…….”

그 말을 끝으로 홍자려는 정신을 잃었다.

그러나 귀령마안공은 피시전자의 심령까지 장악하는 섭혼공. 노인이 속으로 다행스러워하며 일을 마무리했다.

"너는 나를 만난 적이 없다! 너는 단지 물을 길어 올리다가 쓰러진 것이다. 휴우우… 정심이 무척 강한 아이로구나."

괴노인이 한숨을 쉬며 중얼거렸다.

거의 극성의 귀령마안공을 전개하느라 온몸에서 힘이 쭉 빠져나갔지만 여유를 부릴 때가 아니었다.

강호상에는 항상 예기치 못한 일이 빈번하게 벌어지는 터.

몇 번 심호흡을 하며 들끓는 진기를 가라앉힌 그가 다시 한 번 정신을 잃고 바닥에 널브러진 홍자려를 응시했다.

'으음… 언젠가 다시 만날 것 같은 느낌이 드는 아이로구나.'

잠시 물끄러미 그녀를 응시하던 괴노인이 몸을 돌렸다 싶더니 환상처럼 그 자리에서 꺼져 버렸다. 죽림마원의 환상비(幻想飛)의 신법이었다.

"이놈아! 그 도끼 좀 보자!"

거지노인이 삼사 장 거리를 번뜩하니 단축해서 만석에게 손을 내밀었다.

실로 경이적인 신법이었다. 만약 이렇게 접근해서 살수를 펼친다면? 가슴이 서늘해지는 순간이었다.

그러나 내심의 놀라움을 재빠르게 접어버린 만석의 반응은
담담하기만 했다. 만석은 만년한철은 몹시도 구하기 어려운
귀물이라 자신의 도끼가 최소 황금 열 냥 값어치가 있다고 들
었다. 그런데 다짜고짜 도끼를 보여달라니?

"훗. 정말 웃기는 노인네로군. 남의 물건은 왜 보여달라는
거요?"

옆에 있던 우거형이 코웃음을 치며 면박을 주었지만 노인의
눈은 만석의 얼굴을 뚫어지게 바라볼 뿐이었다.

'가만. 저 고절한 무공에 도끼를 알아보는 노인이라?'

소이가 노인의 위아래를 자세히 살피며 머리를 굴렸다.

노인의 눈에는 반가움과 호기심만 있을 뿐이지 탐욕은 보이
지 않았던 것이다.

'으음. 아무래도 도끼와 밀접한 관계가 있는 노인이야. 그
러나 조금 애를 닳게 해줘야 정체를 밝히겠지?'

만석은 노인이 스스로 정체를 밝히도록 유도하기로 했다.

만석이 노인의 눈을 힐끗 쳐다보았을 뿐 무덤덤한 표정으로
등을 돌리니 노인의 눈꼬리가 이마빼기로 치켜 올라갔다.

"이, 이놈아! 어디 가느냐?"

"바람 따라 구름 따라 내 갈 길을 갈 뿐, 노인장이 무슨 상관
이오?"

'이, 이놈 봐라?'

노인의 말투를 고스란히 쓰며 만석이 걸음을 멈추지 않자
노인이 한 발짝 옮기는 것 같더니 만석의 앞을 가로막았다.

‘응? 역시 놀라운 신법이군.’

만석이 노인을 비켜 나가려고 해도 기다렸다는 듯이 그의 발길을 가로막는 노인이었다.

“이놈아! 내놔!”

“훗! 내 물건을 왜 달라고 하는지 이해가 안 가는군.”

“이놈아! 그게 어떻게 네 물건이야? 내가 잠시 맡긴…….”

‘아차! 아니지.’

거지노인이 갑자기 주춤하며 말을 멈추었다.

“누구한테 맡겼다는 것이오? 그럼 이 도끼가 노인장 것이란 말이오? 무슨 증거라도 있소?”

이건 정체를 밝혀봤자 상대가 알아듣지 못하면 그만이었다.

“내가 알기로 원래 무적초자의 도끼라던데?”

만석의 꿍심을 눈치 챈 소이가 슬쩍 흘리듯이 말을 하자 노인이 몸을 부르르 떨며 소이를 노려보았다.

“네놈은 그걸 어디서 들었느냐?”

금세라도 소이의 모가지를 틀어잡을 듯 노인의 표정은 험악했다.

이렇게 되면 만석은 그가 누군지 의심할 여지가 없다는 생각이 퍼뜩 들었다.

“노인장은 혹시 무초 대사라고 아시오?”

“무, 무초… 대사?”

노인이 떨떠름하게 대답하며 말꼬리에 의문을 달았다.

‘모른단 말인가?

만석은 적이 실망을 느끼지 않을 수 없었다.

그때, 노인이 생각난 듯 부르짖었다.

"아아! 그렇군! 그 어린 중대가리? 망아(忘我) 돌중 녀석의 큰 제자 놈 이름이 무초라고 했지, 아마? 가만있자, 근데 그 어린 놈이 무슨 대사씩이나?"

"크으. 그분의 연세 벌써 구십입니다. 그런데 어리긴 누가 어려요?"

이번엔 우거형이었다.

"엥? 그게 그렇게 되나? 내 나이가 백오십이니… 맞아, 맞아! 그렇게 되는구나!"

늙으면 어린애가 된다더니 거지노인이 손뼉을 치며 좋아했다.

막상 그의 정체를 알게 되자 어리둥절한 만석들이었다.

사부가 서찰에서 자신이 무적초자가 아니라고 실토한 지 얼마나 되었다고 무적초자 본인을 만난단 말인가. 실로 공교로운 일이었다.

"자, 여기 있으니 보시지요."

의심할 여지가 없다고 느낀 만석이 도끼를 건네주자 요모조모 살피다가 부드럽게 도끼를 쓰다듬던 노인이 긴 한숨을 토했다.

"허어! 벌써 백 년이 흘렀구나. 그 팔팔하던 망아도 죽고 없는 세상에 아직도 살아 있어야 하다니. 세월은 무상하되 초가을날 인적 없는 황야에 찬바람만이 불고 있도다."

‘쳇! 인적이 없긴 뭘? 사람이 바글바글 끓고 있잖아?’

우거형이 한심스런 표정을 지으며 멀리서 쉬고 있는 표사들을 돌아보았다. 자신들만의 잡담에 열중하고 있는 듯 맨 끝의 마차 뒤에서 벌어지고 있는 일은 전혀 관심 밖인 것 같았다.

‘이분이 진짜 무적초자시라면?’

노인의 감상 어린 말을 듣던 만석이 은근히 그의 표정을 살폈다. 잘만 하면 이번엔 진짜 무적초자의 가르침을 받을 수도 있지 않은가?

그러나 무공이란 조른다고 배울 수 있는 것이 아니다.

만석이 시침을 뚝 떼고는 한마디 했다.

“노인장, 쓸데없이 감상하는 척하지 말고 내 도끼나 돌려주슈!”

“그, 그게 무슨 소리냐, 이놈아! 이건 백 년 전에……!”

“백 년 전에는 노인장 것이었는지 몰라도 지금은 내가 임자요. 생각해 보슈! 노인이 부치고 있는 땅을 백 년 전의 주인이 나타나서 돌려달라고 하면, 여기 있소 하고 내놓겠소?”

‘엥? 그게 또 그렇게 되나?’

노인이 얼떨떨한 표정으로 만석의 마른 얼굴을 기웃거렸다.

그 즈음 장강표국의 장팔은 매우 곤란한 처지에 놓여 있었다.

삿갓을 쓴 괴노인이 다짜고짜 만석을 찾아내라고 난리를 피우는 통에 정신이 돌 지경이었다. 처음에는 신분이 불확실하니 어쩌니 하며 대답을 회피했지만, 노인의 무서운 눈길을 대하고 보니 오금이 달라붙어 바지에 실례를 하지 않으면 다행일 지경이었다.

실은 지금의 장강표국에는 일부 쟁자수나 사무를 보는 문인들만 남아 있을 뿐 표사라고는 자신과 차판돌밖에 없었다.

괴노인이 담벼락을 넘어가서 그들에게 물어보는 것이야 당연했지만 그들은 표행이 어디를 향했는지 알지 못했다.

표행의 목적지 등은 당연히 비밀이었던 것이다. 게다가 만석은 출행 바로 당일에야 차출되었으니 더구나 알 도리가 없었다. 사실 만석들이 표국 내에서는 유명한 인물들이었지만, 인부들이야 좋은 자리 나면 옮기는 경우가 빈번한지라 오늘 아침에 보이던 자가 저녁에는 다른 표국의 인부로 일하는 것도 드물지 않았다.

이런 사정을 모를 리가 없는 괴노인이 급기야 장팔을 붙들고 물고 늘어진 것은 지극히 당연한 일이었다.

그런데 처음에는 뻗대기도 하면서 노인에게 붙어봤지만 노인의 새끼손가락에 코가 꿰어 허공에 둥둥 떠 있는 지금으로서는 정신이 아뜩할 따름이었다.

"정말 모른다는 말이냐?"

노인이 마지막 기회를 주는 것처럼 엄중하게 물었다.

"그, 그, 그게… 혹시 표행을 따라갔을지도……."

장팔은 간신히 추측을 해서 들은풍월을 기억해 내었다.

'역시 이놈도 모르는구나.'

괴노인은 실망하지 않을 수 없었다.

그렇다면 스스로 찾아갈 도리밖에 없지 않은가?

괴노인의 사이한 눈초리가 고약스럽게 변하더니 새끼손가락에 힘을 불끈 주었다 싶은 순간,

"끄에엑!"

장팔이 훨훨 날아 담벼락에 부딪치며 돼지 멱따는 비명을 질러댔다. 그가 삭신이 부서지는 느낌에 눈물을 찔끔 흘리며 간신히 고개를 쳐들었을 때는 무심한 바람결만이 코끝을 스쳐 지날 뿐, 그의 앞에는 아무도 보이지 않았다.

"아이구……! 내가 귀신에 홀렸나……."

그러나 통째로 부딪친 등짝의 아픔과 새끼손가락에 걸렸던 콧구멍이 째진 듯한 느낌은 그것이 실제였음을 반증해 주고 있었다.

거창해는 표국주는 만석의 요청을 수락하지 않을 수 없었다.

금홍루 안에서도 느낀 것처럼 결코 범상치 않았던 거지노인이었다. 그런데 만석이 노인과 표행에 동행할 것을 청하니 이야말로 예상하지 못했던 행운이 아닐 수 없었다.

"어르신! 정말 고맙소이다. 아무쪼록 먹을 것은 신경 쓰지 마시고 그저 표행을 함께해 주시기 바랍니다."

상대가 거지니 거지에게 가장 필요한 것이 먹을거리라는 것을 생각한 거창해의 재치였다.

"아, 물론일세! 먹을 것만 준다면야 더 바랄 게 있겠는가. 헐헐."

기분이 좋은지 거지노인이 군데군데 빠진 이빨을 드러내고 흔쾌하게 웃음을 터뜨렸다.

그날 저녁이었다.

표행 초기에 습격을 받은 바도 있어 오히려 인적이 드문 곳으로만 골라 길을 가던 일행은 항주를 이백여 리 남겨둔 황야에서 일박을 하기로 했다.

십여 명의 쟁자수가 치중마차에서 양식과 가마솥 몇 개를 꺼내어 저녁 준비를 하느라 장내는 잠시 분주한 공기로 뒤덮였다. 가마솥에 받칠 적당한 돌을 골라오고, 땔감을 나르는 쟁자수들을 지켜보며 외곽 지역의 경계를 서고 있던 만석이 노인의 동태를 본 것은 그때였다.

표두와 표사들은 자신의 병기를 닦느라 다른 곳에 신경을 쓰지 않고 있었는데, 그것은 만석들의 무위를 견식한 바도 있었고, 또 거지노인네가 무림의 기인이라는 사실에 힘입은 바도 컸다. 거의 절정급 무공을 가진 네 사람이 바깥 경계를 서고 있으니 이들은 두려울 게 없었던 것이다.

그런데 한동안 노인이 사람들의 행동을 흘낏거리더니 경비가 없는 마차의 포장을 하나씩 들추며 뭔가를 찾는 것이었다.

'응? 도대체 뭘 찾으시는 거지?'

이미 거지노인이 무적초자임을 잘 알고 있는 터, 그의 행동이 약간은 이상스러웠지만 만석은 그대로 지켜보기만 했다.

'아니? 이건 무슨 기운인가?'

거지노인을 지켜보던 만석이 멀리서 다가오는 사이한 기운에 경각심을 돋우며 정신을 집중했다.

'빠르다!'

거의 오 리 밖에서 나타난 기운은 얼마 지나지 않아 겨우 이삼 리 근방에서 느껴질 정도로 신속했다.

'대체, 누구이기에?'

기운이 똑바로 이곳으로 오는 것으로 봐서는 목적이 뻔했다.

'혹시, 표물을 노리는 자인가?'

만석은 이대로 놔두어서는 안 되겠다고 생각했다.

아무런 낌새를 못 느꼈는지 거지노인은 여전히 이 마차 저 마차를 들락거리고 있었지만 애써 노인에게서 신경을 거둔 만석이 이내 몸을 날렸다.

괴노인이 장강표국의 행적을 쫓는 것은 어렵지 않았다.

처음에는 막막했지만 지나가는 행인들이 겨우 반나절 전에 있었던 장강표국의 세 쟁자수, 이름하여 목불삼견으로 애기의 꽃을 피우고 있어 장강표국의 행방을 쫓고 있던 노인에게는 감로수 같은 기쁨을 선사하였다.

다만 그 세 쟁자수가 누군지는 모르지만 천무세가에서 만났던 홍자려의 또렷한 눈망울과 굳센 정심을 기억하고 있던 그로서는 짐작이 어렵지 않았다.

일부 예외는 있지만 그 정혼녀를 보면 만석이란 놈도 평범한 놈은 아니라는 것. 게다가 청운자와 추인걸과 관계가 있는 놈이라면 지금껏 쟁자수 노릇 하면서 정체를 숨기고 있었다는 짐작이 가능했다.

다만, 이제 와서 정체를 드러냈다는 것이 미심쩍기는 했지만 주머니 속에 있는 칼은 언제고 주머니를 째고 나오는 것이다.

'음? 누구지?'

한창 경공을 펼쳐 날듯이 나아가던 괴노인이 발을 뚝 멈추고 멀리서 다가오는 인영을 보았다.

'허어! 젊은 놈이 몸이 무척 빠르군!'

겨우 이십대 초중반으로 보이는 훤칠하지만 마른 몸매의 청년.

거리가 가까워지자 천천히 몸을 세운 만석이 죽립인을 똑바로 응시하였다. 아직은 상대의 목적을 정확히 알 수가 없다. 상대의 반응을 보고 대응하려는 속셈이었다.

만석의 위아래를 나무 꼬챙이로 찌르듯 살펴보던 죽립인의 입꼬리가 치켜 올라갔다. 알 만한 놈이었다. 장강표국의 쟁자수라더니, 허름한 옷차림에 허리띠에 찔러 넣은 빨래 방망이처럼 생긴 박달목봉.

"커허허! 이제 보니 목불인견 중에 한 녀석이군!"

'목불인견이라니?'

만석이 의아스러운 눈초리로 죽립의 눈구멍에 눈을 맞추었다.

"허헛! 철혈방의 미친개들을 방망이로 무식하게 두드렸다고 하더니, 듣던 대로 무지막지하게 생겼구나!"

괴노인이 죽립을 들추고 웃어젖히니 가슴 어림의 수염이 춤추듯 나부꼈다.

'으음. 노인은 노인인데……'

보아하니 얼굴은 팽팽해 보이지만 젊은이의 팽팽함과는 약간의 거리가 있는 연륜이 느껴지는 모습이었다.

어쨌든 노인이 먼저 시비를 걸었으니 그냥 참고 있으면 만석이 아니었다.

"쯧쯧쯧! 노인장은 무엇이 부끄러워 죽립으로 얼굴을 가리고 있소? 세상이 부끄러우면 집에서 손자 재롱이나 보시지, 참으로 불쌍한 노인네로군."

'허어? 이놈이?'

괴노인이 기이하다는 눈길로 만석을 살펴보았다.

자신이 얼굴을 드러내며 일부러 기세를 내뿜었는데도 꿈쩍도 않더니 천연덕스럽게 대거리를 하는 것이었다.

"커허허! 건방진 놈이로고. 노부는 네 녀석과 농담이나 하려고 온 것이 아니다."

노인이 나직하게 웃으며 말을 했지만 만석의 귀에는 천둥처럼 크게 들렸다. 귀청을 갈가리 찢는 듯한 고통이 갑작스레 찾아오고 있었다.

‘으으음! 대단하구나!’

그런데 만석이 움찔하며 고통스런 표정을 지은 것은 잠깐, 금세 평온한 표정으로 비아냥거렸다.

“핫핫핫! 알고 보니 비겁한 늙은이로군. 얼마나 자신이 없으면 몰래 위해를 가하려고 하는 거요!”

“뭐, 뭣이! 대가 세면 부러지는 법! 철모르는 어린아이가 세상모르고 설치는구나!”

“크훗! 노인네가 말로만 큰소리치는군. 그렇게 자신이 있으면 버릇 좀 가르쳐 주시지요.”

‘응? 이거 쉽게 안 넘어가네?’

안색이 붉으락푸르락하며 금방이라도 발작할 것처럼 보이던 노인이 이내 평정을 되찾자 만석이 실망한 표정을 했다.

살살 약을 올려서 노인의 목적을 알아내려던 시도가 수포로 돌아간 것이었다.

“허허! 괜히 머리를 굴릴 필요 없다. 네놈이 만석이지?”

노인이 만석의 생각을 들여다본 듯 손가락으로 만석을 가리키며 흡족하게 웃었다.

‘으음? 나에게 볼일이 있었나?’

만석으로서는 자신의 이름을 거론하는 노인이 의심스러웠으니 곧이곧대로 시인할 리가 없었다.

“만석이라……. 거 정말 이상한 노인네로군. 처음에는 목불인견이니 뭐니 하다가 이젠 만석이란 자를 찾는다? 대체 목불인견은 뭐고 만석은 또 누구요? 내가 알아도 되겠소?”

'응? 잘못 짚었나?'

괴노인은 만석의 반응에 고개를 갸우뚱하며 다시 그의 전신을 살폈다. 보통 낯모르는 사람이 자신의 이름을 거론하면 일단 시인을 하고 상대의 볼일이 무엇인지 알려고 하질 않던가?

일순 머리가 혼란스러웠지만 수십 년을 강호에서 굴러먹은 그로서는 미심쩍지 않을 수 없었다. 게다가 일단 의심나면 끝까지 캐어야 직성이 풀리는 노인의 성격이었다.

"좋다! 네놈이 장강표국의 쟁자수가 아니란 말이냐?"

"그게 무슨 소리요? 아아, 저쪽에 사람들이 모여 있더니 그 사람들이 장강표국 사람들인가? 기치도 없고 아무것도 없어서 상인들인 줄 알았더니……."

이번에는 만석이 고개를 갸웃하며 당최 모르겠다는 표정을 짓자 괴노인의 얼굴이 와싹 우그러졌다. 그럼 지금까지 쓸데없는 놈을 붙들고 시간을 낭비했다는 말인가?

그렇다 해도 저 건방진 놈을 그냥 고이 내버려 두고 가기에도 성이 안 차는 노인이었다. 게다가 범상치 않은 무공을 가진 것처럼 보이지 않던가?

그렇지만 지금은 괜한 소란을 피워서 저 장강표국 놈들이 달아나기라도 하면 부지런히 발품을 팔아야 한다.

"어린 놈! 운수가 좋구나!"

괴노인이 마침내 만석을 그냥 두기로 작정을 하고 몸을 띄우려고 할 때,

"에구, 이놈아! 뭐 그리 비싼 이름이라고 속이고 다니냐?"

사람 키 높이 자란 풀숲을 헤치며 나타난 왜소한 인영이 있었다.

"네 이놈! 나를 속였구나!"

거지노인을 힐끗 보던 괴노인이 별다른 느낌을 못 받았는지 바로 만석에게 고개를 돌리며 소리쳤다.

"예? 누가 누구를 속였단 말입니까? 별말씀을 다하시네."

만석이 허리춤의 목봉을 어루만지며 가볍게 대꾸하자 괴노인의 사이한 눈알이 부르르 떨렸다.

"이런 죽일 놈 같으니! 네 입으로 분명 만석이 아니라고 하지 않았느냐?"

"허참! 그럼 낯모르는 사람이 시비조로 묻는데 노인장이라면 어떻게 하시겠어요?"

"그, 그건……."

괴노인이 떨떠름하게 말을 더듬자, 만석이 그것 보라는 듯 소리를 내어 웃었다.

"핫핫핫! 이름은 허울이라 하니 내가 만석이든 잡석이든 무슨 관계가 있으랴? 보고도 알아보지 못한 흐릿한 눈을 탓할 수밖에!"

"으으음……!"

노인은 만석을 너무 가볍게 생각했다는 자책감에 침음성을 흘렸다. 이런 놈한테 청운자가 어디 갔는지 아느냐고 물으면 곧이곧대로 그렇다고 할까? 어림도 없는 소리였다.

그렇다면!

괴노인은 좀 더 쉬운 방법을 생각했다.

그것은 만석의 뒤를 졸졸 따르는 아주 단순한 방법이었다.

그러다 보면 놈으로부터 어떤 방식으로든 청운자의 행방을 들을 수 있을 것이다.

'아암, 그러기 위해서는 놈의 주변에서 기회를 노려야 해!'

노인이 아연 결심을 굳히고 있을 때, 만석이 거지노인에게 묻는 소리가 들렸다.

"근데 어르신께서 여기 오신 이유가 뭐지요?"

슬쩍 괴노인을 살피던 노인이 웃으며 대답했다.

"겔겔! 식사 준비 끝났다고 알리려던 참이네."

꼬로록.

'응? 이게 누구 뱃속에서 나는 소리야?'

만석과 거지노인이 서로를 마주 보며 탐색하다 눈을 죽립노인에게 돌리니 그의 드러난 볼이 벌게져 있었다.

괴노인의 뱃속에서 나는 소리였던 것이다.

"커허! 저렇게 망가질 수도 있나?"

배일도가 천문세가의 정문 앞 십여 장 거리에서 말을 세우고 짐짓 한탄했다.

"놈들이 지은 죄의 대가가 아니겠소."

말 머리를 나란히 한 관대형이 같잖다는 표정으로 째진 눈을 더욱 길게 찢었다.

"옳습니다! 거, 뭐냐. 이게 다 이, 일장의 춘… 춘자요!"

유식한이 아는 척하며 문자를 쓰니 배일도의 고리눈이 한쪽으로 쏠리며 갸웃했다.

"야, 춘자 년이라면 무창 화화루(花花樓)의 기녀 이름이 아니었냐?"

"에이, 두목도! 아, 춘자면 어떻고 춘화면 어떻겠소! 아, 춘자 년이 손님 껍데기 홀딱 벗기려다 알몸뚱이로 쫓겨난 거 잘 아시잖소."

"그, 그렇지? 거참. 맞는 소리 같기도 하다야. 허구! 저 무너진 담장을 보아하니 마음이 왜 이다지도 아프다냐?"

"오호라! 그리고 보니 두목이 성불할 날이 멀지 않았다니까. 안 그래?"

관대형이 감탄했다는 표정으로 유식한의 동의를 구하자 유식한이 얼른 맞장구쳤다.

"무, 물론이오! 개새끼가 뼈다귀를 마다할 때는 우화등선이 가깝다고 그러잖소."

'가, 가만있자. 이게 뭔 소리야? 성불에 우화등선이면 내가 죽을 때가 됐다는 소리?'

배일도의 하늘을 향해 뚫린 양쪽 콧구멍이 움찔거리며 거친 김이 모락거리며 피워 올리기 시작했다.

'아니, 두목 콧구멍에서 웬 연기냐?'

관대형과 유식한이 모를 일이라는 듯 마주 보고 고개를 갸웃할 때 배일도의 분기가 터졌다.

"이… 이 개잡종들아! 뭐, 성불에 우화등선? 그래! 나 죽을 때가 다 됐다! 그전에 네놈들부터 먼저 죽어봐라!"

뻐억! 뻑! 꽈드득!

배일도가 손을 들어 관대형과 유식한의 뒤통수에 한 주먹씩 안기자 두 사람이 돼지 이빨 가는 소리를 지르며 말 위에서 떨어지지 않으려고 바둥거렸다.

이성형은 이십여 장 밖의 백여 명의 기마대를 대하자 눈앞이 캄캄해졌다. 놈들이 중구난방으로 차려입고 있어 소속이 어딘지는 알 수 없었지만, 하나같이 소도둑같이 험악하게 생긴 놈들을 보자면 묻지 않아도 목적이 뻔해 보였다.

하지만 왜?

쇠락한 천무세가는 이젠 무림칠대세가는커녕 가문을 유지하기도 어려운 지경에 빠져 있었다. 자신을 포함해서 겨우 십여 명의 삼류무사가 남아 있는 천무세가다.

하인 십여 명이 농사를 지어 간신히 입에 풀칠이나 하는 처지로 농사일이 바쁘면 무사들도 총동원되다시피 하니 이젠 무사니 하인이니 구분할 것도 없었다.

부자가 망해도 삼 년이 간다는데, 이미 삼 년이 지난 지도 오래였다.

다만 술독에 빠져 헤어날 줄 모르는 송백 부자도 약간의 자존심은 남았는지 정문 경비는 철저히 하라고 하여 할 수 없이 문을 지키는 터였다. 그런데 오늘은 재수가 옴 붙었는지 하필이면 이성형이 대문을 지킬 때 도적 떼가 들이닥친 것이었다.

‘아이구. 제발 그냥 지나가라, 응? 살점은 다 썩어 문드러지고 뼈다귀밖에 안 남았으니 뭐 먹을 거라도 있냐, 이거야.’

이성형이 몸을 바르르 떨며 눈동자를 불안스럽게 굴리고 있을 때, 두목처럼 보이는 덩치가 산 같은 자가 흑마를 몰아 이성형의 앞으로 달려나왔다.

“저, 저… 무, 무슨 일이신데……?”

수문무사의 책무상 상대의 볼일을 묻지 않을 수 없었지만 이성형의 더듬거리는 목소리는 떨리고 있었다.

“커억!”

그러나 이성형은 말을 하자마자 목이 콱 틀어막힌 비명을 지르지 않을 수 없었다.

어느새 말에서 날아 내린 배일도가 이성형의 목을 움켜쥐고 허공으로 치켜 올린 것이었다.

배일도의 머리 위에서 다리를 버둥거리는 이성형의 얼굴이 금세 시커메지며 목구멍에서는 꼬로록대는 소리만 울렸다.

“네놈은 어서 송백이란 놈을 불러와라!”

그러나 숨이 막혀 눈알이 돌아가고 있는 이성형이 뭐라고 대답한다는 말인가.

“두목! 아, 모가지는 놔줘야 대답하든 갔다 오든 할 거 아니오!”

그들의 모습을 보고 빙글빙글 웃고 있던 관대형이 소리쳤다.

“에엥? 내가 언제 이놈의 모가지를 틀어잡았지?”

배일도가 이상스럽다는 듯이 이성형의 반쯤 풀린 눈동자를 살피더니 문을 향해 집어 던져 버렸다.

"크아아악!"

쿵!

꼭 마른 지푸라기마냥 날아가던 이성형의 신형이 천무세가의 편액을 반쯤 부수며 계단 위로 떨어져 내렸다.

떨어진 편액에는 천무라는 글자가 쓰여 있었다.

"호오! 천무는 죽고 세가는 살아남았다?"

마침 말을 몰고 앞으로 나오던 유식한이 떨어져 내린 편액을 받아 들며 징그럽게 웃었다.

"껄껄! 위대한 천무세가가 어쩌다가 반쪽이 되었단 말이냐!"

유식한의 말을 받아 배일도가 호기롭게 외치며 기분 좋게 웃고 있을 때,

"당신들은 누구이기에 이토록 행패를 부리나요?"

맑고 뾰족한 여인의 음성이 들리며 날씬한 인영이 대문 앞에 모습을 드러냈다. 홍자려였다.

아버지의 절친한 친구인 이성형이 오늘의 수문무사임을 상기하고 말동무나 하려고 오던 차에 그가 계단 위에 떨어지는 모습을 보았던 것.

"오호! 예쁘장한 계집일세? 개잡년이 워낙 잘 처먹어 피부가 뽀얗구나."

관대형이 눈을 부라리며 홍자려의 위아래를 탐스럽게 살

폈다.

차려입은 옷차림은 비록 허름하지만 왠지 깨끗하게 자란 느낌으로 세가의 하녀로 보기에는 어딘가 다른 점이 있었다.

"흥!"

코웃음을 치며 그를 힐끗 노려보던 홍자려가 고통으로 신음하던 이성형을 살펴보았다.

"후우, 다행히도……."

홍자려가 안도의 숨을 내쉬며 몸을 일으켰다.

보아하니 옷이 찢어진 곳에서 피가 흠뻑 스며 나왔지만 부러진 데는 없어 보였다.

"끄으윽, 자, 자려야. 어, 어서 몸을 피해라! 저 흉신악살 같은 놈들에게 무슨 짓을 당할지 모른다! 어, 어서!"

이를 악물고 고통스러워하면서도 홍자려의 신변을 염려해 주는 이성형이었다.

"아저씨, 걱정 마세요. 어차피 저자들이 좋은 목적으로 온 것이 아닌 이상 어디에 있든 마찬가지 아닌가요?"

"아, 안 된다! 혹여 네가 잘못되면 네 부친과 남편의 얼굴을 어떻게 본단 말이냐! 내, 내가 여기서 막을 테니 어서 도망쳐라!"

이성형이 간신히 몸을 일으키더니 옆구리의 검을 뽑아 들었다.

챙 하고 맑은 검명이 울렸지만 그를 두려워할 사람은 이 자리에 없었다.

"크큭! 정말 눈물이 앞을 가리는구나! 하지만 네놈은 죽여 돼지 밥을 만들고 저 계집은 노리개로 삼아 똥밭에 굴리리라!"

이성형과 홍자려의 대화를 보아서는 틀림없이 천무세가 무사 계층으로 보였다.

그러다 보니 천무세가의 공격으로 죽어 무덤에 묻히지도 못한 동료들이 아프게 떠오르는 관대형이었다.

'가만. 자려? 자려라고 했지……?'

그러나 유식한은 뭔가 생각날 듯 말 듯한 표정으로 홍자려의 얼굴을 살피고 있었다.

그때 비칠거리며 돔을 일으키는 이성형을 제지하면서 홍자려가 앞으로 나섰다.

"호홋! 이제 보니 네놈들이 바로 흑수채의 수적들이구나! 그래, 천무세가가 흥성할 때는 얼씬도 않더니 망하고 나니 만만하게 보였더냐! 시체에 달려드는 승냥이같이 더러운 놈들! 어서 덤벼보아라!"

"뭐, 뭐야? 더러운 승냥이? 이 씹어 죽여도 시원찮을 계집년이! 좋아! 어디 네년의 가랑이를 찢어도 개소리 하나 보자!"

불끈 화가 치민 관대형이 언월도를 비껴 들며 당장이라도 덮칠 것처럼 으름장을 놓았지만 홍자려는 그저 싸늘하게 노려볼 뿐이었다.

"형님, 잠깐만 기다리슈!"

그제야 유식한이 뭔가 느껴지는 것이 있는지 관대형의 앞을 가로막으며 끼어들었다.

"임마! 기다리긴 뭘 기다려! 일단 저 암내 나는 계집의 터진 입부터 틀어막고…….."

"아니, 내가 물어볼 게 있소."

"너, 너……!"

거의 일언지하에 관대형의 말을 자르는 유식한을 보고 관대형이 입술을 부들부들 떨었지만 배일도는 잠자코 그들의 수작을 지켜볼 뿐이었다. 그래도 그들 중에서 가장 유식하고 머리도 잘 돌아가는 유식한이 아니던가?

유식한이 그들의 반응을 슬쩍 지나치며 부드러운 눈길로 홍자려를 보았다. 그러나 홍자려의 눈빛은 여전히 성난 암고양이처럼 수그러들 줄 모르고 있었다.

"혹시, 부인은 정… 만석이라고 아시오?"

"네? 그게 무, 무슨 말인가요?"

'역시!'

홍자려가 즉각 놀라워하는 반응을 보이자 유식한이 머리를 끄덕였다.

"실은 그분이 바로 우리의 대사형이오."

"뭐, 뭐라구요? 당신들은 흑수채의 흉… 사람들 아닌가요?"

홍자려는 소스라치게 놀라며 흑수채의 흉한들이라고 하려다 즉시 말을 바꾸었다.

"맞소. 자세한 내용은 나중에 말씀드리겠지만 실은 대사형의 부탁을 받고……."

유식한이 말을 이으려고 할 때 멀리 천무세가의 대전에서 달려오는 인영이 있었다.

'이 기세는?'

배일도가 강력한 기세를 느끼고 달려오는 인영을 쳐다볼 때, 십여 장 밖에서 도약한 인영이 대감도를 휘두르며 소리를 질렀다.

"네 이놈들! 내 천무세가가 죽지 않았음을 똑똑히 보여주리라!"

"오호라! 너는 송백이로구나!"

배일도가 씨익 웃더니 큰 도끼를 곧추세우고 신형을 박찼다.

"네 이놈, 송백아! 내 도끼 맛을 보거라!"

마주 고함을 치며 칠팔 장을 짓쳐나간 배일도의 도끼와 송백의 칼이 정면으로 부딪쳤다.

콰콰쾅!

고작 도끼와 칼이 부딪치는 소리라고는 믿기지 않는 폭음과 함께 땅바닥이 십여 장이나 움푹 파이며 흙먼지가 회오리치며 사람들의 시야를 가렸다.

이어 뽀얗게 중인의 눈을 가리던 먼지가 가라앉자 두 사람의 신형이 일목요연하게 눈에 들어왔다.

엇갈려서 오륙 장 떨어진 곳에 서 있던 두 사람 중에 먼저 움직임을 보인 것은 송백이었다.

"크으윽……!"

심장이 갈가리 찢기는 듯한 신음 소리와 함께 입에서 분수

같은 핏줄기를 내뿜던 송백이 돌아보던 자세 그대로 땅바닥에
고꾸라졌다.

"우와아! 채주님이 이겼다!"

백여 명의 무리가 환성을 지르며 기뻐 날뛰고 있을 때,

"쿨럭, 쿨럭!"

밭은기침과 함께 줄줄이 송백의 입가에서 흘러나오는 핏물
은 무척 진했다. 가끔씩 희끄무레한 먼지 알갱이 같은 물질이
핏속에 섞여 있는 것으로 보아 내장의 일부도 터진 듯하였다.

"하아, 하아아……! 헉헉!"

송백이 입가에서 흘러내리는 핏자국을 닦을 생각도 없는 듯
그대로 머리를 들어 하늘을 우러렀다. 구름 낀 하늘은 그의 마
음만큼이나 우중충했다.

'으음, 역시 간단한 자가 아니었어.'

술에 잔뜩 취한 것처럼 비틀거리던 신형을 간신히 세운 배
일도가 옆에서 부축을 하려던 관대형과 유식한의 손을 뿌리치
며 송백에게로 걸어갔다.

"커커커! 송 가주, 어떻소? 당신이 하찮게 여기던 도적놈에
게 당한 기분이?"

송백이 가래 끓는 소리로 대거리했다.

"크훗훗. 내가 술독에 빠져 있는 동안 네놈의 무공이 한 단
계 높아진 것은 인정하마! 그러나… 그러나……."

"그러나?"

"헛허허! 아냐, 아니야. 다 부질없는 소리야. 난 벌써 십 년

전에 죽어버렸지. 이제 와서 이기고 지는 것이 무슨 소용인가? 다만 천무세가에 남아 있는 다른 사람들은 살려주게나. 그들은 주인을 잘못 만났을 뿐이니 무슨 죽을죄를 지었겠나.”

송백은 더 이상 생에 미련이 없어 보였다. 주저앉은 그대로 목을 길게 내밀고 힘없이 눈을 감을 뿐.

“어서 죽이게. 그만 쉬고 싶군.”

“원한다면! 그러나 쉽게 죽이려니 그렇게는 안 될 것 같아.”

“그렇소. 두목! 저자에게 비참하게 죽어간 서생과 수백여 수하들의 덧없는 희생을 생각하면 절대로 쉽게 죽일 수 없소!”

관대형이 피를 토할 듯 절절한 음성으로 외쳤다.

뜨거운 열기가 벌겋게 튀어나와 번질거리는 그의 눈동자는 소름 끼칠 정도로 무서웠다.

“송백! 네놈 혼자 죽으면 모든 것이 끝날 줄 알지만 천만에! 천무세가에 있는 것은 개미새끼 한 마리도 남기지 않겠다!”

이번에는 유식한이었다. 평소 유들유들하던 그의 눈에서도 격렬한 불길이 뿜어져 나오고 있었다.

이성형은 그저 멍하니 그들을 쳐다볼 뿐이었지만 홍자려는 달랐다. 그들의 완강한 태도에 깊은 한숨을 내쉬던 그녀가 문득 만석을 떠올렸다.

‘그래, 이건 그 사람 뜻이 아닐 거야.’

통뼈처럼 생긴 자의 말처럼 만석의 부탁을 받고 이곳을 찾았다는 것은 자신을 염려한 만석의 마음 씀씀이였던 것이다.

만석이 그녀를 찾지 못한 이유도 송백의 술수를 염려했던 것임을 그녀는 추노에게 들어서 알고 있었다.

그러나 그녀는 백척간두에 서 있는 송백이 애처로웠다.

오랫동안 상전으로 모셔온 세가주였다. 아니, 이 자리의 이성형은 물론 세가에 남아 있는 만석의 부친 정삼의 친구들도 해를 입을 우려가 있었다. 그녀는 만석의 의중을 다시 확인해야 했다.

"저, 한 가지만 물어봐도 되나요?"

"무슨 얘기요?"

어디까지나 침착한 홍자려의 말에 배일도가 즉시 민감한 반응을 보였다.

"그 사람이 세 분에게 천무세가를 멸하라고 부탁을 하던가요?"

"그, 그건……."

'에이휴. 성질나는 대로 했다가는 큰일 날 뻔했네.'

갑자기 정신이 번쩍 난 배일도가 말꼬리를 흐리더니 유식한에게 눈짓을 했다.

'큭! 말하기 난처하니 나보고 알아서 하라 이거지?'

유식한이 만석의 부탁을 떠올리며 실소했다.

만석은 오히려 송백의 협조를 얻으라고 했다. 이미 몰락한 천무세가에 분풀이해 봤자 좀생원밖에 더 되겠느냐.

이 기회에 천무세가를 흑수채의 본거지로 삼아서 때를 기다리면서 이를 토대로 제갈세가를 도모하라는 것.

즉, 암중에 힘을 키운 천무세가가 제갈세가와 대적하는 모양새를 만드는 것이 만석이 말한 계획의 골자였다.

표국주 거창해는 이번에는 눈살을 찌푸리지 않을 수 없었다. 보기만 해도 사람을 위압하는 기세를 가진 죽립노인이 만석과 거지노인의 뒤를 따라오고 있었던 것이다.

'으으음. 보기만 해도 간이 오그라드는구나.'

애써 가슴을 펴고 아무렇지도 않은 기색을 짓고는 있지만 괴노인이 눈알만 부라리면 그대로 까무러칠 만큼 거창해는 두려움에 잠겨 있었다.

만석은 괴노인을 소개하지 않았다.

다만, 음식을 올려놓은 기름종이 옆에 노인의 자리를 마련해 주고는 묵묵히 먹기에만 열중하는 것이었다.

표국주로서의 체면이 있지, 그가 누구냐고 묻기 전에 응당 아랫사람이 알아서 챙겨줘야 하는 것이 아니던가.

게다가 죽립은 벗을 생각도 없이 입으로 음식만 나르던 괴노인이 거창해가 겨냥한 계란 요리를 날름 잡아채 가니 거창해의 울화통은 더욱 커질 수밖에 없었다.

'어, 어럽쇼? 이, 이 노인네가 점점?'

좋아하는 음식까지 새치기당하자 마침내 노인의 위압감을 떨쳐 낸 거창해가 막 입을 열어 불평하려고 할 때, 그의 귓전에 굉렬한 목소리가 울렸다.

"입 닥치고 음식이나 처먹어!"

'어헉!'

깜짝 놀란 거창해가 건너편에 앉은 괴노인을 쳐다보았지만 노인네는 여전히 입에 음식을 처넣느라 여념이 없는 모습이었다.

그렇다고 만석이가 그럴 리도 없고, 거지노인을 생각해 봐도 목소리가 다르다.

"이봐! 괜히 음식 맛 버리기 전에 처먹기나 하라니까."

괴노인이 음식에 처박았던 얼굴을 들어 눈자위를 씰룩대며 거창해를 힐끔 보자 그제야 목소리의 주인을 깨닫는 거창해였다.

그러나 그 정도의 목소리라면 못 들은 사람이 없어야 정상일 텐데 그의 말에 신경 쓰는 사람은 없어 보였다.

'그, 그렇다면? 괴, 괴물을 만났구나.'

거창해는 황급히 음식에 입을 박고 먹는 척했다. 그도 그럴 것이 그가 들은 것은 한꺼번에 여러 사람에게 음성을 전하는 회음전성보다 훨씬 어렵다는 심령전성이었던 것이다. 일반적으로 시전하는 자의 능력에 따라 다르겠지만 전성의 범위는 길어야 십여 장에 불과했다. 게다가 어쨌든 입을 열어야 말을 전할 수 있었으며 전음을 행할 때는 다른 일을 할 수가 없었다. 기를 잘게 쪼개어 상대의 귀에 닿게 한다는 것은 그만큼 고도의 심력과 공력이 필요한 것으로 거의 초일류급의 경지가 아니면 시전할 엄두도 못 낸다는 것이다.

그런데 심령전성은 전혀 다른 일을 하면서도 똑똑히 상대의 뇌리에 육성을 전한다는 것이니 괴노인의 무공 수위야 더 이상 언급할 건덕지도 없었다.

저녁을 먹고 난 다음, 서서히 날이 어두워지자 야영 준비에 바쁜 일행이었다. 늑대 같은 짐승들이 접근치 못하게 함은 물론 쑥을 태워 독한 야생 모기들을 쫓는 것은 야영의 기본이었다.

넓은 야영지 서너 군데에서 화톳불이 훨훨 타오르니 매캐한 연기가 바람을 따라 떠돌며 사람들의 후각을 자극하였다.

으레 이럴 때면 입담 좋은 사람들이 제 세상을 만난다.

적의 공격에 대비해서 음주가무는 허용될 리가 없었다.

그렇다고 해서 민숭민숭하게 상대의 눈알만 쳐다볼 수도 없는 노릇이었다.

아무튼 이들 재담꾼의 장광설을 듣다 보면 시간 가는 줄을 모르니 야영이라는 것도 꼭 고달픈 것만은 아니었다.

만석과 거창해, 그리고 거지노인과 죽립노인 등 다섯이 둘러앉은 이 자리의 주인공은 단연 거지노인이었다.

"커어어! 좋다!"

거지노인이 걸걸한 음성을 내뱉으며 술을 연신 목구멍에 붓고 있었다.

거지노인의 성화로 치중마차에서 한 동이의 죽엽청을 갖다 놓고 술잔을 돌리는 중이었다. 높은 지위에 있는 사람은 언제나 예외적인 존재임을 이 자리에서도 여실하게 보여주고 있었다.

술잔이 순배를 거듭하자 좌중의 분위기는 활활 타오르는 화톳불만큼이나 달아오르고 있었다. 바야흐로 거지노인의 무용담이 절정을 향해 치닫고 있는 것이었다.

버얼컥! 또 한 잔의 술이 거지노인의 목구멍으로 들어가고 주거니 받거니 다시 한 순배의 술잔이 돌아간 다음, 거지노인의 입에서 거나하게 침이 튀겨졌다.

"하, 그놈들. 노부가 아무리 있어 보여도 그렇지, 불문곡직하고는 홀딱 벗고 가진 거 다 내놔! 이러잖겠어?"

"그, 그래서요?"

백오십 살 먹은 강호기인의 비사였다. 거창해는 숨이 꼴까닥 넘어갈 정도로 흥미진진했다. 있어 보였다는 거지노인의 말이야 그렇거니 하면 그만이었다.

노인이 궁금증을 참지 못해 애달아하는 거창해를 보며 유쾌하게 웃었다.

"겔겔겔. 그래서 노부가 점잖게 타일렀지. 젊은 사람들이 너무 돈을 밝히면 못 써! 이러고 말이지."

노인의 눈알이 바삐 구르며 좌중을 훑었다. 분위기에 따라 얘기하는 사람의 흥도 절로 나는 것. 노인은 스스로 그 분위기를 만들 줄 알았던 것이다.

'크훗! 녀석들 참, 기특하기도 하지!'

그때 만석은 다른 의미로 노인의 말을 열심히 듣고 있었다.

얘기하는 와중에 무명서 속의 내용이 흘러나올 것이라고 하는 기대감이었다.

‘뭐? 백오십 살? 말도 안 돼!’

죽립노인의 생각이었다.

말은 백 년 전이 어쩌고 하지만 그때는 죽림마원이 한창 세력을 떨치던 시절이기도 했고, 제구차 무림맹에서 전력을 기울여 죽림마원과 공전절후의 결전을 벌이던 혼란기였다.

전통있는 문파나 가문에서는 특기할 만한 사건을 묶어 연대기 형식으로 후손에 남기는 것이 보통이었다. 그런데 백 년 전의 기인이라고 자화자찬하는 눈앞의 노인네 같은 인물은 듣도 보도 못했던 것이다.

다만, 말할 때마다 겔겔거리는 장난스러운 웃음소리와 작고 마른 체구는 조부에게서 들은 그 누군가를 연상케 했지만 그는 애써 생각을 지웠다. 우연치고는 너무 심한 우연이라 도무지 믿기지가 않는 것이었다. 게다가 청운자 등과 관련이 있다면, 내가 무적초자걸랑? 이러면서 만석의 곁에 있을 리도 없고, 만석이 노인을 대하는 태도 역시 살가운 느낌이 없는 것으로 보아 애당초 모르는 사이로 보였다.

“하구야! 아, 그놈들이 내 점잖은 충고를 무시하고는 눈에 불을 켜고 내 보따리를 빼앗으려고 덤벼드는 거라!”

‘가만있자, 저놈 표정은 영 아니네?’

말을 하다 말고 거지노인이 다시 좌중의 눈치를 살피며 고개를 갸웃거렸다.

거창해와 만석은 눈을 빛내며 노인의 다음 말을 기다리고 있는데, 저 죽립 쓴 놈은 시큰둥하니 술이나 축내고 있는 것이었다.

"아이야, 너 어른이 말하면 듣는 척이라도 해라! 새파란 어린애가 어째 호기심도 없냐?"

거지노인이 아니꼬운 눈초리로 괴노인, 말하자면 환로(幻老)에게 이죽거렸다. 실은 거창해가 떨어지지 않는 입을 놀려 그의 이름을 물으니 엉겁결에 환로라고 대답하긴 했지만 가명이라는 것을 누가 모를까? 그래서 거지노인네가 번데기 앞에 주름도 유분수지, 감히 자신 앞에서 노(老) 자를 붙인다고 야단치는 바람에 일촉즉발의 긴장 상태까지 간 것이 조금 전이었다.

"뭐, 뭐요? 그거 나보고 한 소리요?"

환로가 가만히 있을 턱이 없었다. 나이 칠십에 애 취급 하는 작자가 다 있다니! 그가 주먹을 부르르 떨며 눈을 치뜨자 금세라도 주먹이 오고 갈 듯한 험악한 공기가 좌중을 팽팽하게 조였다. 이 꼴을 본 거지노인이 혀를 끌끌 차며 탄식했다.

"요즘 애들은 어째 이렇게 버릇이 없다냐? 이놈아, 내 나이 백오십이야! 넌 네 증조할아비가 뭐라 그러면 주먹부터 내미냐?"

"어, 어이휴! 내가 말을 말아야지! 그럼 내가 나이 이백이라면 어쩔 거요? 이름도 없는 노인네가 별 소리를 다 하는군!"

화가 나니 절로 말이 많아지는 괴노인 환로였다.

"이래서 애들은 뭐를 모른다고 하는 거야! 이놈아, 네가 진짜 이백이라면 나한테 존댓말을 쓰겠냐? 게다가 내 이름이 왜 없어! 너희 앞으로 노부를 초로(草老)라고 불러라!"

"초, 초로?"

"초, 초로라고?"

만석과 환로의 음성이 거의 동시에 터졌다.

"어잉? 이름이 너무 멋있냐? 껠껠. 너무 그렇게 감탄의 눈길로 보니 부끄럽기만 하구나."

그런데 두 사람은 웃지 않았다. 그들이 뚫어질 듯이 쳐다보기만 하자 더욱 면구스러워진 노인이었다.

"아, 그 사람들 참. 꼭 옛날얘기를 해야겠냐? 실은 어렸을 때 노부의 집에서 소 몇 마리를 키웠으니 어쩌겠나? 소여물을 주려고 봄부터 가을까지 뼈 빠지게 풀을 베어보라니깐? 잔등이는 쑤셔대지, 허리는 끊어질 듯 아프지, 나중에는 낫만 봐도 겁이 나더라니까."

"저기, 초, 초로 어르신. 아까는 명문세가 출신이라고……?"

"엥? 뭐라구? 이봐, 거 국주! 젊은 사람이 벌써 기억력이 가물가물하면 그 머리 어디다 써먹겠나? 에잉! 요즘 젊은 아이들은 헛똑똑이가 많아서 탈이라니까. 아이야, 그렇지?"

초로가 만석을 은근히 쳐다보며 눈을 찡긋거렸다.

"소생도 어르신께서 명문세가 출신이라고 들었습니다만."

만석이 입가에 빙긋 미소를 지으며 고개를 흔들자 초로가 눈살을 바락 찌푸리며 환로의 얼굴을 살폈다.

"하기야 애들은 다 이렇지 뭐. 근데, 네놈은 어떻냐? 너는 내가 봐도 늙어 보이니까, 설마?"

"나도 그렇게 들었소!"

환로가 같잖다는 표정으로 일갈하자 초로의 얼굴에 약간의 곤혹감이 들었다.

"허어! 애들이 짜고서 어른을 놀려먹다니, 이런 말세가 다 있나!"

'엉? 저놈이 왜 일어나냐? 어른이 한참 말씀하시는 중인데?'

초로가 말을 하다 말고 만석을 째려보며 소리쳤다.

"이놈아! 어른이 말을 하는데 엉덩이를 드는 것은 또 어디서 배워 처먹은 버르장머리냐? 무식한 놈 같으니!"

그러나 만석은 노인이 뭐라 하든 자기 생각에 빠져 있었다.

만석이 그가 진짜 무적초자인지 아닌지 혼란스러운 심정으로 개울을 따라 걸음을 옮겼다.

얼마 전부터 왠지 무공의 진도가 너무 더디다는 생각에 답답함을 느꼈던 만석이었다.

마음이 괴로울수록 돌아가신 부친과 홍자려의 맑은 눈망울이 만석의 뇌리에 가득 떠오르곤 했다.

"휴우… 천무세가로 돌아가고 싶지만 그럴 수가 없구나."

만석은 절로 한탄성을 내뱉지 않을 수가 없었다.

만석은 자신이 약간의 무공만을 익혔을 뿐 이루어놓은 것이 아무것도 없다는 것에 마음이 조급했다.

실로 무창 밤 세계의 대형으로 불리긴 했지만 실제적으로 그들 위에 서본 적도 없었다. 다만, 힘없는 양민을 괴롭히는 것을 엄금하고 장사가 잘되는 집에서 부담스럽지 않은 적절한 보호비를 거두라는 지시를 한 것이 삼 년 전부터 지금까지 대형으로서 만석이 한 일의 전부였다.

천무세가가 몰락했다는 소식을 듣고 나서는 부친의 묘 앞에서 불효를 빌고 홍자려와 오순도순 살아가고 싶었다.

그럴 때마다 만석은 마음을 다져 먹었다.

그래서는 남아대장부로 태어나 어찌 치열한 삶을 살았다고 하리요.

스스로 약해질 때마다 약한 마음을 북돋아준 것이 부친의 모습과 자려의 존재였지만, 또 그렇기에 돌아갈 수가 없었다.

돌아가면 다시는 무림에 나오고 싶지 않으리라.

음모가 난무하고 뼈와 살이 튀는 거대한 전쟁터 무림.

남아의 기상을 맘껏 뽐낼 수 있는 훌륭한 무대이면서도 언제나 목숨을 버릴 각오를 해야만 하는 척박한 땅. 만석은 바로 여기에 뜻을 둔 것이다.

무적문!

만석이 무림을 향해 거대한 포효를 내지를 때 무적문 천하는 오리라!

힘없고 약한 자가 제대로 대우받으며 사는 세상.

그 일보로 배일도가 천무세가를 접수하고, 만석이 무림의 중심을 향하여 발길을 재촉하고 있는 것이었다.

만석은 삼사 장 너비의 개울가에 앉아 희미한 월광을 쉬임 없이 뿌려주는 보름달을 쳐다보고 있었다.

“후우. 달이 참 밝기도 하구나.”

탄식하던 만석이 뭔가 물속에서 꼼지락거리는 느낌을 받은 것은 그때였다. 아마도 물고기가 물을 거슬러 오르는 것이리라.

“핫하! 물고기 녀석들이 아직도 자지 않고 놀고 있구나!”

부쩍 호기가 치밀어 오른 만석이 큰 소리로 웃었다.

“좋다! 이놈들아, 네놈들이 물속에서 놀면 나는 물 위에서 놀아보리라!”

만석이 내쳐 물속으로 뛰어들었다.

푸웅덩!

“허어푸! 허차차!”

물속에 들어가자마자 모가지까지 잠겨 버린 만석이 양팔을 휘둘러 겨우 몸을 띄웠다.

“나 이거야! 옛날 사람들은 잘도 물 위를 걸었다고 하던데 어떻게 해야 물 위를 걷지?”

만석이 투덜대며 물가로 나오다가 흠뻑 젖어 물이 뚝뚝 떨어지는 자신의 몰골을 살피다가 다시 웃음을 터뜨렸다.

“핫핫하! 이왕 젖은 김에 등평도수니 뭐니 하는 걸 연습해 볼까?”

만석이 이번엔 신중하게 심호흡을 하며 몸을 최대한 가볍게 하려고 애썼다. 말 그대로 몸을 가볍게 띄우는 것이 경공의 기본이며 요체였다. 하지만 그저 몸을 띄운다고 하면 삼사 장 정도의 개울이야 훌쩍 날아 넘어가면 그뿐, 굳이 물 위를 걸을 필요가 있을까?

'그래. 장강을 걸어서 넘는다고 생각하는 거야!'

만석이 몸이 한껏 가벼워진 것을 느끼고 약간의 천근추 신법을 가미해서 물로 뛰어들었다.

풍덩!

"아푸푸!"

"제길! 이것도 꽤 힘드네?"

그러나 뛰어들자마자 물결에 휘말려 물속에 처박힌 만석이 귓속에 들어온 물방울을 털어내며 불평을 했다.

그때,

"에구. 이놈아, 무작정 물속에 뛰어든다고 등평도수가 되냐?"

'음? 이 목소리는?'

만석이 삐딱한 노인네의 목소리에 급히 고개를 돌려 개울가를 쳐다보았다.

초로가 삐딱하게 고개를 기울이며 만석을 보고 있었던 것.

만석이 물속을 박차고 뛰어나와 초로의 곁에 몸을 세웠다.

"그럼 어떻게 해야 하는지 가르침을 주시지요."

"겔겔. 그 녀석, 어지간히도 알고 싶은 모양이구나."

노인이 실실거리며 웃었지만 만석은 그럴 수 없었다.

절정의 경지! 멀고도 험한 궁극의 길. 만석으로서는 새로이 접하는 모든 것이 곧 배움이었고 깨달음이었다. 그런데 비록 형편없는 꼴을 보이긴 했지만 무적초자의 관심을 끈 셈이었다.

만석이 묵묵히 머리를 약간 숙이며 기대의 눈초리로 자신을 쳐다보자 초로가 세차게 혀를 찼다.

"쯧쯧쯧! 요놈의 주둥이가 방정이라니까. 괜히 끼어들어서는 힘이나 빼게 생겼잖어."

연신 입으로는 투덜거리면서도 물을 향해 다가가는 초로의 표정은 신중했다. 뭔가 한 수를 보여줄 것 같은 그럴듯한 표정.

그때 막 물에 발을 디디려던 초로의 표정이 묘하게 변했다.

'엥? 저 녀석이 여긴 웬일이야?'

노인의 표정이 장난스럽게 변하더니 씨익 입가에 미소를 달았다.

"이놈아! 똑똑히 봐라! 등평도수라는 건 말이야, 먼저 물결의 성질을 꿰뚫는 안목이 중요하니라!"

'물결을 꿰뚫는 안목이라…….'

만석의 눈이 그지없이 날카로워졌다.

지게 작대기로 물고기를 잡던 기억이 더욱 새로워지며 야릇한 긴장감으로 몸이 경직되었다.

물결의 성질을 안다 함은 물속의 물고기를 잡는 것과 일맥상통하는 뜻이 있는 것이었다.

그러는 동안에도 초로의 의젓한 목소리는 이어지고 있었다.

"자. 물의 성질이 매우 거칠고 세차구나. 그렇다면 발을 물속에 집어넣는 동시에 순간적으로 발을 수평에서 수직으로 치켜들어 물의 힘을 최대로 받는다.”

‘으음. 발을 물속에 들이는 동시에 수평에서 수직으로 바꾼다!’

만석이 발끝으로 초로의 동작을 흉내를 내보았다.

‘아하!’

뭔가 될 듯한 느낌에 만석이 속으로 경탄할 때,

왼발을 물가에 두고 오른발을 물속에 집어넣던 초로가 잽싸게 오른발을 빼내며 왼발을 물속에 집어넣었다.

“놈! 보았느냐?”

“무, 무엇을요?”

노인이 의기양양해서 소리쳤지만 만석은 도무지 이해할 수가 없었다. 한 발을 물에 넣었다가 빼는 동시에 다른 발을 집어넣는다.

그리고 다시 들어간 발을 빼서 물가를 디디고 남아 있는 발을 집어넣는다. 만석이 눈꼬리가 째지도록 응시했지만 노인의 동작은 다만 그것뿐이었다.

“이놈아! 마음을 집중해서 노부의 동작을 보란 말이야!”

노인이 똑같은 동작을 두 번, 세 번 되풀이하며 시범을 보였지만 만석이 여전히 모르기는 마찬가지였다.

“저… 초로 어르신, 그러니까 이렇게 하면 된다는 거지요?”

“오호라! 과연, 과연!”

만석이 노인의 옆으로 다가가 노인의 흉내를 내자 노인이 참지 못하고 감탄성을 터뜨리는 것이었다.

"놈! 보기보다는 무척 똑똑하구나. 노부는 더 이상 가르칠 것이 없도다! 그러나 지금은 잘된다고 해도 나중에도 잘되라는 법은 없는 것! 항시 기억에 담아두고 연습을 게을리 하지 말아야 하리라."

"예? 그럼 이, 이것이 등평도수라고요?"

만석은 실로 어이가 없었다. 오른발, 왼발을 번갈아가며 물속에 집어넣었다가 빼는 것이 등평도수라니!

"어허! 네 이놈! 어른이 그렇다면 그렇게 알 것이지 무슨 불만이 그리 많으냐! 자, 아까는 네가 물에 빠져 허우적거렸지만 지금은 멀쩡하게 물 위를 걷지 않았더냐!"

"어, 어르신, 그건 두 발을 물 위에 두고 걸어야……."

만석이 눈 뜨고 사기를 당한 기분에 입술이 대자나 나오며 항의하자 초로의 입술이 한껏 비틀어졌다.

"예끼, 이놈아! 그걸 할 줄 알면 내가 이 나이가 되도록 거렁뱅이 노릇이나 하겠느냐? 놈이 날도 더운데 별소리를 다하는구나!"

이번엔 노인이 화를 버럭 내며 만석을 째려보았다.

방귀 뀐 놈이 성낸다는 옛말 그대로였다.

'휴우… 진짜 무적초자 맞아?

만석은 옛날 주노에게 가졌던 의문을 그대로 떠올리며 머리를 저을 수밖에 없었다.

"이놈아! 어린애가 쓸데없이 머리를 흔들면 집안이 망하는 법이다! 그건 그렇고, 한참 몸을 쓰다 보니 배가 고프구나."

　노인이 배를 움켜쥐며 눈꼬리를 바르르 떨다가 뭔가 생각난
듯 만석을 흘끔 쳐다보았다.
　"왜, 왜 그런 눈으로 보시는지요?"
　"에이구, 저렇게 눈치가 느려서야! 아, 이놈아! 물속에 고기
들이 바글거리는 것도 안 보여?"
　'크윽!'
　만석이 뭐라고 대꾸는 못하겠고 노인네를 멍하니 쳐다보았
다.
　도대체 발이나 몇 번 물속에 집어넣었다 빼더니 이젠 물고
기를 잡아달라고 성화였다.
　"아, 이놈아! 네놈은 노인네를 부려먹었으면 미안하지도 않
냐? 가르침을 달라고 했잖아?"
　'크윽… 당했구나.'
　순전히 어거지를 부리는 노인네를 보며 만석이 허리춤에서
박달목봉을 빼내어 머리 위에 수직으로 세웠다. 그리고 눈을
감고 물의 흐름과 물고기의 움직임을 느껴보기 시작했다. 물
결이 물굽이에 부딪쳐 튀어 오르는 소리, 그리고 물결을 헤치
며 물고기가 지나치는 소리가 만석의 심상(心象) 속에 뛰어들
었다.
　'지금이야!'
　만석이 속으로 부르짖으며 곧추세웠던 목봉을 일직선으로
내려쳤다. 파곽! 물 튀는 소리가 살짝 울리며 약간의 물방울이
만석의 코 언저리를 적시다 힘없이 떨어졌다.

보통 사람들의 눈에는 직선으로 보였지만 실은 목봉 자루가 바람결을 타고 곡선으로 휘어졌다가 물을 치는 순간 다시 직선으로 바뀌는 것이었다.

'호오! 대단한데? 놈은 이미 몸으로 쾌의 묘리를 터득하고 있구나!'

감탄한 초로가 눈을 가늘게 뜨고 만석의 동작을 살펴보고 있을 때, 다른 곳에서도 감탄의 눈길을 보내는 사람이 있었다.

'호오? 이거 재미있는데? 나도 한번 끼어봐?'

환로가 일부러 숨은 자리에서 빙 돌며 인기척을 내더니 똑바로 만석들을 향해서 물가로 걸어갔다.

환로가 다가오는 동안에도 몇 번이나 물을 후려친 만석의 뒤에는 팔뚝만 한 물고기가 시커멓게 드러누워 꿈틀거리는 중이었다.

"아니? 저놈은 먹을거리만 보면 빠지지 않고 달려드네?"

초로가 가까이 다가온 환로를 못마땅한 눈으로 째려보며 궁시렁대자 환로의 죽립이 절로 움찔거렸다.

아마도 듣기 거북한 듯 환로의 목청은 절로 커져 있었다.

"노인장, 그게 무슨 소리요! 보아하니 저기 정 소협이 물고기를 잡은 모양인데, 왜 노인장이 나서냐 이거요!"

"뭐야? 모르면 입 다물고 있어! 잡은 놈은 저놈이라도 시킨 놈은 이놈이야! 그러니 물고기 놈은 이놈 거란 말이다!"

"오, 그러세요? 이놈이 저놈한테 시켰으니 물고기 놈은 이놈 거라 이거지요?"

‘엥? 뭐가 이상한데?’

환로가 손가락을 휘두르며 이놈 저놈 하니 순전히 욕설이 아닌가?

“너, 너, 너!”

초로가 눈알을 바르르 떨며 잡아먹을 듯이 환로를 째리자 환로가 아차 하고 몸을 경직시켰다.

‘크. 노인네들이 꼭 애들처럼 노는구나.’

어처구니없는 눈빛으로 두 사람을 번갈아 지켜보던 만석이 야들야들한 버들가지를 꺾어 물고기의 주둥이를 엮었다.

“두 분은 싸우고 계시지요. 소생은 가서 물고기나 구워 먹으렵니다.”

그리고는 스적스적 미련없이 발길을 옮기는 만석이었다.

“이, 이놈아, 같이 가자!”

두 노인이 채신머리없이 만석의 뒤를 졸래졸래 쫓아갔다.

‘크! 사는 게 뭔지…….’

두 노인의 입가에 공통으로 자리한 주절거림이었다.

다음날 아침 일찍 길을 떠나 반나절을 가니 산은 야트막한데 울울창한 송림이 우거진 곳에 다다랐다.

“그것참, 아무래도 산도적놈들이 나올 것 같단 말이야?”

선두에 선 거창해가 말을 멈추며 정면을 주의 깊게 응시하였다.

다년간의 표행에서 얻은 직감은 거창해에게 연신 조심하라고 주의를 주고 있었다.

　그러나 산중 관로는 괴괴한 정적만이 감돌고 있을 뿐 아무런 인기척도 없었다.

　짹짹, 찌리찌리, 비리리…….

　그러는 동안에도 이름 모를 산새들이 노래 부르며 머리 위를 날고, 더위를 식히는 바람을 타고 진한 송진 냄새가 콧구멍을 들쑤시고 지나쳤다.

　"국주님, 마음 탁 놓으시오. 설마 우리가 있는데 어느 놈이 감히 수작을 부리겠소?"

　만석과 자리를 바꿔 맨 뒤에서 선두로 나선 우거형의 장담이었다.

　"그, 그럴까?"

　"맞습니다! 까짓, 놈들이 나왔다 하면 머리통이나 때려 부수면 그만 아닙니까?"

　이제는 만석들의 열렬한 추종자가 된 대표두 막지한이 재빨리 맞장구를 치며 나서는 것이었다.

　그러면서 눈에 웃음기를 가득 담고 우거형을 쳐다보는 것을 잊지 않는 막지한이었다.

　'우욱……! 갑자기 속이 메스꺼워지는걸?'

　사람의 성정을 더듬는 데는 서투른 우거형도 그의 눈길이 뜻하는 것을 모를 리가 없었다. 지극한 아부요, 뻔한 아첨이었던 것이다.

　"좋다! 그럼, 출발이다!"

　두 사람의 심사는 아랑곳없이 채찍을 높이 들어 출발을 명한 거창해가 속도를 내며 말을 달려나갔다.

　그리고 또 얼마나 산길을 들어왔을까?

　"여어, 참으로 상쾌하군!"

　거창해가 절로 흡족해진 기분에 말의 속도를 높이려고 할 때, 갑자기 그의 말이 푹 꺼지며 구렁텅이로 빠져들었다.

　"어허헉!"

　거창해가 정신이 아뜩해지는 느낌에 헛바람을 내뿜음과 동시, 뒤따라오던 마차가 그의 머리 위로 떨어져 내렸다.

第四章
체면이 밥 먹여주냐

"억? 저, 저런?!"

우거형이 달리던 말을 급히 멈추며 푹 꺼진 지면을 살폈다.

삼사 장 길이에 깊이는 삼사 척 정도였지만 함정에 틀어박힌 마차 두 대는 꼼짝도 할 수 없었다.

다행히 말에 깔리지는 않아 거창해는 물론 말을 몰던 네 명의 표사도 크게 다친 것 같지는 않았지만, 바닥에 주저앉아 쉬이 몸을 일으키지는 못하고 있었다.

그러나 이럴 때 의당 있어야 할 적의 기습은 없었다.

에헤헤헹!

어린아이가 쑥스러워 웃는 것 같은 울음소리를 내지르는 말들과 아무렇게나 처박힌 마차들만이 조금 전의 사건을 떠올리게 할 뿐.

우르르!

떨어진 거창해들을 구하고 마차를 끌어 올리기 위해 표사들의 대부분이 구덩이로 몰렸을 때,

"잠깐! 모두 그 자리에 멈추쇼!"

우거형이 두 팔을 벌려 몰려드는 사람들을 제지하더니 허리를 숙이고 구덩이 속을 살폈다.

"왜, 뭐 수상한 것이 있어?"

소이가 앞으로 나오더니 우거형과 함께 구덩이 속을 살폈다.

그들이 구덩이 속을 살피고 있을 때 만석은 산중을 파고들어 적의 기척을 찾고 있었다.

"이것 참, 구덩이만 파놓고 아무도 없다?"

만석이 산중을 돌아 일행의 근처에 도달할 때까지 인기척을 발견 못하자 고개를 갸웃거리며 중얼거렸다.

"겔겔겔! 어떤 녀석이 머리 하나는 기가 막히게 잘 썼구나."

돌아오는 만석을 보고 초로가 의미심장한 말을 건넸다.

"그게 무슨 말씀이십니까?"

그가 말하는 의미를 금방 눈치 채지 못한 만석이 되묻자 초로가 눈자위를 씰룩거리며 만석의 위아래를 훑는 시늉을 했다.

"어떤 때는 똑똑해 보이는데 이럴 때는 또 멍청하니 도무지 종잡을 수 없단 말이지."

"똑똑하게 보아달라고 부탁한 적 없습니다! 쓸데없는 소리나 하시려면 앞이나 비켜주시죠!"

만석이 앞에 선 초로를 밀치듯이 걸어나가자 초로의 눈자위가 쭉 째졌다.

"저, 저런 고얀 놈이 있나! 노부가 백오십 살을 먹도록 저렇게 막돼먹은 놈은 또 처음이로다!"

노인네가 소리치자마자 발을 뚝 멈춘 만석이 초로를 옆 눈으로 흘깃거리더니 귀찮다는 듯이 대꾸했다.

"어르신이 백오십 살이라고 누가 증명하지요? 또 어른 대접을 받으려면 스스로를 돌아보고 말씀하세요!"

"어잉? 뭐, 뭐라구? 이놈아! 내 나이는 하늘이 알고 땅이 안다! 그리고 내가 어른 노릇 못한 것은 또 무엇이냐?"

"그걸 몰라서 묻소? 참, 한심한 늙은이로군."

'어잉? 저, 저놈이?'

중간에 끼어들어 약을 올린 사람은 환로였다.

환로는 구덩이에 사람이 빠지든 말이 빠지든 전혀 관심이 없었다. 그냥 구덩이 곁에서 구경을 하다 보니 옆에 있는 표사들의 눈초리가 부담스러웠다. 거창해가 발빠르게 거지노인과 더불어 강호의 기인으로 그를 소개한지라 돕는 척이라도 해야 하는 것이었다.

이렇게 해서 우거형과 소이 둘이서 말 대신 마차를 끌고 윗길로 올라가는 것을 보고는 마지못해 다친 말들과 사람들을 치료한 다음에 돌아보니 두 사람이 격렬하게 말다툼을 하고 있는 것이었다.

"이놈아! 대체 어떤 미친놈들이 힘들게 구덩이만 파놓고 물러간단 말이냐? 그러니 그건 앞으로 조심하라는 경고인 것이야."

"그러니 그게 어떤 경고냐, 이 말이오."

"이 늙은 어린애야, 머리 좀 써라, 응? 하여간 요새 젊은 놈들은 툭하면 늙은이나 부려먹으려 든다니까."

"좋소. 난 멍텅구리요. 그러니 머리가 좋은 노인이 말해보슈."

"그걸 굳이 내 입으로 말을 해야겠냐?"

"또 시작이시군. 그만둡시다. 당신하고 얘기하는 내가 잘못이지."

눈빛이 험악해진 환로가 앵돌아서 가버리려고 하자 초로가 얼른 그의 팔소매를 붙들었다.

"조, 좋다. 내 두 가지만 말하지."

환로가 귀찮은 표정으로 초로의 얼굴을 째려보기만 하자 초로가 투덜거리며 입을 열었다.

"듣고서 놀라지나 말아라, 요놈아. 자, 첫째로 놈들은 우리의 발길을 지연시키려고 했다."

"지연시켜서 뭐 하려고 그런다는 말이오?"

"이놈아. 사람이 갈 길이 바빠지면 서두르게 마련이다. 그 허점을 노리는 게야."

"호오? 그럼 두 번째는 무엇이오?"

“그건, 육지로 가면 이런 함정이 줄지어 기다리니 물길로 가라고 은근히 밀어붙이는 것이야.”

“오호? 우리를 물길로 유인한다 이 말이오?”

“놈. 이제야 굳은 머리가 풀린 모양이구나.”

그럴듯한 분석이었다. 그러나 환로는 초로의 얘기를 그냥 인정하기는 죽어도 싫었다.

“못 믿겠소. 어디 믿을 만한 사람이라야 믿지, 노인 말을 어떻게 믿겠소?”

“이놈아! 그럼 노부가 못 믿게 한 것은 또 무엇이냐?”

환로가 입가에 비웃음을 띠며 비아냥거렸다.

“어젯밤 일을 기억해 보쇼! 아니, 한쪽 발은 물가에 디디고는 번갈아가며 발을 집어넣었다 빼면 그게 등평도수란 말이오? 지나가는 강아지 새끼가 겔겔거리며 웃소!”

“가, 강아지 새끼가 겔겔거려?”

“그렇소. 겔겔대다가 한 대 오지게 맞으면 깨갱거리겠지.”

“으으으……!”

초로의 안색이 금방 끄집어낸 돼지 간처럼 벌겋게 변하더니 다리마저 부들부들 떨렸다.

‘휴우… 저게 뭐 하는 짓인지…….’

뭐라고 말은 못하겠고 왕창 늙은 백오십 노인네와 칠십 먹은 덜 늙은 노인네를 보는 만석은 기가 찰 지경이었다.

“이 겉늙은 아이야! 노부가 만약 등평도수를 시전하면 너는 어떻게 하겠느냐?”

"크으! 노인장이 등평도수를? 곱게 죽으려면 그만 참으시오! 애들 앞에서 무슨 개창피를 떠시려고?"

"조, 좋다! 노부가 등평도수를 한다면 네놈은 무림맹까지 노부를 업고 가는 거야?"

"좋소! 그런데 못하면 어쩔 거요?"

흥분한 두 사람이 체면 불구하고 유치한 내기를 걸고 있었다.

"네놈이 원하는 대로 하겠다. 종놈이라도 되겠단 말이야!"

이윽고 초로가 결론을 내리는 것처럼 소리를 빽 질렀다.

두 노인이 내기의 조건에 대해서 밀고 당기고 할 즈음, 간신히 함정을 통과한 장강표국 일행 앞에 도도히 등장한 자들이 있었다. 태양을 상징하는 붉은 원을 황의 가슴 부위에 수놓은 십여 명의 장한.

"웬 놈들이냐?"

처음에는 웬 도적놈들이 나타났나 해서 냅다 소리를 지르던 대표두 막지한은 약간의 이상함을 느꼈다. 도적놈들치고는 얼굴 생김새가 다들 말쑥하게 생겨먹은 것이다.

'어, 어잉? 저 표식은 혹시?'

막지한을 슬쩍 당겨 뒤로 물러서게 한 거창해가 붉은 태양 표식을 뚫어지게 살펴보았다.

바로 강호에 널리 알려진 제갈세가의 독문표기였다.

그랬다. 하나같이 이마에 태양혈이 불끈하고 마상에서 당당하게 허리를 곧추세운 자들은 바로 중원제일세가로 불리는 제갈세가의 무인들이었다.

게다가 거창해 일행이야 몰랐지만, 그들의 선두에는 제갈세가의 가주 제갈용(諸葛勇)의 차남인 제갈탄(諸葛誕)이 오연하게 표사들을 응시하고 있었다.

당금 나이 이십오 세. 그동안 형인 제갈추(諸葛趨)의 그늘에 가려 이름을 내지 못하다가, 제십차 무림맹의 결성을 앞두고 물실호기라 하여 세가의 본대에 앞서 선발대를 자청해서 길을 떠났던 것이다.

그러던 중 수뇌부만 구성된 무림맹에서, 중원 각지에서 오는 각종 상납품이 중간에 약탈을 당하는 일이 빈번하니 같은 호광 지역 장강표국의 표행을 보호하라는 지시를 내린 것이었다.

"우리는 너희의 표행을 보호하러 왔다!"

제갈탄이 한 소리 내뱉고는 오만한 눈길로 주위를 빙 둘러보았다.

"저, 혹시 제갈세가의 무인들이 아니신지요?"

거창해가 얼굴을 쭈뼛거리며 조심스럽게 물었다. 그의 태도는 너무도 정중해서 흠잡을 것이 없어 보였다.

그 소리를 들은 막지한의 표정이 새파랗게 변했다. 제갈세가의 무인들 앞에서 '웬 놈들이냐'고 했으니 놈들이 가만있을 리가 없었다.

'아휴, 입이 방정이라니까.'

겁이 난 막지한이 선두에 선 청년의 눈치를 보며 슬금슬금 뒤로 물러서자 제갈탄이 같잖다는 표정으로 그를 흘깃 보았다. 졸개를 상대로 언성을 높여봤자 체면만 깎인다고 생각한 모양으로 그의 예리한 눈이 거창해를 직시했다.

'저자야 그렇다 치고, 이 작자가 알면서 묻긴 왜 물어?'

제갈탄의 준수한 얼굴에 짜증이 들었다.

얼굴은 찌푸렸어도 성광이 깃든 눈에 쭉 뻗은 콧날, 그리고 주삿빛 입술은 미장부의 전형으로 여인깨나 울리게 생겼다. 다만 눈꼬리가 약간 음침스러운 느낌이 드는 것이 옥의 티라고 할 수 있었다.

"그대의 눈은 장식품으로 달고 다니는가?"

호된 질책이었다. 나이 오십 줄에 이른 거창해를 겨우 이십 대 중반의 제갈탄이 아랫사람을 대하듯 하고 있었다.

"화, 황공합니다. 소인이 그만 결례를……!"

황급히 말에서 내린 거창해가 허리를 깊숙이 숙이며 안절부절못했다. 그도 그럴 것이 무창의 군소표국인 장강표국의 국주와 제갈세가의 인물들과는 그만큼 천양의 신분 차가 있었다.

또한 천무세가가 몰락하면서 제갈세가와 이백여 리 떨어진 무창도 제갈세가의 세력권 내에 들어 있는 것이었다.

이러한 상황에서 제갈세가의 무사들에게 밉보이기라도 한다면 무창에서 안녕히 살 생각은 버려야 했다.

거창해가 어떻게 대답을 해야 할지 망설이고 있을 때,

"쳇! 제갈세가가 무슨 왕후장상의 씨라도 되는 모양이지?"

우거형이 제갈탄의 오만방자한 짓거리에 참지 못하고 비웃음을 터뜨렸다.

"무, 무엇이? 네놈은 누구이기에 감히 대제갈세가를 비웃는 것이냐!"

표국주 거창해를 따라 표사들은 모두 말에서 내려 머리를 숙이고 있는데 딱 두 놈만 말에서 떡 버티고 있어 기분이 잡친 제갈탄이었다. 그러지 않아도 이를 갈고 있는 터에 제갈세가를 무시하는 망언을 하다니!

"뭐야? 이 새끼가 눈에 뵈는 게 없나? 짜식이 누구한테 이놈 저놈이야?"

우거형이 고리눈을 부라리며 호통을 치자 제갈탄의 눈에 살기가 번들거렸다. 제갈탄이 입술을 꽉 다물고는 말없이 우거형을 노려보고 있자 똥줄이 탄 것은 실상 거창해였다.

"이, 이보게. 누, 누구 죽는 꼴을 보고 싶나? 어, 어서 죽을죄를 지었다고 용서를 빌게나. 부, 부탁이네."

제갈탄은 분기가 머리끝까지 치솟긴 했지만 거창해가 놈에게 사정하는 꼴을 보고 기이한 기색을 지었다.

차림새를 보아하니 표사도 아닌 쟁자수로 보이는 놈이었다.

덩치가 곰같이 크고 범처럼 우악스럽게 생긴 것이 조금 마음에 걸리긴 했지만 콧대 높은 제갈탄에겐 비렁뱅이처럼 하찮은 놈이었다.

'혹시 이 자식이?'

같잖다는 표정으로 우거형을 응시하던 제갈탄의 뇌리에 갑자기 떠오른 기억이 있었다. 그러나 그 생각을 속에 묻어둘 만큼 제갈탄은 참을성이 깊지 않았다.

"아하하! 이제 보니 철혈방이란 좀도둑놈들 덕분에 이름이 난 목불인견이 바로 네놈들이었구나. 목불인견! 하하하하! 차마 눈 뜨고 못 보아주겠다!"

"뭐, 뭐야! 이 개자식이 무슨 개소리야? 목불인견이라니!"

"오? 우하하! 곰 같은 덩치를 보아하니 네놈이 바로 삼견 우거형? 정말 별명처럼 더럽고 무식하게 생겼구나!"

제갈탄은 얼굴이 벌겋게 달아오른 우거형을 보며 마음껏 웃어 젖혔다. 그렇게 웃다 보니 지금껏 느꼈던 불쾌감이 한꺼번에 사그라지며 속이 후련해지는 것이었다.

"혼자만 웃지 말고 나도 좀 함께 웃게 해주지?"

그때였다, 일견 매우 점잖으면서도 상대를 얕보는 듯한 음성이 들린 것은.

"네놈은 누구냐?"

제갈탄이 눈알을 휙 돌리며 새로 나타난 장한을 가시 돋친 눈으로 째려보았다.

한눈에 보기에는 전체적으로 마른 놈이었다. 다만 어깨가 떡 벌어지고 깊숙한 눈에서 화톳불처럼 타오르는 강렬한 눈빛과 완강하게 생긴 턱이 만만치 않아 보이긴 했다.

'으으음! 자식이 더럽게 생겨 먹었네.'

제갈탄은 무지막지하게 덩치가 큰 우거형보다 이자가 훨씬 위험한 놈이란 것을 알았다. 제갈세가의 위광에 힘입어 항상 경모하는 눈길에 익숙한 그에게 생경한 느낌을 안겨주는 자들. 그 생경함은 그의 기분을 더럽게 했다.

"네놈은 누구냐? 천둥벌거숭이 같은 놈! 감히 나 제갈탄에게 무례하게 굴다니!"

"제, 제갈탄!"

"그, 그럼?"

그의 말이 떨어지자 놀란 표사들이 웅성거리며 탄성을 발했다.

'제, 제갈탄이라고?'

그와 동시에 거창해는 자신의 간이 바싹거리며 타는 소리가 들리는 듯했다. 표행을 보호해 주러 왔다기에 당주 급 인물이 왔나 했더니 이공자 제갈탄이라니! 의외의 일이었지만 사실이 그러하니 거창해는 다급해지지 않을 수 없었다. 지금껏 경험한 바로는 만석 등의 성질이 보통 대단한 것이 아니었던 것이다.

부러질지언정 꺾어지지 않는 성정, 특히 모욕을 받으면 참지 못한다.

아니나 다를까. 만석이 코웃음을 치더니 곧장 막말로 치받는 것이었다.

"오호, 제갈탄이라고 그랬나? 보아하니 가문의 위세를 등에 업고 세상 넓은 줄 모르는 놈이로구나! 난 너 같은 놈을 보면 버릇을 가르쳐 주고 싶어 안달이 나거든?"

"뭣이? 이자가 터진 주둥이라고 말을 함부로 하는구나! 네놈의 무례는 목숨으로 갚아야 할 것이다!"

제갈탄의 뒤에서 길쭉하고 뻣뻣해 보이는 삼십대 장한이 앞으로 나서며 허리춤의 청강검을 빼어 들었다.

푸르뎅뎅한 검날에서 날카로운 광채가 쭉 뻗치자 만석의 뒤에서 갑자기 튀어나온 왜소한 인영이 있었다.

"어어헉!"

탱강!

갑작스런 공격에 놀란 제갈세가 무인이 칼을 들어 막긴 했지만 칼은 이미 손아귀에서 벗어나 허공에서 호선을 긋고 있었다. 그리고 장한의 머리통에는 어느새 박달목봉이 올려져 있었으니.

"어허! 저런!"

"저렇게 빠를 수가?"

그제야 그 장면이 눈에 들어온 표사들은 물론 제갈세가의 무인들 가운데서도 감탄사가 터져 나왔다.

그들이 놀란 눈을 치뜨고 두 사람을 번갈아 볼 때, 가늘면서도 싸늘한 목소리가 공간을 울렸다.

"네놈이야말로 함부로 검을 빼 들었으니 죽어도 싸구나!"

나름대로 지형을 살펴보고 또 다른 함정이 없는지 주변을 둘러보고 온 소이였다.

소이는 전략에 밝고 세심한 성격답게 평소에도 지형지물을 놓고 이런저런 전략을 짜는 것을 즐겨하였다. 그러나 어떻게 보면 만석과 우거형보다 모욕에는 더욱 견디지 못하는 외골수적인 고집이 있었다.

"핫핫하! 소이, 그만 하면 됐다."

팽팽한 분위기를 깨뜨리는 밝은 음성.

만석이 유쾌하게 웃으며 소이의 어깨를 토닥였다.

"헤헤! 자식이 대장에게 너무 무례하는 것 같아서……."

소이가 약간 쑥스럽게 웃으며 목봉을 장한의 머리에서 떼고 뒤로 물러나자 제갈탄의 얼굴이 깊이 찌푸려졌다.

'정말 만만치 않은 놈들이군. 세 놈 다 한가락씩 하는구나.'

제갈세가의 이대무력 중 하나인 황룡대의 제일향주인 나대기는 경각심을 돋우지 않을 수 없었다.

넉넉히 강호의 일류고수로 행세하는 그가 상대의 단 한 수도 막지 못하고 머리를 내주다니!

생각해 보나마나 소이란 놈이 목불인견 중 이견(二犬)이라고 불리는 놈이고 대장이라 불린 자가 대견(大犬) 정만석이 틀림없었다.

사실 좀도둑이라고 비하하긴 했지만 철혈방은 과거 흑수채를 연상시킬 정도로 만만치 않은 세력이었다. 그러나 원래 소문이란 과장되게 마련인 것. 철혈방의 일백여 정예가 제대로 대항도 못하고 겨우 세 명의 장강표국 쟁자수에게 나무 방망이로 두드려 맞고 땅바닥을 발발 기었다는 소문도 그런 범주에서 생각했던 제갈탄이었다.

'으으음! 잘못하다가는 개창피를 당할지 모른다!'

제갈탄은 갑자기 오금이 저려왔다. 장강표국의 표행을 멋지게 무림맹에 입성시켜 이름을 드날려 보려던 계획이 의외의 벽에 부딪친 것이었다.

탁탁탁!

어느새 빼 들었는지 손에 든 박달목봉을 다른 손에 대고 가볍게 치던 만석이 대소를 터뜨렸다.

"왓핫핫! 과연 놀랍소."

'응? 이 자식이 뜬금없이 뭔 소리야?'

걱정하는 와중에도 만석의 웃음이 귀에 거슬리는 제갈탄이었다.

"역시 강호제일가인 제갈세가의 이공자님이라서 그런지 뭐가 달라도 다르군. 부하의 행동에도 경거망동하지 않고 상대를 살피는 행동이야말로 정녕 본받을 만한 태도요. 이 정 모 진정 감탄했소!"

'어? 이 자식 봐라? 이거 칭찬이야 욕이야?'

'엉? 대장이 갑자기 왜 저러지? 아침에 못 먹을 걸 먹었나?'

제갈탄의 속마음이야 절로 복잡해졌지만 잘나가다 샛길로 빠지는 만석을 보고 소이와 우거형은 고개를 갸우뚱 기울일 수밖에 없었다.

'후우우!'

그러나 그 장면을 보고 거창해는 안도의 한숨을 길게 내쉬었다. 만석은 역시 대장답게 분별력이 있었던 것이다.

"커허허! 자네의 말이 맞네. 그럼, 어서 제갈 공자님께 사과를 드리지 않고 무얼 하는가?"

때를 놓치지 않으려는 거창해의 노력은 눈물이 다 날 지경이었다.

"핫하. 그래야지요. 이 정 모, 무례했음을 인정하고 사과드리니 부디 넓은 마음으로 용서해 주시오."

만석이 두 손으로 포권하며 깊이 머리를 숙였다.

거창해의 말을 듣는 즉시 만석이 사과를 하니 제갈탄은 어안이 벙벙했다. 지금 이놈이 아까 잡아 죽일 듯이 으르렁거리던 바로 그자란 말인가? 금세 사람이 바뀐 느낌이 들 정도로 어색하긴 했지만 제갈탄도 더 이상 일을 벌일 생각이 없었다.

"물론 용서해 주지. 네가 잘못을 뉘우친다니 내 더 이상 문제를 삼지 않겠다. 그러나 앞으로 더욱 행동을 조심해야 할 것이다!"

"뭐, 뭐야? 저……!"

우거형은 험한 소리를 지르려고 하자 얼른 만석이 손을 저어 가로막았다.

"과연 대인다운 태도시오. 너희도 어서 사과드려라!"

만석이 눈을 엄중히 빛내며 소이와 우거형을 돌아보자 소이가 먼저 깊이 고개를 숙였다.

"섣불리 끼어들어 제갈 공자께 누가 되었네요. 용서하시길……."

"아, 미안하오! 제길. 내가 성질이 조금 급하걸랑? 이해하시겠지?"

'크훗. 자식들, 그럼 그렇지. 내가 누구냐! 대제갈세가의 제

갈탄이란 말이다!'

엎드려 절 받기이긴 하지만 제갈탄의 콧대가 다시금 하늘로 치솟아올랐다. 시세를 아는 자가 준걸이라고 하더니 저 만석이란 무식한 놈도 어디서 그런 소리는 들어본 모양이었다.

놈들이 차례로 사과하며 머리를 조아리자 맺혔던 마음이 시원하게 뚫린 제갈탄이 짐짓 호쾌하게 웃어 보였다.

"하하하! 남아가 화가 나면 그럴 수도 있는 것이지 뭘 그렇게 사과까지야! 자, 자! 본 공자는 마음에 두지 않으니 너무 심려들 말게. 아무렴 제갈세가의 이공자인 내가 그만한 아량도 없을까?"

"아, 아무렴요. 지당하신 말씀입니다."

자화자찬하며 스스로의 얼굴에 금칠하기 바쁜 제갈탄에게 연신 맞장구를 치며 아부하기에 분주한 거창해였다.

'짜식! 그렇게 좋냐?'

만석이 슬그머니 웃더니 자리를 피해서 마차 행렬의 뒤로 돌아가자 소이와 우거형이 부리나케 그의 뒤를 따랐다.

"대장, 왜 그랬지? 그 얄미운 자식을 묵사발 내버려야 했는데 말야!"

만석이 웃기만 하고 대답을 하지 않자 대신 소이가 대답했다.

"훗! 처음은 세게 나가서 놈을 바짝 얼리고, 뒤에 가서 살살 녹이는 수법이야. 처음부터 약하게 나가면 놈이 우리를 얕보게 될 것이고, 끝까지 세게 나가면 괜한 원한을 쌓게 되겠지.

아직은 녀석과 척질 필요가 없단 얘기야, 그렇지?”

“핫하. 맞다. 목불인견이라고 했나? 핫하하하! 우리의 실력이 만만치 않다는 것을 보여주고 녀석의 자존심도 살려주는 것이 좋겠지.”

“그, 그래도 그렇지! 난 마음에 안 들어.”

우거형이 여전히 얼굴을 풀지 않자 만석이 그의 등을 툭 치며 다시 웃었다.

“핫하. 들어봐라. 우리가 있는 곳은 무림이다! 우리보다 센 자도 많아. 모든 것을 힘으로 대할 때가 아니라는 것이야. 놈을 두고두고 이용해서 우리에게 도움이 되게 한다. 그것뿐이다.”

무슨 얘긴지는 모르지만 우거형은 고개를 끄덕일 수밖에 없었다. 만석의 말은 무조건 옳은 것이다.

길을 돌고 돌아가다 보니 항주 인근에 다다른 것은 오정이 가까운 때였다.

풀숲이 드넓게 펼쳐진 강가에 마차들을 세운 일행이 점심 준비에 바쁘게 돌아갈 때, 초로가 환로에게 슬쩍 눈짓을 하더니 키 넘게 자란 갈대숲으로 들어가는 것이었다.

어부들이 고기잡이배로 수시로 왕래하는지 갈대숲 사이에는 두세 사람이 어깨를 맞대고 걸을 수 있을 정도의 좁은 길이 나 있었다.

초로와 환로가 앞서거니 뒤서거니 하며 길을 갈 때, 노인들의 동태를 살피던 만석이 소이와 우거형을 대동하고 멀찌감치 그들의 뒤를 따랐다.

"엥? 너희는 또 왜 따라오냐?"

초로가 자신들의 뒤를 따르는 만석들을 눈치 채지 못할 리가 없었다.

"물고기 값입니다. 행여 쫓아낼 생각은 마시지요."

만석이 갈대숲에서 나오며 무슨 소리냐는 듯 대꾸하자 환로가 빙그레 미소를 지었다.

"그래, 잘 왔다. 들어서 알고 있을 테니 다른 얘기는 할 필요가 없겠지? 자, 너희가 증인이 되는 거다. 시작합시다!"

만석들을 보고 잘됐다는 표정으로 말을 건네던 환로가 초로에게 고개를 돌리며 마지막 말을 뱉었다.

"에잉! 다 늙어서 구경거리가 되긴 싫은데 말이지."

노인이 투덜대긴 했지만 이의를 제기할 마음은 없는 듯 천천히 물가로 걸어갔다.

사실 내기는 지극히 간단했다.

십 장 너비의 강물을 걸어갔다가 출발한 곳으로 돌아오면 되는 것이었다.

차악, 차악!

물가로 내려간 초로가 쪼그리고 앉아 손바닥으로 물을 쳤다. 그러더니 손바닥을 오그려 물을 한 움큼 담더니 저울에 다는 시늉을 하고는 쪼르르 하고 밑으로 흘렸다.

"흐음. 물이 무겁지도 가볍지도 않구나."

중얼중얼하던 초로가 다시 물을 떠올려 냄새를 맡는 듯 코를 킁킁거리더니 입을 벌려 마셨다.

"허어. 무색, 무취에 무미한 것이 과연 물이로다."

"이보시오, 노인장! 지금 뭐 하는 짓이오?"

노인네가 또 말도 안 되는 소리를 중얼거리자 환로가 빽 하고 소리를 질렀다.

"저, 저 어린 놈이 뭐라는 게야? 뭐 하는 짓! 이라니? 이놈아, 아무리 불학무식한 놈이라도 어른께 짓! 이 뭐냐?"

"크으. 생각 좀 해보슈. 물을 건너는데 무슨 냄새까지 맡느냐 이 말이오!"

"허어, 말 많은 놈치고 사람 구실 하는 놈 없다더니! 이놈아! 그래서 넌 아직도 멀었다는 거야."

"아니, 내가 멀긴 뭐가 멀었다는 거요?"

"네놈은 등평도수 흉내도 못 내잖어!"

"크, 그놈의 등평도수! 시간만 끌지 말고 솔직히 고백하슈. 자신없다고 말요!"

"이놈아! 노부는 준비 운동도 못하냐? 네놈이 계속 방해하면 내일까지 할 거니까 알아서 해라."

"에휴. 좋소. 더 이상 말을 안 할 테니 준비 운동이나 빨리 끝내시오!"

"아, 이놈아! 네놈이 끝내란다고 끝내고 말란다고 마냐? 저런, 버르장머리없는 놈 같으니, 도대체 네 아비 이름이 뭐냐?"

"그 노인네 참! 아, 내 부친 이름은 왜 묻소? 들어봤자 알기나 하시려고?"

"아, 말을 해봐! 말도 안 하면서 알지 모를지 네놈이 어떻게 아느냐! 네놈 아비 찾아서 애 버릇 좀 고쳐 놓으라고 해야겠다."

"뭐, 뭐요? 애 버릇을 고쳐?"

환로가 버럭 화를 내며 쌍심지를 돋울 때 만석이 두 사람 사이에 끼어들었다.

"그만 하시지요. 이러다가 말싸움으로 하루를 다 보내겠습니다."

"헉! 내가 또 저 노인네의 작전에 말려들 뻔했군."

환로가 움찔하며 몸을 옆으로 빼자 초로의 눈이 움찔거리며 만석에게 돌아갔다.

"이놈아, 한창 재밌는 판에 방해나 놓고 그러냐?"

"저는 재미가 없으니까요. 어서 등평도수나 보여주시죠. 점심 준비가 다 되었을 텐데 이러고 있다가 굶을 수는 없지요."

"어, 어잉? 그래, 어쩐지 다리에 힘이 쭉 빠지고 뒤로 눕고만 싶더니 다 필유곡절이 있었던 거야. 그러니 놈들이 밥을 다 먹기 전에 밥이나 먹고 와서……."

"걱정 마세요, 밥은 나중에라도 꼭 챙겨 드릴 테니까."

소이가 웃으며 노인이 뒷말을 가로막자 우거형이 뒤에서 투덜거렸다.

"크큭. 달마대사도 갈대 잎사귀를 엮어 물을 건넜다는데 맨발로 어떻게 물 위를 걸어? 말도 안 돼!"

두 사람이 번갈아 가며 초를 치자 초로의 눈자위가 바르르 떨렸다.

"이놈들아! 노부가 건너면 어쩔 거냐?"

"그만 하시지요. 우리하고도 내기할 일이 있습니까? 그리고 이건 어젯밤 물고기 값 대신이라는 걸 잊지 마세요. 또한……."

만석이 초로의 눈을 들여다보며 말을 끊었다.

"또한… 그게 뭐냐, 이놈아! 어른을 궁금하게 만들면 제명에 못 사는 거야!"

"자꾸 이런 식으로 내기를 지연시키면 어르신이 진 것으로 판정을 내리겠습니다!"

"이, 이놈아! 이건 지연이 아니라……."

"그만 하세요! 한마디만 더 변명하시면 환로 어르신의 종으로 선언합니다! 자, 더 하실 말씀이라도?"

"없어! 이놈아!"

초로가 설레설레 머리를 젓더니 입을 꾹 다물고는 물을 향해 돌아섰다.

'크. 큰소리치긴 했는데 잘될는지 몰라? 오십 년 전에 한 번 시도하고서는 너무 힘들어서 다신 안 해봤는데 말이지.'

초로가 굽이치는 푸른 물결을 망연히 바라보았다.

'에구. 오늘따라 저놈의 물결은 왜 저리 거세다냐?

아무리 내공이 심후해도 저 물결에 휩쓸렸다가는 십 리 밖으로 떠내려갈 것만 같았다.

‘커흑. 잘못하면 뼈도 못 추리겠는걸?

“와아! 이제 정말 보여주시려나 보다!”

노인네의 복잡한 속사정은 모르고 우거형이 환성을 질러댔다.

‘저놈이 대놓고 강요를 하는구나! 에구, 빌어먹을 놈 같으니!’

그때 만석이 환로와 귓속말을 주고받더니 초로의 곁으로 다가와서 지나치는 투로 말을 건넸다.

“하, 그놈의 물결, 참 호걸스럽기도 하지. 차라리 물속에서 헤엄치는 걸로 바꾸면 어떨까요?”

‘엥? 물속을 헤엄쳐?’

눈이 번쩍 뜨인 초로가 반색하며 말을 받았다.

“이, 이놈아. 그, 그래도 되는 거냐?”

“뭐, 체면이 밥 먹여줍니까? 물속을 헤엄쳐서 갔다 오시면 환로 어르신을 그냥 무림맹까지 업어주시는 걸로 하지요.”

“뭐, 뭐야? 저 겉늙은 어린애를 다 늙은 내가 업어?”

“종보다는 훨씬 낫지 않습니까? 싫으면 물 위를 걸으시면 되는 거 아닙니까?”

“그, 그게……’

초로가 망설이는 기색으로 환로의 건장한 덩치를 돌아보았다.

그가 쳐다보자 환로가 빙그레 사람 좋은 미소를 흘리며 머리를 끄덕이는 것이었다.

"그, 그럼 헤엄치는 것을 실패하면 어떻게 되냐?"

이번에는 만석이 씨익 웃었다.

"헤엄도 못 치면 저 거센 물결이 가만히 있겠어요? 우린 십 리 밖에서 기다리면 되지요. 어휴. 퉁퉁 분 시신을 보면 어찌나 끔찍하던지, 지금도 꿈속에 나타난다니까."

'그, 그러니까, 내가 물속에 빠져 퉁퉁 분 시체가……?'

초로의 안색이 시커멓게 변했다. 물경 백오십 년 세월을 살아오면서 불에 타 숯검댕이가 된 시체도 많이 봤지만 끔찍하기로는 물에 빠져 퉁퉁 분 시신만 하던가.

'그, 그건 안 돼! 난 이불 위에 곱게 누워 죽을 거야!'

"커흐흠. 놈! 노부를 어떻게 보고 물속 운운한단 말이냐? 말세로다, 말세야! 요즘 애들은 발랑 까져 가지고는 어른 알기를 우습게 안다더니 늙은 애, 어린 애 할 것 없이 예의란 눈 씻고 봐도 보이지 않는구나… 허어… 이를 어쩌면 좋단 말인고."

초로는 허공을 향해 치켜든 고개를 내릴 생각도 하지 않았다.

'비나 왔으면 좋겠다. 장마철에 비는 안 오고 왜 해만 쨍쨍하냐 이거야!'

툭!

"엥? 비다!"

초로가 체면 불구하고 좋아서 소리쳤다.

노인의 말마따나 금세 남녘 하늘이 시커메지더니 온 천지가 회색 구름으로 뒤덮여 버렸다.

쏴아아!

억수 같은 비였다. 그야말로 우거형의 팔뚝같이 굵은 빗방울이 지면과 수면을 동시에 두드리기 시작했다.

촤악, 촤아아!

물동이를 거꾸로 치받아 물을 쏟아 붓는 것처럼 눈앞도 보이지 않는 장대 같은 빗줄기였다.

"아니, 이게 웬 비야?"

워낙 갑작스런 비라 피할 엄두도 못 내고 고스란히 물에 빠진 생쥐 꼴이 된 다섯 사람이었다.

"이, 이놈들아! 비나 피하고 다시 시작하… 긴… 하는 건데……."

빗물이 입속에 들어오는 것도 모르고 입을 크게 벌리고 환성을 지르던 초로가 급히 입을 다물었다.

'엥?

언제 그랬느냐는 듯이 그토록 험하게 쏟아 붓던 빗줄기가 뚝 그치며 하늘엔 흰 구름만 두둥실 떠 있었다.

"비가 그쳤으니 시작해 보실까요?"

환로가 안됐다는 듯 입가에 비릿한 미소를 걸고는 초로에게 말을 걸었다.

'에구구! 이를 어째?

환로의 말을 듣고 부리나케 수면을 살핀 초로는 하늘이 무너질 듯 절망스런 표정을 지었다.

소나기가 그치고 나니 물결은 거칠기 이를 데 없었다. 게다

가 조금 전까지는 물속마저 투명해 보일 정도로 깨끗하던 물
이 흙탕물이 져서 한층 사나워 보였다.

"자, 시작!"

만석이 인정사정없이 내기의 개시를 알렸다.

"헉헉헉!"

빗물에 흠뻑 젖어 풍만한 몸매를 고스란히 드러낸 여인이
다급한 표정으로 달려오고 있었다.

다리를 움직일 때마다 살진 허벅지가 묘하게 꿈틀거리며 희
끄무레한 속살이 금방 얼굴을 내민 햇살을 받아 더욱 요염하
게 시선을 잡아끌었다.

하늘을 향해 치솟은 탐스런 유봉 끝으로 발그레한 오디가
위태롭게 흔들리는 모습이 어쩐지 안타까움을 주는 젊은 여
인.

그녀를 처음 발견한 것은 제갈탄이었다. 마차 밑으로 들어
가 비를 피하던 그의 감각에 여지없이 닿아온 여인의 냄새.

영준한 얼굴만큼이나 여색을 밝히는 그로서는 여인의 몸에
서 풍기는 알싸한 향기가 어떤 종류의 향수인지도 알 정도였
다.

'일단 놈들을 꼼짝 못하게 하고.'

제갈탄이 몸을 한 바퀴 돌리며 눈에 잔뜩 힘을 주었다.

눈치가 없는 자들도 쉽게 그 뜻을 알 수 있는 몸짓과 표정.

저 여인은 나에게 맡기라는 일종의 시위였다.

“어마마!”

달려오던 여인이 다리가 풀렸는지 비틀하며 넘어질 듯하자 어느새 접근한 제갈탄이 여인을 재빨리 부축했다.

“아, 아니, 이런!”

고의인지 우연인지 여인의 젖퉁이를 부여잡은 제갈탄이 황망스런 비명을 토하며 손을 오그리더니 이번에는 여인의 풍만한 둔부를 왈칵 끌어안았다. 뭉클하며 탄력있게 손바닥을 자극하는 전율에 제갈탄은 몸을 부르르 떨었다. 그러면서도 입으로는 연신 사죄의 말을 하는 것이었다.

“미, 미안하오. 워낙 급해서 실수만 하는구려.”

엉덩이에서 손을 뗄 생각도 않고 얼굴을 붉히며 당황해하는 제갈탄을 보고 여인의 호수 같은 눈이 반짝하고 빛났다.

‘호오! 정말 멋있게 생긴 사람이네?’

자신의 다급한 사정도 잊고 잠시 제갈탄의 잘생긴 얼굴에 빠졌던 여인이 자신의 엉덩이를 자극하는 손길을 느꼈다.

‘어, 어머.’

“저, 소, 손 좀 떼어주실래요?”

그녀가 부끄러운 듯 속눈썹을 살포시 내린 채 꽃잎 같은 입술을 열자 한순간 마음이 붕 떠버린 제갈탄이었다.

목소리도 어쩌면 이렇게 곱고 영롱할 수 있다는 말인가.

“소, 소저. 죄, 죄송하오. 이놈이 워낙 경황이 없어서…….”

아쉬운 듯 손을 떼며 제갈탄이 변명했다.

“아, 아녀요. 저를 부축하려다 그러신걸요, 뭐…….”

그녀의 아름답고 사랑스런 미모를 내려다보던 제갈탄은 좋아서 미칠 지경이었다.

'크홋! 이제 살살 꼬시는 일만 남았구나!'

속마음과는 상관없이 제갈탄은 화제를 돌릴 필요성을 느꼈다.

모든 것이 그렇지만 남녀 관계에 있어서도 비슷한 장면만 이어지면 식상하게 마련. 상황의 변화를 주도할 줄 알아야 여인의 마음을 사로잡을 수 있는 것이었다.

"그런데 무슨 일로 이렇게 급히 서두르시오?"

"네, 네. 실은 장강표국의 표행이 이쪽으로 향한다는 소문을 듣고, 저… 혹시 공자님께서 목불인견 중 대견(大犬)이라는 분인가요?"

그녀가 소문에서 들은 목불인견 세 사람의 얼굴을 떠올리며 어설프게 추측을 했다. 소문과는 달리 너무 준수하게 생겼지만 그녀로서는 이렇게 묻지 않을 수가 없었다.

'음, 대견이라는 놈을 찾아온 계집인가?'

제갈탄이 저도 모르게 뒤를 쓰윽 둘러보더니 나직하게 말했다.

"나는 그 대견이라는 자는 아니오만……."

그가 막 내가 제갈세가의 이공자인 제갈탄이라고 말을 하려던 찰나, 그녀가 몸을 휙 돌리더니 앞으로 튀어나가는 것이었다.

지금의 그녀로서는 상대가 목불인견이 아니면 의미가 없었던 것이다. 그만큼 그녀의 처지는 급박했다.

"저… 목불인견이라는 분들은 어, 어디 계신가요?"

그녀가 하도 다급해하며 달려와 묻자 거창해가 얼떨결에 손가락으로 갈대숲 사이의 소로를 가리켰다.

"저, 저기로……."

"고마워요!"

그녀가 날쌘 망아지처럼 갈대밭 사이로 몸을 날리자, 그제야 거창해는 아차 했다. 저 제갈탄이란 놈이 무슨 수작을 부리고 있었는지 뻔히 아는 상황. 거창해를 노려보는 제갈탄의 눈빛은 살기등등했다.

'음. 이대로 놓칠 수는 없지!'

다 잡았던 사냥감을 놓친 기분에 시큰둥해하던 제갈탄이 나대기(羅大基)를 대동하고 갈대밭 소로로 발을 옮겼다.

'오호라! 나뭇등걸이 둥둥 떠내려오네?'

초로가 하늘로 째진 눈을 더욱 가늘게 째며 머리를 주억거렸다. 십여 개의 나무토막이었다. 저 정도면 나무토막을 밟고 손쉽게 물을 건널 수 있으리라.

"그럼, 시작해 볼까?"

초로가 막 지면을 박차고 물로 뛰어들려는 순간, 뒤에서 환로의 음성이 들렸다.

"나뭇등걸을 밟으면 무효요!"

"허억!"

초로가 부지불식간에 바람 빠지는 신음을 흘리며 몸을 우뚝 세우자 환로가 바로 비아냥거렸다.

"나뭇등걸을 밟고 건너는 정도라면 나도 할 수 있소!"

"거, 그 사람 의심도 많지. 노부가 언제 나뭇등걸을 밟고 건넌다고 하던가?"

말은 당당하게 하면서도 초로는 절로 암담해지는 기분에 몸에서 힘이 쭉 빠져나갔다.

'에이휴. 늙은 애가 눈치도 빠르구나. 이젠 어떡한다?'

초로가 물의 압력을 시험하는 듯이 물 위에 발을 올려 하릴없이 발장구를 치고 있을 때,

"저기, 목불인견이라는 분들이 여기 계신가요?"

'음? 우리를 찾는 여인이라?'

만석들의 눈길이 거의 동시에 여인의 늘씬한 몸에 집중되었다.

第五章

임자는 따로 있다

보면 볼수록 아름답다는 찬사가 절로 나올 정도로 대단한 미녀였다. 폐월수화니 침어낙안이니 하는 미사여구까지는 아니라도 능히 한 성을 떨칠 수 있는 미모의 여인.

묵묵히 그녀의 얼굴을 바라보던 만석은 조금씩 구역질이 솟아오르는 것을 느꼈다.

들어보나마나 그녀의 주변에는 뭔가 시간을 다투는 화급한 일이 벌어진 것이 틀림없었다. 그러나 비에 젖긴 했지만 깨끗하고 고급스러워 보이는 청염 비단옷에 머리를 장식한 무척 비싸 보이는 장신구들, 여우 가죽으로 만든 신발 등 그녀의 차림새는 만석들에겐 너무도 이질적으로 보였다.

게다가 스스로의 미모에 대한 지나친 자신감까지.

그녀가 부탁하면 어느 남자가 들어주지 않겠느냐는 자신감이 온몸에서 풍겨 나오고 있는 것이었다.

그러나 만석들에겐 한시도 견디지 못할 푹푹 썩는 냄새에 다름이 아니었으니.

"……."

여인의 기대에 찬 물음에도 불구하고 아무도 대답하는 사람이 없었다. 소이와 우거형은 만석의 눈치를 보고 있었고, 두 노인은 나름대로 할 말이 없었다.

여인의 호수 같은 눈망울이 네 사람의 모습을 빠르게 훑었다.

곰 같은 덩치에 퉁방울눈을 뒤룩뒤룩 굴리는 거한, 그리고 예쁘장한 얼굴에 가느다란 몸집을 한 미소년 같은 청년, 크고 호리호리한 몸매에 완강하게 보이는 턱 선을 가진 인물.

또 죽립을 깊숙이 내려쓴 회염의 노인과 다 떨어진 옷을 입고 고약한 눈빛을 한 왜소한 백발노인까지.

이렇게 성격이 전혀 다를 것 같은 인물들이 한군데 모여 있는 것을 보고 그녀의 눈이 묘하게 깜빡거렸다.

그러나 그것뿐이었다.

'몸에 머리에, 주렁주렁 패물을 많이도 매달았구나.'

한눈에 이하령의 얼굴과 몸매를 스윽 훑어본 만석이 먼저 고개를 돌리자, 약속이나 한 듯이 여인을 외면하는 노소였다.

그녀의 요란스런 몸치장에 환멸을 느꼈음이 분명해 보였다.

"저, 저기……."

그녀가 싸늘한 분위기에 말을 더듬거렸다. 실상 급박한 일이란 것도 자신의 미모 때문에 벌어진 일이었다.

그런데 이 사람들은 그녀를 보자마자 귀찮아하는 기색을 노골적으로 보이는 것이었다.

"애야, 여기고 저기고 그만 가보아라. 다들 싫어하는 게 안 보이냐?"

그래도 난처한 표정을 짓고 있는 그녀가 애처로웠는지 초로가 한마디 했다.

"저, 저… 대답 좀… 세 분이 목불인견 분들이 아닌가요?"

그녀는 목이 바짝바짝 탔다. 곧 놈들이 닥쳐올 텐데 무슨 사람들이 자신의 말에 이리도 관심을 안 둔다는 말인가.

게다가 소문으로 봐서는 저기 젊은 세 사람이 바로 그 사람들인 듯한데도 전혀 알아듣는 기미가 없었다.

'참! 요런 맹추! 겨우 어제부터 소문이 났는데 저 사람들이 자신들의 별호를 들었을 리가 없잖아?'

그녀가 갑자기 떠오른 생각에 얼굴 가득 생기를 띠었다.

처음 들어본 명호를 찾으니 저렇게 무덤덤할 수밖에.

그녀가 막 다시 입을 열려고 할 때 무심한 음성이 그녀의 귓전에 스치듯 닿았다.

"그만 돌아가시오. 우리를 찾는 이유가 무엇인지 알고 싶지도 않소."

"네? 별호를 알고 계셨나요? 그, 그래요. 실은……."

만석이 말을 건네준 것이 고마워서 잠시 울먹하던 그녀가

자신의 급박한 상황을 꺼내려는 순간,

"오늘은 일이 안 될 모양입니다. 그만들 가시지요."

그녀는 본 척도 않고 만석이 먼저 발길을 옮겨 빠르게 지나
쳐 갔다.

"저, 제… 제 말씀 좀……."

그러나 웬 개가 짖나 하는 눈초리로 노인네나 젊은이나 그
녀에게 관심을 두지 않기는 마찬가지였다. 그녀가 매몰찬 그
들의 반응에 멍하니 서서 눈물만 흘리고 있을 때, 제갈탄은 곤
란한 지경에 빠져 있었다. 그녀의 말을 들은 척도 안 하는 사
람들을 보고 이때다 싶어 나서려고 했더니 죽립노인이 입 닥
치라는 시늉을 하며 노려보는 것이었다.

"왜, 왜……?"

바늘 끝으로 한꺼번에 찌르는 듯한 섬연한 고통이 전신을
덮어오자 제갈탄은 머릿속이 텅 빈 느낌에 말을 더듬었다.

초일류에 달한 자신을 단지 기세만으로 이토록 무력화시키
는 인물이 있다니. 제갈탄은 몸으로 겪고 있어도 믿을 수가 없
었다.

"네놈이 나설 자리가 아니야!"

제갈탄이 얼음 꼬챙이로 귓속을 후벼 파는 것 같은 노인의
목소리에 다시금 몸을 후들후들 떨었다.

"아이야, 그만 가보아라. 지금 모두 기분이 안 좋거든? 이럴
때는 남의 일에 끼지 않는 것이 좋단다."

맨 마지막으로 제갈탄을 지나치던 거지노인이 그의 팔을 냉

큼 잡아끌었다.

"끄, 끄으윽!"

제갈탄은 쇠 집게로 자신의 손목을 옭아매는 듯한 고통에 비명을 내지르지 않을 수 없었다.

무언가가 기맥을 막고 있는 것처럼 단전에서 진기를 끌어올리자마자 흔적없이 흩어지기만 하는 것이었다.

우악스럽게 제갈탄을 끌고 가면서도 초로는 기쁨의 탄성을 지르고 있었다.

'에고고. 큰일 날 뻔했네. 너희 덕분에 위기를 넘겼으니 이 은혜를 갚아야 할 텐데 말이지. 뭐가 좋을까?'

위기를 벗어나니 혼자 괜한 고민거리를 떠안게 된 초로였다.

제갈탄마저 그녀를 흘끔거리며 멀어져 가자 이하령(李河令)은 힘없이 자리에 주저앉고 말았다.

곧 흑사방(黑砂幫) 놈들이 그녀의 집인 대하무관(大河武館)에 쳐들어오게 되어 있었다. 흑사방은 무림의 혼란을 타고 수년 전에 흥기한 항주의 거대 사파로 관내의 전통있는 정도문파인 대흥문(大興門)도 흑사방의 기세에 눌려 눈치만 보고 있다는 소문이 있었다.

그런데 일이 안 되느라 그런지 보름 전쯤 그녀가 서호(西湖)에 나들이차 갔을 때, 하필 그녀가 흑사방주 철두광귀(鐵頭狂鬼) 단한방(單旰放)의 눈에 띄었던 것이었다.

그녀는 검고 흉측한 얼굴에 거대한 덩치를 자랑하는 단한방을 보자마자 얼른 자리를 피했지만 단한방은 어렵지 않아 그녀가 항주제일미녀로 소문이 자자한 이하령이라는 것을 알아낼 수 있었다.

그녀에게 한눈에 반한 단한방이 만사를 제쳐 놓고 대하무관주인 이주원(李周元)의 출신을 알아보니 이미 몰락한 곤륜파의 속가제자 출신이라는 것이었다.

이후의 단한방은 거칠 것이 없었다. 그래도 이하령을 정실로 맞이하고자 정식 매파를 보내 청혼을 하는 한편, 청혼에 응하지 않을 때에는 무력으로 대하무관을 짓밟고 이하령을 노리개로 삼겠다는 통첩을 한 것이었다. 그가 담판을 짓겠다고 호언을 한 날이 바로 오늘이며 겨우 일각여 뒤였던 것이다.

이에 이주원은 대흥문 등 주변의 안면이 있는 방파들에 도움을 청하고 관부에 청탁을 넣는 등 다방면으로 애를 써봤지만 오늘까지도 도움을 주겠다고 나선 곳은 없었다.

그도 그럴 것이, 남의 일에 말려들어 괜히 모가지를 걸 만큼 강호는 인정이 넘치는 곳이 아니었다.

고민고민하며 이제나저제나 솟아날 구멍이 없을까 노심초사하던 차에 장강의 철혈방을 무너뜨린 장강표국의 표행이 근처에 이르렀다는 소문을 듣게 되었으니.

이에 이하령이 흑사방이 쳐놓은 대하무관의 감시망을 뚫고 직접 도움을 청하러 만석들의 앞에 나타나게 된 것.

사실 그녀가 고급 비단옷에 장신구로 치장한 이유는 달리 없었다. 도움을 청하는 사람일수록 오히려 있는 것처럼 보여야 약발이 듣는다는 것은 인지상정이었다.

게다가 그녀는 항주제일미녀로서 겨우 쟁자수 출신의 목불인견쯤이야 하는 자만심도 있었다. 그런데 막상 만나보니 그들은 그녀의 상상과는 전혀 다른 자들이었다.

구걸도 하기 전에 문전박대를 받고 쫓겨난 거지처럼 그녀는 망연자실하고 있었다.

"어떡하지?"

그렇게 넋을 놓고 있던 이하령의 머리에 번뜩 떠오르는 눈길이 있었다.

'호, 혹시?'

두 노인네야 그렇다 치고, 정황으로 봐서 그 무심한 눈길로 자신을 훑어보던 비쩍 마른 청년이 바로 목불인견 중 대견인 만석일 것이었다. 또 그가 은연중 좌중을 이끄는 역할을 한다는 것은 척 보면 알조였다. 그의 호기심 어린 눈초리가 경멸로 바뀐 것은 머리의 장신구와 목에 걸린 진주 목걸이를 보았을 때라는 생각이 든 그녀가 부리나케 몸을 일으켰다.

쟁자수라면 빈한한 집안 출신임은 당연할 터. 게다가 어디서 난 소문인지는 모르지만 항간에는 그들이 천무세가의 하인 출신이라는 얘기도 떠돌고 있었다.

'맞아! 틀림없이 장신구들 때문이야!'

그녀가 내쳐 목에 걸린 목걸이를 거칠게 풀어내며 달음박질쳐 갈대숲을 벗어났다.

만석이 간단한 점심을 먹고 마차에 기대어 잠시 쉬고 있을 때, 숨결이 거칠어진 이하령이 그의 앞으로 달려오더니 무릎을 꿇고 애원했다.

"제, 제발 살려주세요. 대협께서 도와주시지 않으면 저의 집안은 몰살이에요. 제발……!"

"큭! 미안하지만, 보다시피 나는 대협도 아니고 무림 정의를 부르짖는 정파의 사람도 아니오. 자나 깨나 고달픈 처지를 탈피하려고 고심하는 비천한 촌놈일 뿐이지."

"왜, 왜 그렇게 생각하시나요? 소녀는 그 사람의 겉에 드러난 허울보다는 내면의 가치를 더 소중히 여겨요. 보세요!"

그녀가 손에 아무렇게나 잡고 있던 진주 목걸이를 땅바닥에 팽개치더니 머리의 옥비녀와 장신구들을 뜯어 발로 짓이겼다.

'헛! 눈치 하나는 무척 빠른 계집이군.'

그녀의 행동을 보면서도 만석의 눈은 심드렁하게 가라앉아 있을 뿐이었다. 그러나 그녀의 행동은 거기서 그치지 않았다.

몸에서 떼어낼 것이 더 없자 그녀가 비단옷을 잡아 뜯기 시작하는 것이었다.

부욱, 북!

그야말로 비단 폭이 째지는 소리가 들리며 가슴 부위의 옷자락이 뜯겨 나가자 그녀의 탐스러운 유봉 한 귀퉁이가 출렁하며 만석의 눈 속에 들어왔다.

'헛? 남김없이 모든 것을 보여줄 테니 도와달라?'

.그녀의 몸부림이야 가상했지만 그렇다고 만석이 눈 하나 깜짝할 위인이 아니었다.

"그만 하시지. 그런다고 내 생각이 달라질 것은 없어. 홀딱 벗고 춤을 춰본들 네 본질이 변하지 않는 한 모두 헛수고야."

만석이 그녀의 행동에는 아랑곳없이 등을 돌려 버리자 한동안 멍하니 있던 그녀가 악다구니를 치기 시작했다.

"이 개잡종 놈아! 그럼 날보고 어쩌란 말이야? 그 흉악한 놈들은 쳐들어온다는데 세상에 도와줄 놈은 없고, 그래서 네놈들한테 도움을 청하러 왔어! 도대체 내가 뭘 잘못했기에 이렇게 더러운 년 취급 하는 거야! 이 더러운 새끼야! 어허엉~! 겉도 속도 다 천한 새끼들아. 그냥 갈 거면 나를 죽이고 가란 말이야! 이래 죽으나 저래 죽으나 똑같애. 어서 날 죽여! 똥밭에 콧구멍 처박고 뒈질 놈들아!"

그녀가 눈물 콧물을 질질 흘려가며 거의 발광을 하자 주변에 흩어져 잡담하던 사람들이 그들 쪽으로 우르르 몰렸다.

"이게 무슨 좋은 구경이라고 쫓아오는 거야! 돌아들 가슈!"

"에이, 같이 좀 보면 어때서……."

우거형이 인상을 험악하게 굳히며 소리치자 불평 소리를 내며 슬금슬금 뒤로 물러나는 표사들이었다.

"무슨 일인지는 몰라도 한번 가보는 게 어때?"

소이였다. 처음부터 그녀를 보는 눈빛이 동정스럽더니 끝내 모른 척하기가 어려웠던 모양이다.

힐끔 소이를 쳐다보던 만석이 머리를 끄덕이며 우거형을 보았다. 우거형의 표정도 소이와 다를 것이 없어 보이자 만석이 고개를 흔들며 웃었다.

"핫핫하! 욕을 바가지로 먹고 남의 일을 도우러 간다? 재밌어, 정말 재밌는 일이야!"

"카하하하! 사는 게 다 그런 거 아니야?"

"크크큭. 거형의 말이 맞아. 다 그런 거지 뭐."

만석은 물론 소이와 우거형과 함께 눈물이 나오도록 웃어 젖히자 초로가 그들 사이로 쑥 끼어들었다.

"이놈들아! 나도 같이 가자. 오랜만에 녹슨 뼈다귀에 기름 좀 쳐야겠다."

"아니! 설마 날 빼고 가려는 건 아니겠지?"

환로까지 끼어들어 함께 가자고 하니 이 괴팍한 노인네들이 무슨 일을 벌이지 않을까 만석은 골머리가 아플 지경이었다.

"그럼 표행은 누가 지켜요?"

"이놈아! 저기 황룡대인가 누렁개인가 하는 놈들이 안 보이냐? 우리가 떠나면 저놈들이 알아서 지킬 텐데 뭐가 걱정이야?"

"그것도 그렇군요. 그럼 가시지요."

만석은 찜찜하긴 했지만 선선히 그러마고 할 수밖에 없었다.

이 괴상한 노인네들의 발길을 어찌 막는다는 말인가.

우거형이 말 한 마리를 더 끌고 와 이하령을 태우자 일행은 곧장 대하무관으로 출발했다.

둥그렇게 툭 튀어나온 눈방울에 우둘투둘한 거친 피부. 전체적으로 두꺼비같이 생긴 이십대 후반의 거한이었다.

어깨에서부터 드러낸 시원한 옷차림에 울퉁불퉁한 근육질의 몸뚱이는 상대로 하여금 절로 겁을 집어먹게 한다.

그런 자가 퉁바리가 깨지는 것 같은 고함을 질러대고 있었다.

"뭐라구? 이하령이 없다고? 어디다 빼돌렸는지 말하지 않으면……!"

거한이 솥뚜껑 같은 손을 내밀자 얼른 머리통만 한 돌을 갖다 바치는 수하였다.

퍼억!

돌을 받자마자 수도로 박살 내버리는 놈은 그야말로 세상에 무서운 것이 없을 만큼 힘이 넘쳐 보였다.

후두둑!

깨진 돌 부스러기 떨어지는 소리가 섬뜩하게 들리며 작은 알갱이들이 사방으로 튀어나갔다.

내공으로 따지면 족히 일 갑자에 이르는 무시무시한 타격력이었다.

"모두 박살 내버릴 거야!"

그가 툭 튀어나온 눈을 희번덕거리며 이삼 장 앞에 도열한 십여 명의 대하무관 제자들을 쓸어보았다.

그들의 앞에는 하관이 말쑥하고 수염을 정갈하게 기른 청수

한 오십대 문사형 인물이 눈을 찌푸린 채 거한의 행동을 주시하고 있었다.

'후우! 놈의 태도로 보아 쉽게 넘어가긴 틀렸구나.'

처음에는 살살 구슬려서 시간을 벌 생각이었는데 놈은 폭급한 성질을 그대로 드러내며 행패를 부리고 있는 것이었다.

게다가 놈의 뒤에는 백여 명에 이르는 거칠게 생긴 장한들이 기세등등하게 공격 명령을 기다리고 있는 터.

"허허. 단 방주, 혼인이란 인륜지대사인데 이렇게 사람을 내놓으라고 윽박지르니 참으로 당혹스럽소."

그랬다. 일찍이 철사장(鐵砂掌)을 십성 연마했다는 철두광귀 단한방이 바로 눈앞의 시커먼 거한이었으며 그를 구슬리는 사람은 대하무관의 관주인 곤륜 출신의 이주원이었다.

"개소리 마라! 본 방주는 벌써 보름간이나 시간을 주었다. 나로서는 많이 참은 거야! 그러니 잡소리 섞지 말란 말이야!"

"스승님! 저 개자식의 행패를 언제까지 참고 있어야 합니까? 제자가 나서서 저놈의 더러운 버릇을 고쳐 주겠습니다!"

이주원의 수제자인 작사랑(雀思浪)이 청강검을 빼어 들며 앞으로 나섰다. 당금 나이 이십이 세로 십여 년간 이주원 밑에서 사사했다고는 하지만 성정이 조급하고 인내심이 부족해서 애초에 대성하기는 어려운 자질을 가지고 있었다.

이주원이 제자들의 피해를 막기 위해 오늘은 무관에 나오지 말도록 지시했으나 오십여 명의 제자 중 십여 명이 작사랑의 인솔로 나와 있었던 것.

사실 작사랑은 이번 일이 평소 애모하는 이하령을 자기 여인으로 만들 수 있는 좋은 기회라는 생각을 하고 있었다.

어떡하든 굳건한 무용(武勇)을 보여서 이주원이 자신을 사윗감으로 낙점하기를 오매불망하고 있는 것이었다.

'엉? 저 비리비리한 새끼가 뭘 믿고?'

단한방은 일순 어이가 없었다. 곤륜파의 속가제자로 모 장로로부터 직접 무공을 사사받았다는 소문의 이주원이었다.

그런데 막상 만나고 보니 역시 도회지 변두리의 무관주답게 시답잖은 느낌을 주는 것이었다.

그런데 얼굴이 쥐새끼처럼 얍쌀하게 생긴 자식이 앞으로 튀어나와 망발을 하는 것이니.

단한방이 멀뚱거리며 자신의 얼굴을 보고만 있자 작사랑은 속으로 희색이 만면했다. 놈이 자신의 대찬 모습을 보고 기가 죽은 모양이었다.

'짜식! 그럼 그렇지. 무식하게 힘자랑이나 하는 걸 보고 내 감 잡았다니까.'

상대의 반응을 보니 절로 어깨가 으쓱해지는 작사랑이었다.

"이 자식아! 내가 앞으로 나오니 겁이 나냐? 어서 덤벼보라니까?"

역시 그놈의 경망스런 행동은 어디 안 가는구나 생각한 이주원이 막 작사랑을 말리려고 할 때,

"이 좆만 한 강아지새끼가 감히 사자의 콧털을 뽑으려고 하네?"

거기까지였다. 더 이상 참지 못한 단한방이 솥뚜껑 같은 손을 앞으로 쭉 내밀어 작사랑의 가슴을 쳐 나갔다.

"헹! 이까짓 걸 주먹질이라고!"

작사랑이 단한방을 비웃으며 가볍게 보법을 밟아 옆으로 비키려고 할 때,

파아아!

단한방의 주먹 주위로 갑작스런 권풍이 일며 작사랑의 오른팔에 엄습했다.

"커허헉!"

간신히 오른팔을 비껴 단한방의 직격을 벗어난 작사랑이 비틀거릴 때 단한방의 왼손이 작사랑의 턱을 강타했다.

빠드득!

"끄아악!"

턱뼈 전체가 바스러지는 섬뜩한 소리와 함께 작사랑의 신형이 삼사 장 밖으로 날아가 지면에 처박혔다.

"저, 저런!"

큰일 난 것을 직감한 대하무관의 제자들이 작사랑 쪽으로 달려나갈 때, 단한방이 내쳐 손바닥을 쭉 펼쳐 이주원을 공격해 나갔다.

"내 손바닥 맛 좀 봐라!"

'빠르다!'

이주원은 그의 손바닥이 내밀어지자마자 공간이 팍 하고 휘는 느낌이 들며 몸이 빨려들자, 천근추의 신법으로 몸을 가라

앉히며 곤륜의 회련각(回連脚)의 수법으로 단한방의 허벅지를 후려 찼다.

"헛!"

직접 맞닿기도 전에 오금팽이에 아픔이 느껴지자 단한방이 황급히 껑충 뛰어 물러나서 공격권에서 벗어났다.

"오호! 역시 한수가 있었군?"

단한방이야 놀랐겠지만 이번 반격에 거의 전력을 다한 이주원은 암담할 뿐이었다. 거대한 덩치에 어울리지 않게 재빠른 놈이었다.

특별한 보법을 익힌 것 같지는 않지만 이자의 반응은 실전 무공의 감각을 그대로 보여주고 있었다.

'그래, 여기서 피를 뿌리고 죽는 한이 있더라도 장부답게 최선을 다해보는 거야!'

허리춤의 백검을 빼어 들며 소청검법의 기수식을 취하는 이주원의 눈에 강렬한 기개가 어렸다.

무리의 선두에서 말을 몰고 달려나가는 이하령은 너무도 마음이 뿌듯했다. 누가 안 보면 팔짝팔짝 뛰면서 만세라도 부르고 싶은 심정. 그랬다. 이제 모든 우환이 싸그리 해소될 것이었다.

부친에게서 약간의 무공을 전수받은 그녀로서는 뒤의 다섯 사람이 말로만 듣던 무림의 절정고수라고 믿어 의심치 않았다.

그들 곁에 가까이 서 있기만 해도 숨이 턱턱 막히는 느낌을 받은 그녀였다. 부친의 전력을 다한 기세를 대하고도 거의 느끼지 못한 숨 막히는 기운. 그런데 저들은 자연스럽게 그러한 기세를 내뿜고 있는 것이었다.

"허억, 헉!"

소청검법의 십초식을 전부 전개하고도 상대에게 가벼운 상처만 입힌 이주원은 이제는 손가락 하나 까딱할 힘도 없었다. 어떤 때는 권(拳)으로, 또 어떤 때는 장(掌)을 내밀어 유효적절하게 이주원의 공세를 해소한 단한방은 화가 잔뜩 난 상태였다.

강제로 취하려고 마음을 먹었지만 어쨌든 마음에 둔 계집의 부친이었다.

때문에 뼛골을 뭉개 버릴 기회를 잡았어도 애써 헛방만 치던 그였다. 그런데 화후가 보잘것없다고 해도 천기신보(天氣神步)를 펼치며 공격해 오는 이주원에게 벌써 여러 군데의 옷자락이 베어져 나가고 두세 군데서는 따끔거리며 붉은 선혈이 스며 나오는 상태였다.

"제길! 육갑할 늙은이 같으니. 봐주면 힘이 부족함을 알고 물러날 줄 알아야지, 꼬장 앵겨?"

이를 부드득 간 단한방이 빠르게 주먹을 내치며 이주원의 옆구리에 박으려고 할 때,

"이봐, 그만 하지."

그지없이 담담한 음성이 단한방의 행동을 제지하는 것이었
다.

'어잉? 어느 개자식이?'

부하들에 둘러싸인 대하무관 제자들 쪽에서 들려온 소리가
아님을 깨달은 단한방이 급히 손을 멈추고 대문 쪽을 돌아보
았다.

'엉? 저놈들은 뭐냐? 아니, 저 계집은?'

먼저 말을 한 사내의 얼굴을 찾던 단한방의 눈이 크게 치켜
떠졌다. 어디 멀리 숨은 줄 알았던 이하령이 말에서 내리고 있
었던 것이다.

그러나 단한방은 계속 그녀를 지켜볼 수가 없었다.

뒤의 노인들은 지들끼리 대화를 하며 천천히 연무장 쪽으로
걸어오고 있었는데, 젊은 세 놈은 벌써 지척에 이르러 있었던
것이다.

실로 십여 장 거리를 몇 번 숨을 쉴 동안에 단축한 젊은 놈
들.

'고, 고수다!'

단한방은 갑자기 벌름대며 뛰는 가슴을 어찌할 수가 없었
다.

겨우 이십대 초중반으로 보이는 애송이들이었다. 그러나 벌
써 이삼 장 앞으로 다가온 비쩍 마른 놈이 무심한 눈빛으로 단
한방의 눈을 주시하고 있었다.

"네, 네놈들은 누구냐!"

선자불래(善者不來)였다. 게다가 도망쳤던 계집이 당당하게 돌아올 정도면 이들의 목적을 능히 알 수 있었다.

"훗. 이봐! 내가 누구냐고 물으려면 먼저 네놈 이름부터 밝혀야지. 안 그래?"

무심하던 놈이 이빨을 드러내며 씨익 웃으니 더욱 가슴이 철렁해지는 단한방이었다.

'저 새끼들은 왜 가만히 있는 거야?

수십 명의 수하 놈들은 단한방의 실력을 믿고 있는지 지들끼리 쑤군덕거리며 이쪽을 쳐다보고 있을 뿐이었다.

그러나 명만 내리면 언제라도 벌 떼처럼 들고 일어나 놈들을 죽사발 만들 거라 생각한 단한방은 애써 부하들에 대한 분기를 가라앉히며 당당하게 가슴을 폈다.

몸집을 봐도 자신의 반의 반도 안 되는 비쩍 마른 놈.

'응? 가만있어라?

세 명의 장한을 주욱 훑어보던 단한방의 얼굴에 기이한 기색이 어렸다. 놈이 옆구리에 찬 방망이를 만지작거리고 있어 언뜻 눈을 돌려보니 세 놈 다 방망이를 차고 있는 것이었다.

'호, 혹시?

갑자기 뇌리를 꿰뚫는 느낌에 움찔하긴 했지만 단한방은 두려움을 해소시키려는 듯 큰 소리로 외쳤다.

"나는 혹사방의……!"

"됐네, 이 사람아. 두꺼비같이 생겼다더니 사람의 면상이 아니군?"

"뭐, 뭐? 두, 두꺼비?"

평소 가장 싫어하는 별명을 들은 단한방이 막 발작을 하려고 할 때 놈의 뒤에서 걸걸대며 웃는 소리가 들려왔다.

"크하하! 대장, 저놈은 나한테 맡겨야겠어. 덩치를 보니 나하고 비슷한걸?"

'흑!'

막상 뒤에 있던 놈이 앞으로 나와 마주 서니 자신이 어린애가 된 기분에 깜짝 놀라는 단한방이었다.

'으으음! 정말 산처럼 거대한 놈이구나!'

이제는 더 이상 의심할 여지가 없었다.

철혈방을 묵사발 내었다는 목불인견이 바로 이놈들이었던 것이다. 철혈방주인 마동풍과는 용병 시절에 의기투합해서 평소 형님, 아우 하는 사이였다. 그런 마동풍이 전갈을 보내오기를 목불인견들을 만나면 무조건 납작하게 기라는 말과 함께 무적문(無敵門)인가 뭔가에 자신이 가입했으니 웬만하면 함께하자는 권고도 받은 것이었다.

그러나 아무리 기가 질려 있어도 철사장을 십성 익힌 자신이 맞상대도 안 해보고 지레 겁을 먹고 상대의 밑으로 들어갈 수도 없는 노릇이었다.

"너, 너희가 목불인견이구나!"

단한방이 손가락을 들어 우거형을 가리키며 크게 부르짖자,

"응? 알고 있었어? 나보고는 삼견이라고 부른다더군."

우거형이 커다란 입을 헤벌쭉 벌리며 대꾸했다.

조금 이상스런 별호긴 하지만, 어쩌나 소문이 빨리 퍼졌는지 목불인견이라면 모르는 자들이 없었으니 기분이 흡족하지 않으면 사람이 아니었다.

단한방이 뭐라고 대꾸를 하려고 막 입을 열려는 순간,

퍽, 에구구. 끄액! 쿠당탕!

부하들이 서 있는 쪽에서 요란스런 격타음과 함께 게걸스런 비명 소리가 터져 나오기 시작했다.

"어, 어느 놈이?!"

놀란 단한방이 얼굴을 홱 돌려보니 죽립노인과 거지노인이 수하들 사이를 들락거리며 날파리를 잡듯 후려갈기고 있는 것이 아닌가?

그가 잠시 멍청하게 그들을 보고 있을 때 우거형이 혀를 차며 말을 걸었다.

"쯧! 자식이, 이제 보니 똥오줌도 못 가리는 놈이잖아?"

"뭐, 뭣? 이 자식이 말이라면 다 하는 줄 아나!"

"임마! 네 상대는 나란 말이야! 네놈이 저쪽에 신경 쓸 겨를이나 있겠냐?"

우거형이 단한방을 슬쩍 째려보더니 손가락을 꺾으며 우드득 소리를 냈다.

"자, 우리도 시작해 볼까?"

말과 동시에 우거형의 주먹이 단한방의 턱을 향해 날아갔다.

위이잉!

"커흑!"

단한방은 우거형의 주먹이 날아드는 것을 느끼자마자 턱의 피부가 갈가리 찢기는 느낌에 얼른 머리를 비키며 옆으로 돌았다.

"어쭈? 이 자식 봐라?"

우거형이 자신의 주먹을 피한 단한방을 놀랍다는 듯이 응시하자 그 기회를 틈타 단한방의 철권이 우거형의 가슴으로 짓쳐들었다.

패애앵!

거의 전력을 다한 듯 공간에 구멍 뚫리는 소리가 급박하게 울렸다.

그러나 우거형은 피할 생각이 없는지 단한방의 주먹이 가까이 오기를 기다려 오른손을 불쑥 쳐올렸다.

빠각!

주먹과 주먹이 마주치는 소리가 둔탁하게 들리며 두 사람이 각자 한 걸음씩 물러났다.

그러나 그뿐, 우거형은 머리를 갸웃거리며 서 있는 데 비해 단한방은 마주친 주먹을 다른 손으로 감싸고 있었다.

"끄으으으……!"

이를 악물고 고통을 참던 단한방이 시뻘게진 눈으로 우거형을 쳐다보니 묘한 표정으로 단한방을 내려다보고 있던 우거형이 입을 크게 벌리며 웃었다.

"짜식! 철사장을 연마했다더니 주먹이 조금 여물었네? 한

번 더 대어볼까?"

우거형이 한 걸음 앞으로 나서며 주먹을 내밀자 단한방이 주춤하더니 냅다 도망치는 것이었다.

"얌마! 거기 서. 누가 보면 내가 무서운 사람인 줄 알겠다!"

'시, 시끄러, 임마! 내가 바보냐? 서란다고 서게.'

차마 말은 꺼내지 못하고 속으로만 궁시렁거리는 단한방이었다.

"저, 저, 저럴 수가?!"

이하령의 부축을 받고 서 있던 이주원은 놀라서 입을 다물지 못했다. 그 무섭던 철두광귀 단한방을 어린아이 손목 꺾듯이 간단히 물리친 우거형이었다. 방금 딸 하령에게 듣기는 했지만 실로 엄청난 사람들이었다.

"이, 이보슈, 낭자! 그만 따라오쇼!"

대하무관주 이주원을 포함해서 여러 사람의 진정 어린 전송을 받으며 표국 일행이 있는 곳으로 돌아가던 만석들이었다.

그런데 우거형은 한사코 자신의 뒤를 따르는 이하령을 떼어놓으려고 애를 먹고 있었다.

이 여인이 무슨 생각이 들었는지 남자답게 멋진 만석이나 미소년같이 잘생긴 소이는 놔두고 하필이면 그에게 들러붙는 것이었다.

"저, 이미 아버님께 허락을 받은걸요?"

이하령은 부끄러움도 모르는 듯 까놓고 말하고 있었다.

비록 무식한 방법이긴 했지만 흑사방주 단한방을 여지없이 겁에 질린 두꺼비로 만든 우거형에게 그만 반하고 만 것이었다.

저 퉁방울 같은 눈도 부리부리하게만 느껴지니 이것이 바로 사랑이라는 것일 거야. 그렇게 그녀는 굳게 믿고 있었다.

부친도 그녀가 집에 남아 있으면 흑사방주는 물론 그녀의 미모를 탐하는 자들이 꼬일까 봐 눈물을 머금고 보내주었던 것이다.

"자식, 좋아서 어쩔 줄을 모르는구나."

앞서 가던 소이가 눈을 찡긋하며 농을 걸었다.

"뭐야? 야, 난 귀찮아 죽겠다고!"

"그게 무슨 소리야? 좋으면 좋다고 해. 안 그러면 너 대신 내가 한번 나서볼까?"

"응? 그, 그건……."

우거형이 말을 얼버무렸다. 사실 그도 이하령에게 끌리고 있었다.

사실 친구 세 사람 중에 용모로 봐서는 가장 꿀리는 것이 우거형이었다. 그런데도 이하령은 나머지 두 사람은 제쳐 두고 우거형에게 마음을 두고 있는 것이었다.

하지만 우거형은 그런 가운데서도 마음이 찜찜했다. 사실 그녀가 그를 순수하게 좋아한다기보다 단 한 방을 해치운 것에 대한 감사의 마음이 아닌가 하는 생각이 드는 것이었다.

"서둘러라! 출항 시간이 다 되었다!"

"낚싯배 빌리는 데 얼마요?"

"어마마! 밀지 말아요!"

"아, 누가 민다고 그래? 다른 사람이 내 뒤에서 밀고 있잖아!"

"포자 하나만 줘요."

"네, 네, 마님."

항주의 부둣가는 언제나 붐비고 있었다.

장강에서 대수로를 연결하는 분기점인 항주는 유동 인구가 백여만 명에 이를 정도로 번화한 대시진이었다.

그동안 이런저런 사건으로 시간을 많이 까먹은 장강표국의 표행은 절경 서호를 구경할 새도 없이 항주부두에 도착, 초마선(哨馬船)에 표물을 싣기에 바빴다. 이 초마선의 길이는 거의 십여 장 크기로 잡다한 표물들을 싣고서도 여유가 있었다.

마차로 직접 가는 것보다는 느리긴 하지만 이리저리 산이나 하천 등을 돌 필요가 없어 실제 소요되는 운송 기간은 훨씬 짧았다. 게다가 요즘은 중원 각지에서 우후죽순 격으로 새로운 세력들이 일어나는 혼란기라 육로로 가다 보면 무슨 일이 생길지 알 수가 없는 것이었다.

장강은 각종 수적이나 산적 세력의 각축장이 되어 있었지만, 이 항주로부터 시작되는 대운하는 관부에서 수로를 보호하려고 많은 군병을 배치해서 상대적으로 안전했던 것.

마방에 대부분의 말을 맡겼지만 남은 몇 마리의 말들을 초마선에 실은 다음 표행이 출발한 것은 다음날 아침이었다.

개봉까지는 장장 삼천여 리의 대장정. 배가 순항할 경우에는 약 이십 일 정도 걸리겠지만 그건 말 그대로 순항할 경우였다.

"자, 출발!"

초마선의 선장인 텁석부리가 팔을 높이 들어 출항을 알렸다.

표행에는 약간의 변화가 있었다.

제갈탄의 지시로 부득불 대부분의 표사들과 쟁자수 이십여 명을 돌려보내니 지금은 표사 십여 명과 제갈탄을 포함한 제갈세가의 황룡대 열 명, 그리고 만석들과 노인들을 합쳐 모두 삼십 명이 채 안 되는 인원이 배에 타고 있었다.

배에는 모두 세 칸의 넓은 선실이 있었는데 배의 선원, 제갈세가 사람들, 그리고 표사들이 묵는 방이 칸막이로 나뉘어져 있었다.

그리고 표사방에 작은 공간을 막아 이하령의 거처로 제공한 것도 물론이었다.

아침밥을 일찍 먹고 마실(馬室)에 마초를 던져 주고 나니 표사들은 할 일이 없었다. 배 밖의 풍경은 한산하기만 했다. 가끔씩 꽃으로 치장한 화선이나 유람선, 그리고 화물선 등이 지나쳐 갈 뿐이었다. 다른 한편 양쪽 수로가로는 키 큰 수목들이 줄지어 늘어서 있어 자연적으로 형성된 물길과 달리 직선적인 단조로운 풍경이 이어지고 있었다. 배의 갑판에 나와 주변의 풍경을 둘러보던 표사들과 제갈세가의 무사들이 하품을 하며 하나둘씩 선실로 들어가니 선상에는 만석과 두 노인만이 남았다.

만석은 지나치는 풍경에 마음을 뺏긴 듯 눈 한 번 깜빡거리지 않고 있었지만 실상 스스로의 무공에 대해서 하나씩 검토하는 중이었다.

많은 사람 가운데 홀로 떨어져 있는 느낌이 오히려 옛 생각을 하기에는 더욱 적당한 분위기를 자아내고 있었던 것.

처음 주노가 그들에게 가르친 것은 일도양단이라는 단순한 수법이었다. 그야말로 다섯 살배기 애들조차도 행할 수 있는 단순한 수법. 그러나 주노의 가르침에 따라 수년간이나 일도양단을 익히면서 만석의 지게 작대기에는 수없는 변화가 생성되기 시작했다.

바람의 결을 느끼고 그 바람의 결을 이용해서 최단거리를 찾아내는 방법을 익힌 것도 그때였다.

주노가 그제야 가르친 것이 소림의 금강부동신법을 응용한 천주부동신법(天柱不動身法)이었다. 하늘 기둥은 움직이지 않는다는 뜻의 천주부동신법.

만석들이 정식 소림제자가 아니기 때문에 편법을 쓴 셈이 되었지만, 천주부동신법도 금강부동신법과 마찬가지로 최소한의 움직임으로 상대의 공세를 무마한다는 기본 묘리를 담고 있었다.

삼 년 전부터 특히 일취월장한 만석에게 가르친 것이 전음지술이었으며 막판에는 소림의 사자후를 응용한 천뢰파(天雷破)의 음공이었다. 이어 경신법으로로는 만리파(萬里波)라고 하여 대나이신법(大那移身法)을 개조한 것이었다.

기본 묘리는 모두 소림의 무공에서 가져와 주노의 심득을 접목한 것으로 겉모양은 비슷하지 않을 수 없었지만 그 내용은 상당한 차이가 엿보이기도 했다.

다만 급조된 부분이 있어 원래의 소림사 진신무공보다는 그 위력이 떨어진다는 단점이 있었으나 이 부분은 만석이 앞으로 부단히 보완하고 깨달아야 할 과제이기도 하였다.

한편 이 모든 무공의 근간으로 소림의 무상대능력(無上大能力)의 심법을 근간으로 한 대라무적공(大羅無敵功)이 있었는데, 일반적인 운기행공과는 달리 심지어 잠을 자면서도 자연의 기를 흡수해서 내공을 쌓는 기공(奇功)이었다.

사실상 무명서(無名書)에는 무초 대사 주노와 청운자, 추인걸 세 사람의 심득이 고스란히 담겨 있었던 것이다.

만석이 차분히 자신의 무공을 돌아보고 있을 때, 한동안 멀뚱하니 잔파랑 이는 수면을 내려다보던 환로가 심심했던지 초로에게 시비를 걸기 시작했다.

"이보슈, 노인장! 구경꾼도 없으니 시작해 봅시다!"

"아, 아니, 이 사람아. 그게 무슨 소린가? 시작해 보다니?"

환로의 말투는 변함이 없었는데 찔리는 게 있어서인지 초로의 말씨는 반 하대체로 바뀌어 있었다.

"뭐긴 뭐요! 그놈의 등평도수 얘기지!"

"아, 아항! 거, 물 위에서 걷는다는 기술? 그런데 그게 노부하고 무슨 상관인데?"

초로가 모른 척하며 반문하니 환로가 발작적으로 죽립을 젖히더니 소리를 꽥 질렀다.

"정말 보자 보자 하니까 노인네가 헛살았군! 당신, 나이 백오십이라고 그랬지? 가서 벽에 똥칠이나 하면서 오래오래 사슈!"

"뭐? 이 어린놈아! 너 말 다 했어?"

말이 지나쳤나 보다. 초로의 왜소한 체구가 바들바들 떨리며 눈꼬리가 하늘 높은 줄 모르고 치솟고 있었다. 그러나…

"아니, 다 못했소! 내 말 끝난 다음에 밧다리를 걸든 안짱다리로 만들든 알아서 하시오!"

"조, 좋다, 이놈아! 어서 말해라! 내 귀를 씻고 네놈 말을 들어보리라!"

'크으! 또 시작이군.'

만석이 깊은 상념 속에서 깨어난 불쾌감에 두 노인을 노려보았다. 무슨 놈의 나이 지긋한 노인들이 함께 있다 싶으면 어김없이 쌈박질이나 하는 것이다. 정말 임자 만난다더니, 두 노인네가 꼭 그 짝이었다.

"이런 망령 난 노인네를 혹시 무적초자 같은 기인이 아닌가 하고 존경스러워했다니, 정말 웃기지도 않는구나!"

'음? 환로 어르신도 그렇게 생각했다고?'

그러나 만석은 이내 점점 흥미로워지는 상황에 호기심으로 눈을 빛냈다.

'헉! 이놈이 왜 갑자기 그 이름을 꺼내냐?'

초로가 소스라치게 놀란 표정을 감추지도 않고 환로를 째려보았다.

"네 이놈! 그 얘기는 또 어디서 듣고 무적초자 운운하느냐?"

'엉? 이거 얘기가 이상하게 돌아간다?'

이번엔 환로가 놀랄 차례였다. 무적초자란 소리를 들으면 슬금슬금 피하면서 오리발을 내밀 줄 알았는데 정면으로 반박하는 것이었다.

"춧! 나는 농담도 못하오? 괜히 또 얼버무릴 생각 마시고 등평도수나 보여주시오!"

"뭐, 뭐, 농담? 허어⋯ 이런 빌어먹을 놈을 보았나! 그래, 할 짓이 없어 어른을 놀려먹어?"

환로가 은근슬쩍 꽁지를 뒤로 빼자 무슨 일인지 초로도 엉덩이를 물리는 것이었다.

"근데 이 어린 놈아! 이 배에서 저 끝까지는 무려 이십여 장이나 되는데 어떻게 갔다 오란 말이냐?"

이번에는 거리 타령을 하는 초로였다.

"무슨 말씀을요! 이번엔 갔다 오는 것이 아니라 건너가기만 하면 인정해 드린다니까요? 만석이, 어떤가? 그래도 되겠지?"

은근슬쩍 만석을 끌고 들어가는 환로였다.

만석이 천천히 발을 떼며 머리를 끄덕였다.

"그래도 되겠군요. 여기서 내기를 끝내시죠?"

그들에게 가까이 다가온 만석이 초로를 돌아보며 은근히 제안했다.

"크으. 정말 끈질긴 놈들이야! 내 나이 백오… 아, 아니지! 커흠… 내 살다 살다 이런 찰거머리 같은 놈들은 또 처음일세?"

내 나이 백오십 어쩌고 하려던 초로가 황급히 말을 바꾸었다.

아무래도 환로의 욕설이 마음에 걸리는 듯하였다.

"그만 시작하실까요?"

이번에는 몸을 한껏 기울여 수로의 물을 떠서 요리조리 살피는 초로를 보고 만석이 선언하듯 재촉했다.

"이, 이놈아! 아직 마음의 준비가 덜 되었어!"

'어휴… 또 시작이시군. 어째 꼭 저러고 싶을까?'

그러나 만석의 속마음과는 달리 초로는 무척 심각했다.

환로가 화가 나서 소리친 말 가운데 무적초자가 들어 있는 이상, 너무 잘하면 진짜 무적초자가 되어버리는 것이었다.

거기에 대충 하려고 하면 등평도수고 뭐고 물결에 휩쓸려 익사할 위험도 있었다.

"어흠. 물은 무겁되 물결은 잔잔하니 체중을 한껏 백회혈로 내보내는 것이지. 그리고 용천혈에 내기를 몰아 끊임없이 돌

게 하되 마주치는 바람의 기운은 돌리고 미는 바람은 받아서
추진력을 얻는 게야.”

초로가 중얼중얼대며 오십 년 전의 기억을 되살리려고 애쓰
고 있었다.

“와아! 이번엔 진짜 뭔가를 보여주시려나 보다!”

마침 선실에서 나와 만석에게 오던 우거형이 뒤따라오는 소
이를 돌아보며 입을 크게 벌렸다.

“아마도 이번엔 진짜 작심을 하신 것 같은데?”

소이도 호기심으로 눈을 반짝이며 맞장구를 친다.

“이, 이놈들아! 신경 분산된다. 보려거든 입 다물어!”

초로가 신경질적으로 소리치며 두 사람을 둘러보자니 어느
새 꾸역꾸역 갑판으로 몰리는 사람들이었다.

표사들이나 제갈세가 무인들은 물론 배 밑에서 노를 저어야
할 수부들도 몽땅 올라왔는지 역풍을 받은 배는 그 자리에서
고정되다시피 머물고 있었다.

“억! 이, 이게 뭐야?”

초로가 다급히 사람들을 휘둘러보며 환로에게 눈을 맞추자
환로가 입술을 주욱 늘려 웃는 표정을 짓더니 초로의 귀에 대
고 속살대는 것이었다.

“구경꾼은 많을수록 신이 나는 법 아니오?”

“뭐, 뭐야? 그럼, 저놈들이 갑판으로 몰려나온 것이 다 네놈
의 수작이란 말이냐?”

“난 그런 소리는 안 했소! 구경이라면 뒤도 안 닦고 달려나

온다더니 냄새 한번 잘 맡네요?”

‘으으으! 역시 이놈의 수작이었어!’

초로가 만에 하나 등평도수를 시전하면 개봉까지 업고 가야할 판. 어떡하든 초로의 심기를 어지럽히려는 환로의 작전이었다.

‘으음. 그러나 노부가 네놈 수작에 넘어갈 것으로 생각하면 그건 큰 오산이야!’

입을 꽉 다물고 심사를 깊이 가라앉히기 시작한 얼마 후, 초로가 마침내 몸을 날려 물 위로 떨어져 내렸다.

第六章
버려라!
그러면 얻을 것이니

'어헉!'

물결 위에서 간신히 균형을 잡은 초로가 속으로 다급성을 질렀다. 막상 물 위에 발을 올려놓고 보니 겉으로 보기에는 잔 파랑만 일던 물결이 갑작스레 요동을 치며 초로의 발을 끌어당기는 것이었다.

"우와아! 진짜 물 위에 섰어!"

"저, 저럴 수가! 시, 신기다!"

구경꾼들은 초로의 속도 모르고 환성을 지르기에 바빴다.

"어머머! 정말 멋있어요!"

어느새 우거형의 팔짱을 끼고 초로를 내려다보고 있는 이하령이었다. 이렇게 되고 보니 우거형은 눈 아래의 초로보다는 그녀가 더욱 신경 쓰일 수밖에 없었다.

눈은 앞으로 가 있는데 신경은 온통 옆으로 집중된 상황.

그녀가 탄성을 지를 때마다 부드러운 젖봉우리가 팔뚝을 비벼대니 술에 흠뻑 취한 것처럼 정신이 오락가락하는 것이다.

'크옥. 도무지 정신을 차릴 수가 없네.'

'저, 저 연놈들이?'

제갈탄은 대부분의 신경이 초로에게 가 있으면서도 한편으로 눈꼴이 시려울 수밖에 없었다. 아니, 그렇다기보다는 배가 한참 고픈 참에 먹음직한 고기가 떨어지다가 콧잔등이를 들이받치고 더러운 시궁창에 빠진 느낌이었다.

먹지 못한 고기는 더욱 아깝고 배는 한층 고파진 상황.

제갈탄의 눈은 질투심으로 분탕치고 있었다.

'어디 두고 보자! 하찮은 놈이 감히 내가 점찍은 계집을 가로채?'

'에구구! 서 있는 것만도 머리가 어질어질하구나.'

그렇게 정신이 어지러운 것은 우거형만이 아니었다.

두 팔을 양쪽으로 활짝 펴고 물결에 이리저리 흔들리는 초로의 모습은 물결을 노니는 백로처럼 우아하기만 하였다.

그러나 정작 본인은 금방이라도 가라앉을까 봐 바짝 애가 타고 있었으니…….

'으으음! 저 노인네가 정말 물 위에 서다니 놀랍지 않을 수가 없구나!'

환로는 다른 방향에서 초로를 보고 있었다.

만약 자신의 환상비를 최대한 발휘해서 물을 건너라면 어쩌면 가능할지도 모른다. 하지만 물 위에 서 있으라고 하면 과연 그럴 수 있을까?

'아냐, 난 못해!'

환로는 머리를 저을 수밖에 없었다. 잠시 버티다가 물속으로 꼬르륵 가라앉겠지.

'그렇다면 저 노인이 진짜 무적초자가 맞단 말인가? 아냐! 조부님과 동귀어진했다고 하니 저 노인은 그의 제자로 봐야 한다.'

그렇다고 해도 당시의 무적초자가 오십여 세 정도로 보였다니 그의 제자인 초로도 최소 백 살이 넘었다는 추측이 가능했다.

'하여간 아직은 확실치 않으니 저 노인네를 따라다니며 진정한 정체가 뭔지 알아내야겠구나.'

환로가 이런저런 생각을 하고 있을 때, 만석 역시 묘한 감회에 젖어 있었다. 드디어 진짜 무적초자를 대면했다는 실감이 나고 있었던 것이다.

'허억!'

추로는 또다시 몸이 가라앉을 뻔하자 양쪽 용천혈에 몰린 진기가 절로 반응해서 발을 떠받쳤다.

'허어… 이런! 이런 식으로 하다가는 한 발도 못 떼고 진기가 고갈되겠구나.'

적당히 하려니까 등평도수는커녕 물 위에서 꼼짝을 할 수 없는 것이다.

'할 수 없지. 일단 자연의 기를 주위로 모으자.'

무적초자가 하늘을 우러러 밝게 빛나는 태양을 눈에 담더니 숨을 몇 번 들이마셨다가 천천히 내뿜었다.

'들이마시는 숨은 깊게, 그리고 내뿜는 숨은 가늘게.'

초로가 하늘을 우러르던 눈을 지그시 감고 입속으로 읊조렸다.

'본시 하늘과 땅이 분화되지 아니하였으니 이를 일원(一元)이라 하노라. 일원에서 양의가 나오고 양의에서 삼라만상이 드러나니 이로 인해 사람들은 태초를 잊었구나! 아아, 나는 태극으로 돌아가 일원을 불러내려니와 본시 하늘도 없고 땅도 없으니 바람과 물이 있을쏜가. 나도 없고 너도 없으니 내가 물 위를 걷고 있는가, 물이 내 밑에서 걷고 있음인가.'

드디어 초로가 한 발 물 위를 내디뎠다.

'본시 나는 물이려니 물과 나는 하나로다. 아아, 나는 자유롭도다. 내가 너를 물이라 하면 물인 것이요, 땅이라 하면 땅이려니, 나는 또 바람이 되어 너의 위를 스쳐 가도다!'

"우와아아!"

배 위에서 엄청난 환성 소리가 연이어 터졌다.

어찌 피륙으로 이루어진 인간이 물 위를 걸을 수 있단 말인가. 사람들은 전설을 보고 있었다. 그들의 대대손손 이 장면을 글로, 말로 전해줄 것이다. 마치 달마가 묶은 갈대 잎을 타고 장강을 건넌 것이 전설이 된 것처럼 물 위를 걸은 노인은 전설이 되어 남으리라.

"에, 에고고!"

그때였다. 사람들이 감개무량한 눈으로 그저 멍하니 초로를 보고 있을 때, 노인이 갑자기 품속에서 떨어지는 물건을 잡다가 물속으로 쏙 들어가는 것이었다.

언뜻 보면 그가 표행의 마차 안에서 슬쩍한 물건 같기도 했다.

"어, 어푸, 어푸푸! 사, 사람 살려! 난 헤엄을 못 친다구!"

노인의 왜소한 몸이 물결에 떠밀리며 머리만 오르락내리락거리는 모습은 익사 직전처럼 애처로웠다.

"아, 아니? 저게 뭐야?"

"저, 저게 뭐 하는 짓이야?"

갑작스러운 사단에 사람들이 웅성거리며 소리쳤다.

기대와 달리 참으로 황당한 사태가 벌어진 것이다.

그때였다.

촤악! 촤아악!

물방울이 크게 튀는 소리가 나며 갑판에 갈고리가 걸리며 배로 뛰어드는 수십 명의 장한들이 있었다.

하나같이 어린갑(魚鱗甲)을 몸에 찰싹 달라붙게 입은 자들로 한눈에 봐도 수적 무리들로 보였다.

"헉! 저놈들은?"

상황을 재빠르게 눈치 챈 제갈세가의 무인들과 표사들이 병기를 뽑아 들고 적을 맞이해 갔다.

채채챙, 차창!

"크아악!"

삽시간에 갑판은 병기가 부딪치는 소리와 비명 소리로 아수라장을 이루었다.

"선원들은 안으로 들어가요!"

소이가 침착한 모습으로 선원들을 인솔해서 배 밑으로 내려갔다.

'으으음… 잘못하면 피해가 크겠구나. 그렇다면 우두머리부터 먼저!'

배의 안팎으로 상황을 살피던 만석이 언뜻 눈에 이채를 띠더니 선수(船首) 방향으로 몸을 날렸다.

"내가 먼저다!"

그러나 제갈탄이 만석에 앞서 연신 부하들을 독려하는 적의 우두머리로 보이는 장한을 덮쳐 갔다.

다리는 짧고 팔이 원숭이처럼 긴 중키의 장한이 움찔하며 대두도(大頭刀)로 제갈탄의 검을 막아갔다.

타아앙!

"크으윽!"

두 사람의 병기가 정면으로 부딪치는 소리가 갑판을 떨어울리는가 싶더니 제갈탄이 답답한 신음을 흘리며 뒤로 비틀거리며 물러났다. 제갈탄이 손해를 입은 것이 확실해 보였다.

"으으으!"

손아귀가 온통 부서진 듯한 고통을 느끼며 제갈탄이 입술을 깨물었다. 놈들이 단순한 수적 무리가 아니라는 것은 몸만 약간 흔들렸을 뿐 거의 타격을 입지 않은 것처럼 보이는 우두머리만 봐도 충분했다.

'첫 번째 격돌에서 벌써 약세를 보이다니!'

제갈탄은 상대를 다시 볼 수밖에 없었다.

"크크크크! 애송이, 겨우 그 실력으로 겁도 없이 덤볐느냐?"

"이, 이, 원숭이 새끼가!"

제갈탄의 얼굴이 일그러졌다. 한순간의 오판이 돌이킬 수 없는 패배로 이어지는 것은 비일비재.

저 만석이란 놈이 나설 때 그냥 놔둘 것을 괜히 나섰다는 후회가 물밀듯이 밀려왔다.

"크아아악!"

"아아악!"

전세는 수적 무리의 압도적 우세로 진행되고 있었다.

피투성이가 되어 쓰러지는 것은 싸움의 전면에 나섰던 제갈세가의 무인들뿐, 황룡대의 나대기만 두 사람의 적을 맞아 근근이 버티고 있었다.

'제길! 이러다간 전멸이다!'

정식 무림출도에 나서자마자 이런 백척간두의 위급한 상황을 맞고 있다니, 이 일이 알려지기만 하면 자신은 제갈세가의 명성을 떨어뜨린 죄인임은 물론 앞으로는 대낮에 얼굴을 들고 다닐 수도 없으리라! 억울하지만 일단 뒤로 물러나서 전황을 추슬러야 했다.

“뿌드득!”

제갈탄이 이빨을 갈며 빠르게 주변을 둘러보더니 몸을 빼려고 했다. 놈과 끝장을 보고 싶은 마음은 벌써 사라진 지 오래였다.

“크크! 어딜!”

그러나 상대는 제갈탄을 놔줄 생각이 없는 모양이었다.

허공으로 비스듬히 기울이고 있던 대도를 풍차처럼 휘두르며 달려드는 원숭이 놈을 맞아 제갈탄의 입가에 저도 모르게 비웃음이 피어났다. 약세를 보여주니 기고만장해서 덤벼드는 것이었다.

‘놈! 알고 보니 힘만 앞세우는 무식한 놈이었구나!’

제갈탄이 가전 천기미리보(天機迷離步)를 펼쳐 옆으로 한 바퀴 돌며 적엽비화(摘葉飛花)를 펼치려고 했다.

겨우 오성에 이른 천기미리보만으로도 충분히 놈의 공세를 피할 수 있으리라!

“허억!”

그러나 제갈탄은 자신이 오판했음을 그 즉시 깨달았다.

풍차처럼 돌고 있는 대도에서 폭풍 같은 기운이 뻗어나와 그의 온몸을 오라줄처럼 얽매고 있었던 것이다.

제갈탄의 얼굴에서 실핏줄이 모두 일어나며 이마에서는 식은땀이 떨어져 내렸다.

“끄으윽!”

이빨에 깨물린 입술이 터져 피가 흘러내려도 제갈탄은 의식하지 못했다. 다만 혼미해진 정신만이 그가 처한 상황을 아프게 인식하고 있을 뿐.

제갈탄의 무의식이 그가 이십여 년을 익힌 대천성검법(大天星劍法)의 제일초 낙성류(落星流)의 기수식을 취하게 만들었으나 그의 머리 위로 떨어지는 대도를 막기에는 실바람처럼 미약하였다.

"끄으으!"

제갈탄이 목구멍에서 짜내는 듯한 절망의 신음 소리를 흘리며 눈을 질끈 감아버렸다. 그때,

쿠콰!

폭약이 터지는 듯한 굉렬한 소리와 함께 대도를 밀치는 목봉이 있었다. 옆에서 보다 못한 만석이 손을 쓴 것.

"크으윽!"

이번에는 수적의 두목이 괴로운 신음을 흘렸다.

그가 대도를 막아선 박달목봉을 밀치려고 안간힘을 썼지만 나무 방망이는 옴짝달싹하지 않았다.

물에 빠진 것처럼 흠뻑 땀을 흘리며 전력을 다하는 녹림맹의 행동대인 백호대주(白虎隊主) 이원승(李源承)이었다.

'으으음! 정녕 엄청난 힘이구나!'

만 근 철벽을 미는 느낌에 이원승이 절망감에 속으로 탄식할 때, 갑자기 그의 대도를 막아선 기운이 사라지며 공간이 텅 빈 것 같은 느낌이 들었다.

"커어억!"

가슴을 치받는 강력한 타격에 그의 신형이 이삼 장을 붕 떠서 배의 난간을 들이받았다.

파직!

"어헛!"

그런데 난간이 부서지는 소리와 함께 물 위로 떨어질 듯하던 원숭이, 이싸! 하고 짧은 기합성을 내지르더니 멀쩡한 난간의 판자를 잡아채고는 도로 갑판 위로 올라와 서는 것이었다.

"호오? 역시 한 수가 있는 자였군."

만석이 놀랍다는 눈초리로 이원숭을 내려다보고 있을 때, 몸을 비틀거리며 신형을 세운 그가 대도를 치켜 올리는가 싶더니 바락 소리를 지르며 만석을 향해 달려들었다.

한편 주변의 상황이야 어떻든 환로는 한가롭게 뱃전에 서 있었다.

아니, 남들에게는 그렇게 보일지 모르지만 환로의 신경은 이 순간 날카롭게 곤두서 있었다.

'으음. 이 노인네가 아직도 안 떠오르고 있다니, 정녕 물에 빠져 죽었단 말인가?'

그러나 생각은 그래도 절대 그럴 리가 없다는 것도 잘 안다.

물 위를 걷는 듯하다가 물에 빠진 것은 다름 아닌 수적들의 낌새를 느꼈기 때문이리라. 초로의 뒷모습만 본 그로서는 그렇게 짐작했다.

"춧! 죽일 것을 살려주었더니 생난리를 치는구나."

만석은 뒤로 슬슬 물러나면서 우격다짐으로 밀어붙이는 이원숭의 칼을 피하고만 있었다. 그야말로 수비는 도외시하고 공격 일변도로만 나가는 이원숭이었다. 한마디로 너 죽고 나 죽자는 새파란 독기가 물씬거린다.

쉬지 않고 위잉거리며 전신을 쏘아오는 도기(刀氣)는 만석이라도 한순간 모골이 송연할 지경. 죽이려면 오히려 쉬웠을 것이다. 그러나 만석은 이들 수적들이 범상한 무리가 아님을 알고 애써 자제하는 중이었다. 쓸데없이 원한을 살 필요는 없었다. 죽거나 다친 것은 제갈세가의 무사들 외에 아직은 없다. 제갈세가는 배일도 등의 원수이니 그들의 대사형인 만석에게도 원수나 진배없다. 다만, 제갈탄은 겉멋만 든 이용해 먹기 좋은 자. 나중 언젠가 쓸모가 있을 것이란 생각이 앞서는 것이다. 선실 입구에는 소이와 우거형이 눈빛을 빛내며 수적들의 일거수일투족을 주시하고 있고. 표사들은 선실에 박혀 나오지 않고 있어 서두를 이유도 없다.

'제, 제기. 이 자식이 왜 이리 꽁지를 빼냐?

만석이 슬금슬금 물러나니 이원숭은 애가 닳았다. 놈과 정면으로 부딪쳐 끝내 부족하면 죽으면 되는 것이다.

이대로 실패한 채 돌아가면 총채주 우창출의 노화를 어떻게 감당할까? 이원숭은 마지막 젖 먹던 힘까지 쥐어짜고 있었다.

'자, 조금만 더!'

몸을 이리저리 뒤틀며 물러나던 만석이 곁눈질로 환로를 보더니 재빨리 환로의 머리 위로 신형을 날렸다.

'어엉?

환로가 이상한 낌새를 느끼고 막 신형을 돌리려고 할 때, 만석의 음성이 빠르게 그의 귓전을 쑤시고 들어왔다.

"환로 어르신! 저자는 어르신께 맡깁니다!"

"뭐, 뭣?"

환로가 이게 무슨 소리냐는 듯 반문하려고 할 때 거센 기운이 그의 주변에서 파랑을 일으켰다. 앞에 서 있던 만석이 환로를 방패 삼아 몸을 피하자 이원숭의 대도가 목덜미로 짓쳐온 것.

"어헛! 이게 뭐야?"

미처 대응할 시간도 없었지만 환로의 신형이 바닥으로 죽 가라앉고 이원숭의 칼이 갑판에 시커먼 구멍을 내며 떨어진 것은 거의 동시였다.

"헉헉!"

이원숭은 기력이 다되어 몸을 가누려고 애쓰며 간신히 서 있었다. 졸지에 봉변을 당할 뻔한 환로가 그를 힐끗 곁눈으로 째린 다음에 바락 소리를 질렀다.

"이놈아! 까딱하면 목 없는 시체가 될 뻔했잖아!"

"무슨 말씀! 밥값은 하셔야죠!"

그러나 이미 물속에 뛰어든 만석은 열심히 자맥질을 치면서 대꾸할 뿐이었다.

"뭐라고? 바, 밥값?"

장강표국에서 밥을 얻어먹었으니 그 값을 하란 얘기.

환로는 일순 어이가 없었지만 다 지나간 일이 되어버렸다.

그의 못마땅한 눈에 얼굴이 시커멓게 되어 환로의 태도를 살피고 있는 이원숭의 모습이 들어왔다.

"이 원숭이같이 생긴 놈! 눈 없는 칼을 둔 죄다!"

파파팍!

"끄웨액!"

이어 환로의 발이 허공에서 춤을 추자, 돼지 멱따는 비명을 질러대며 갑판을 떼굴떼굴 구르는 이원숭이었다.

"저, 저런?!"

자신들의 우두머리가 힘 하나 못 쓰고 죽립노인에게 얻어터지자 수적들은 일거에 병기를 멈추고 멍청하니 그 자리에 서버렸다.

"피유유. 졸지에 물에 빠져 죽은 귀신이 될 뻔했구나."

물속에서 거센 물결에 떠밀리던 신형을 안정시킨 초로가 숨을 길게 토하며 물 위로 고개를 내밀었다.

"낄낄. 수적 애들이야 그놈들이 있으니 별일없을 것이고……."

이어 가물가물 점처럼 멀게만 보이는 배를 돌아보던 초로가 몸이 기슭에 닿는 것을 느끼고 물속에서 몸을 빼내었다.

"휘이유. 잘못하면 큰일 날 뻔… 응?"

혼잣말로 중얼거리던 초로가 자신의 눈 위로 그림자가 언뜻 내려오는 듯하자 흠칫하며 눈을 치켜떴다.

"헉! 너, 너는?"

"하핫. 왜 못 볼 것을 본 것처럼 그리 놀라십니까?"

그의 눈 바로 위, 물가에 쪼그리고 앉은 만석이 이를 드러내며 웃고 있었다.

"이, 이놈아! 내가 왜 도망친단 말이냐?"

"내기에 지게 생겼으니 도망이나 칠밖에요."

"놈! 내기에 지다니! 단지 애들이 귀찮아서 멀리 나왔을 뿐이야!"

"아, 그러세요? 그럼 같이 돌아가시죠."

만석이 손을 붙들고 잡아끌자 초로가 다리를 버티며 소리쳤다.

"이놈아! 언제까지 애들하고 놀라는 거냐? 난 급한 볼일이 있어 이만……."

"흐흥. 등평도수를 보여주시기 전엔 못 가십니다!"

"허어, 정녕 등평도수에 눈이 먼 놈이로다."

"무슨 말씀을 하셔도 좋습니다!"

"이, 이놈아, 내 사부님이 평생 연구한 것이 등평도수다. 그러니 제자인 내가 그걸 못하면 말이 되느냐?"

"그럼 보여주시는 게 어렵지 않겠군요. 아까는 물 위에 서 있는 모습을 보여주셨으니 이번엔 걸어봐 주시죠."

"쯧쯧쯧. 그래서 네놈은 멍청하다는 것이야. 등평도수 그

거, 한 번 시전했다 하면 사흘은 몸져누워야 하는 것이야. 생각
해 봐라. 아, 물을 건널 일이 있으면 배를 타면 되고, 배가 없으
면 다리를 이용하면 되는 게야. 안 그러냐?"

초로가 은근슬쩍 넘어가려고 했지만 만석의 눈빛은 전혀 납
득한 기색이 없었다.

"그, 그러니 말이다, 그 대신 피가 되고 살이 되는 심오한 무
리(武理)를 일러주마."

만석이 솔깃하는 표정을 짓자 초로가 속으로 회심의 미소를
흘렸다.

"잘 듣거라. 예로부터 물아일체(物我一體)니 뭐니 하는 말을
너도 들었을 것이야. 그래서 말인데, 내가 물이 되고 물이 내가
되니 궁극적으로는 나도 물도 없는 경지를 일러 등선(登仙)이
라고 하니라."

'등선의 경지라……'

만석이 고개를 갸우뚱했다. 무공의 극에 도달해서 신선이
된다는 뜻으로 선가(仙家)에서 흔히 하는 소리였다.

"그래서요?"

"이놈아! 아, 그만하면 됐지 더 이상 뭐가 필요하냐? 죽으면
만사가 끝인 게야."

"그럼, 등선이 곧 죽는다는 뜻이라는 겁니까?"

"이놈아! 사람이 죽지 않으면 어떻게 신선이 되냐? 쯧. 쓸데
없이 허황된 곳에 마음을 뺏기지 말라는 말이다."

"크윽. 그거 다 하나마나 한 소리 아닙니까?"

만석이 속았다는 표정을 짓자 초로가 괜히 하늘을 우러르며 일갈했다.

"보아라! 대자연의 기가 모두 하나로 유통하니 몸속에 내공을 쌓는 것은 헛되고도 헛되도다. 한 손길에 하늘이 무너지고 또 한 손짓에 땅이 뒤집히도다. 이 모두가 마음에 달려 있으니 이를 두고 심경(心境)을 이루었다 하며, 헛되고도 또 헛되어 만물이 헛됨을 알았다면 이를 일러 태허(太虛)라 하도다."

만석이 멍하니 듣고 있자니 하늘을 우러르던 얼굴을 내려 빙긋 미소를 짓던 초로가 마지막으로 한마디 했다.

"마음속에 문득 움직임이 있어 심상(心象)을 들여다보니 텅 비어 아무것도 없도다. 이처럼 허(虛)가 극(極)에 이르면 무(無)가 되며, 무가 극에 이르면 또한 유(有)가 되니 이에 이르러 무중생유(無中生有)의 도를 이루었다 하리라."

초로가 말을 하면서 천천히 걸음을 옮겼다. 무슨 심오한 무리 같았으나 한 번 듣고 어찌 그 뜻을 알랴.

그가 발을 옮기자 왠지 아쉬움을 느낀 만석이 급히 물었다.

"어르신께서는 그 도를 이루셨습니까?"

'엥? 놈이 아픈 곳을 찌르네?'

"이놈아! 내가 그걸 이루었으면 이렇게 거지로 살겠냐? 에라, 괘씸한 놈 같으니라고! 노인네가 애써 말하면 그러려니 하지 틈만 나면 물어댄단 말이야."

졸지에 예전으로 돌아간 초로였다. 어이가 없어진 만석이 일순 말문을 닫고 아무 소리도 못할 때, 초로의 신형은 이미 십

장 앞의 절벽에 다다르고 있었다.

천천히 걷는 것 같아도 그의 신형은 믿을 수 없을 만큼 빨랐다. 금방 절벽을 오를 것 같은 초로가 무슨 생각에선지 뒤를 돌아보며 입술을 삐딱하게 열었다.

'크으. 또 무슨 소리를 하시려고…….'

만석이 뭐라 말은 못하겠고 이맛살만 잔뜩 찡그리자 초로가 껠껠대며 웃더니 품속에서 작은 책자를 꺼냈다.

"옜다. 이건 너에게 밥술을 얻어먹은 대가다."

초로가 책자를 가볍게 던지자 줄에 매단 것처럼 스르르 만석의 손에 와 닿았다.

만석이 막 책을 잡았을 때, 초로는 삼십여 장 높이의 가파른 절벽을 꼿꼿이 선 채 계단을 밟듯 타 오르고 있었다.

"내 사부가 남긴 책자로다. 인연이 너에게 닿았으니 너는 거절하지 말라."

종소리처럼 울려 퍼지는 초로의 음성은 전설의 혜광심어처럼 만석의 마음속에 깊이 들어와 박히는 듯했다.

그의 모습을 보자 만석의 뇌리에 잊었던 의문이 다시금 떠올라왔다.

'여, 역시……?

"어르신께서 진정 무적초자라는 말씀이십니까?"

금세 절벽 위에 다다른 초로가 입가에 빙긋이 미소를 지으며 돌아보았다.

"헛헛헛. 사람의 입에 오르내리는 허명이 무에 중요하랴.

무적초자란 이름도 그러하니 내가 무적초자라면 그러한 것이요, 아니라면 또 아닌 것이로다."

'으으허! 오늘은 진짜 말이 그럴듯하게 나오는걸?'

점잖게 대답하는 초로의 내심은 사실 그랬다.

초로의 대답은 아리송했지만 그의 신색은 엄숙하기만 해서 만석은 일순 다른 생각을 할 수 없었다.

"개봉에 가거든 너에게 접근하는 아이가 있으리라. 외로운 아이니 박정하게 대하지는 말아다오."

마지막으로 당부의 말을 남긴 초로의 신형은 눈 깜박할 새에 절벽에서 자취를 감추었고 그가 섰던 자리에는 바람만이 횡횡거리며 불어대고 있었다.

그러던 순간,

쿠콰쾅!

절벽이 무너지는 듯한 굉렬한 소리가 울리며 수십 가닥의 혈선(血線)이 온통 허공을 쪼개듯이 흩뿌려졌다.

실로 끔찍하기도 하고 놀라운 정경에 만석이 눈을 부릅떴을 때, 절벽 위에서 자취를 감추었던 초로의 신형이 금빛의 둥근 빛무리에 싸인 채 둥실대며 만석의 앞에 떨어져 내렸다.

"네 이놈! 이게 무슨 짓이냐!"

그러나 초로는 곁의 만석은 쳐다보지도 않고 절벽을 향해 소리를 지르는 것이었다.

"크흐흐. 무슨 짓이라니? 겨우 이 정도 가지고 무적초자의 제자께서 놀라시다니, 내가 다 놀랍소."

“무어? 그, 그게 무슨 소린가?”

“무슨 소리냐고 물었소? 크흐. 금방 귀하가 운용한 호신강기는 무적초자의 금황탄(金晃彈)! 설마 아니라고 하지는 않으시겠지?”

“으으음. 좋다. 네가 시전한 것이 혈살기(血殺氣)라면 너는 역시 무장원(武將元)의 후손인가?”

“크핫핫핫! 그것까지 안다면 이제는 모든 것이 확실해졌구나. 그분이 내겐 조부가 되지. 하여간 귀하를 찾아 헤맨 지 이십 년! 여기서 끝장을 보자!”

“이놈아! 아무리 가는 길이 달라도 존장에 대한 예의는 밥 말아 먹었냐? 네 할아비도 내게 감히 반말을 하지는 못했다.”

“호오? 끝끝내 자신을 무적초자 본인이라고 우기시는군?”

“놈, 시끄럽다! 내가 언제 무적초자라고 했느냐? 나이 어린 아이가 벌써 망령이로다! 너는 무적초자만이 금황탄을 시전할 수 있다고 생각하느냐?”

“뭐, 뭣이? 그, 그게 무슨 소리요?”

그의 말을 듣자 죽림마원의 전대 원주인 환로 무자개는 어리둥절하지 않을 수 없었다. 하긴 무적초자가 갑자기 하늘에서 뚝 떨어진 것이 아닌 바에는 그에게도 동문이 있다고 볼 수도 있는 것이다.

“무적초자 그놈은 사문의 반도야. 그러니 이놈아, 너와 나는 아무런 관계도 없는 것이야. 그러지 않아도 다 늙어 삭신이 쑤시는데 어린애하고 싸울 일이 어디 있겠냐? 그럼, 난 그만 가

볼 테니 무적초잔지 제잔지 하는 녀석을 찾아 평생 헤매고 다니려무나.”

“그, 그런…….”

환로가 떨떠름하게 반문하려고 하자 초로가 손가락을 입술에 댔다.

“쉿! 무림의 비사(秘事)는 함부로 입에 올릴 것이 아니로다. 네가 당장 할 일은 여기 이 녀석의 입을 틀어막는 것이야.”

초로가 슬쩍 만석을 끼워놓고는 재빨리 신형을 띄웠다.

“늙은 어린애야, 날 쫓을 생각은 말아라. 노부는 벌써 너의 정체를 알고 있었으나 나와는 관계가 없는 일이로다.”

“내 정체를 벌써 알고 있었다고?”

“겔겔겔. 어린 놈아, 네놈이 화가 나면 눈자위가 하얗게 변하는데 모르면 바보 아니냐?”

초로의 뒷말은 벌써 절벽 너머에서 들려오고 있었다.

“저, 저……!”

환로는 저저 소리만 연발하며 발을 굴렀다.

금방 초로가 보여준 경이적인 신법은 극성의 환상비로도 쫓기 어렵다. 물론 억지로 쫓을 수는 있겠지만 초로의 말은 환로의 발을 묶는 효력이 있었다.

백 년 전, 무림을 환란의 도가니로 몰아넣었던 죽림마원의 재등장은 놀랍고도 무서운 일이었다.

이 일이 만약 알려진다면 죽림마원의 행보에는 치명적인 차질이 생긴다. 그런데 초로는 알면서도 소문을 내지 않았으니 지금으로서는 만석이 발등에 떨어진 불이었다.

"왜 그런 눈으로 보시는지요?"

환로의 살기를 모를 리도 없건만 만석이 시치미를 뚝 떼고 그의 표정을 살폈다. 몇 번씩이나 망설이는 표정을 짓던 환로가 한숨을 내쉬며 말했다.

"내가 죽림마원 출신이라는 것을 너는 그 누구에게도 발설하면 안 된다. 만에 하나 네가 입이라도 벙긋하면 너를 죽일 수밖에 없다."

환로의 음성에는 뼛골이 시리는 듯한 냉기가 풀풀 날리고 있었다. 이어서 만석을 짓누르는 삼엄한 기세는 숨도 제대로 쉴 수 없을 만큼 무거웠다.

"예? 그게 무슨 말씀이십니까? 비싼 밥 먹고 쓸데없는 소리 하시려면 낮잠이나 주무세요."

그런데도 만석은 묻지도 않은 먼지를 털듯이 옷자락을 툭툭 치더니 몸을 돌리는 것이었다.

"어허, 날씨 한번 그만이구나."

만석의 반응은 어이가 없을 정도로 무덤덤했다. 목숨이 걸린 일을 웬 날파리가 엥엥거리느냐는 투였다.

"놈! 네 약속을 들어야겠다."

"농담 마세요! 제가 왜 어르신에게 쓸데없이 약속을 합니까? 츳. 제가 누군지 잊었습니까?"

"엉? 네가 누군지 잊다니? 그게 무슨 소리냐?"

"저하고 노닥거릴 시간이 있으면 초로 어르신의 꽁무니나 쫓으세요."

그러더니 만석이 스적스적 발을 옮겨 모래사장을 빠르게 벗어난다.

"이, 인석아! 잠깐 기다려!"

일이 이상하게 돌아간다고 생각 했지만 환로가 발출하던 무서운 기운은 이미 씻은 듯 사라져 버렸다.

'그, 그게 그렇게 되나?

환로가 쫓아가면서 생각하니 만석의 말이 이해가 갔다.

그리고 보니 만석은 천출(賤出)로 죽림마원의 원수인 무적초자나 정도문파들과는 하등의 관계가 없었던 것이다.

어쨌든 환로는 다행스러웠다. 만난 지 얼마 되지는 않았지만 마음에 드는 녀석을 자기 손으로 죽일 필요가 없어진 때문이다.

"휴우. 큰일 날 뻔했는걸."

신형을 날리면서 뒤에 환로가 쫓아오나 주의를 기울이던 초로는 십여 리가 지나서야 신형을 멈추고 한숨을 내쉬었다.

막상 공격을 받아보니 환로의 무위는 그가 쉬이 감당하기 어려운 수준이었다. 그가 환로보다 우위에 있는 것은 단 하나, 경신술뿐이었다. 어물쩍 정체를 숨겨 자리를 피하기는 했지만 오래갈 성질의 것이 아니었다.

무엇보다 초로가 무적초자의 무공을 사용하는 것만으로도 환로의 관심을 벗어날 수는 없었다.

"그 녀석에겐 미안하긴 하다만……."

그러고 보면 만석을 인질로 떠넘기다시피 했으니 걱정이 되긴 했지만 만석이 쉽게 당할 녀석도 아니었다. 게다가 초로는 환로가 만석에 호감을 가지고 있다는 것을 느껴온 터.

약간의 곤란 외에는 만석의 신상에 별일이 없을 것이라고 초로는 믿고 있었다.

"클클. 하여간 고놈 대단한 놈이야. 향후 무림은 녀석으로 인해 몸살을 치르게 될 게야."

초로가 찌부러진 눈매에 희미한 미소를 담았다.

그가 사부가 남긴 책자를 만석에게 전해준 것은 쉽게 떨칠 수 없는 인연을 남겨둔 셈이었다.

자나 깨나 무림의 안녕을 걱정하는 초로로서는 여기저기에 안배를 남겨두어야 했다.

암류(暗流). 초로는 죽림마원보다는 강호의 이면에 또 다른 거대한 암류가 흐르고 있음을 알고 있었다.

이틀 후 표행을 실은 배가 멈춘 곳은 강남하(江南河) 수로의 종착지로 장강 하류의 삼각주인 양주(楊州)였다.

이처럼 양주는 대수로와 장강의 물이 합류하고 남해의 물결이 와 닿는 항구로서 예로부터 물류의 주요 집산지였으니 부둣가의 혼잡함이란 이루 말할 수 없었다.

막상 장강을 넘어 양주의 부둣가에 접안시키고 나니 배는 수백 척의 대선들에 둘러싸여 눈여겨보지 않으면 보이지도 않을 만큼 작아 보였다.

"야아, 여기가 양주란 말이지?"

"꾸울걱. 게하고 새우 요리가 진짜 끝내준다는데 말야."

열 명의 표사가 멀거니 배의 바깥 부두에 줄지어 있는 요리
점들을 보며 침을 꼴까닥 삼켰다.

그동안 육로와 수로와 표행을 오면서 여러 차례의 표물을
노린 무리들의 습격을 받았으니 살아 있는 것만 해도 천행이
었다. 그러나 사람의 마음은 간사한 것. 벌써 열흘 가까이나
제대로 된 음식을 맛보지 못했으니 절로 그 소리가 나왔다.

그건 표국주 거창해나 대표두 막지한 등도 마찬가지였는데
가장 따분해하는 것은 제갈탄이었다.

동행하던 십여 명의 수하는 모두 죽고 그와 황룡대 부대주
인 나대기 둘만 남았다.

그가 아직도 표행을 떠나지 못하는 것은 무림맹으로 입성할
때 표행을 성공시켰다고 하는 명예와 우거형 옆에 바짝 붙어
있는 이하령에 대한 흑심 때문이었다.

지금도 그의 눈이 수시로 들락거리는 것은 이하령의 풍만한
둔부와 유방이었다.

'제기랄! 한시도 떨어질 생각을 않으니 어떻게 접근할 방도
가 없잖아.'

제갈탄은 이하령과 단둘이 있을 기회만 주어진다면 자신의
미끈한 얼굴과 엄청난 배경으로 충분히 구워삶을 수 있으리라
자신하는 터였다.

'에휴. 저 좌우로 흔들리는 커다란 엉덩이 좀 봐!'

그가 못내 입맛을 다지고 있을 때, 이삼 장 옆에서 만석의 말이 들렸다.

"국주님, 여기는 제가 지킬 테니 표사들하고 음식이나 드시러 가시지요."

"어, 어잉? 그, 그래도 되겠는가?"

"물론입니다. 저 혼자서 배 안에서 쉬고 싶습니다. 그러니 국주님은 미안해하실 필요가 없지요."

"아, 알았네. 자네가 정 그렇다면야……."

다른 말이 나올까 봐 얼른 맞장구를 친 거창해가 제갈탄에게 다가갔다.

"저, 공자님. 만석이 배를 지킨다고 하니 함께 가시지요."

거창해가 은근한 목소리로 말을 붙이자 주변을 둘러보던 제갈탄의 눈이 내밀하게 빛났다.

배에 만석을 남겨둔 우거형과 소이가 부둣가로 올라가니 이하령이 바로 뒤를 따라 가는 것이었다.

그녀의 미끈한 뒷모습을 슬쩍 곁눈질하던 제갈탄이 시원하게 대답했다.

"하하. 그렇게 합시다."

"공자님, 그럼 저를 따라 오시지요."

속마음을 눈치 채일세라 제갈탄이 흔쾌히 승낙하자 거창해가 좋아서 어쩔 줄을 몰랐다. 이제 제갈탄에게 확실한 눈도장을 찍을 수 있도록 양주 특산의 멋진 요리를 대접하는 일만 남왔다.

거창해가 작은 엉덩이를 움찔거리며 앞장서자 눈치를 보던 표사들도 환성을 내지르며 우르르 그들의 뒤를 따라 나갔다.

싱긋 웃으며 그들의 뒷모습을 보던 만석이 죽립을 쓴 채 뱃고물에 기대서 있는 환로에게 말을 걸었다.

"어르신께서도 저 사람들과 함께 가시지요."

"됐다, 이놈아. 나도 조용히 생각할 게 있으니 신경 쓰지 말아라."

환로가 삐딱하게 한마디 하더니 내쳐 선실로 들어가 버렸다.

'큭. 노인네도 참.'

만석은 졸지에 환로가 싸늘한 반응을 보이자 실소를 흘렸다.

만석과는 이 소리 저 소리 가리지 않고 농담조로 말을 하지만 다른 사람에게는 거리를 두는 환로였다.

갑판 위를 천천히 걸으며 주변 가까이 접안하고 있는 대형 선박들을 살피던 만석이 돛대 밑의 으슥한 곳에서 초로가 준 책자를 꺼내 들 즈음, 양주에서 얼마 떨어지지 않는 곳에서는 노소의 실랑이가 벌어지고 있었다.

"대두개 할아버지! 여기까지 왔으니 그 사람을 만나게 해줘, 응?"

"허참. 요놈아, 그건 안 돼!"

초로는 난색을 표하며 급히 손을 저었다. 간신히 전대부터 원한을 쌓아온 환로에게서 도망쳐 나왔는데 되돌아가야 하다니.

실상 초로가 장강표국의 표행을 따라다니며 백년설삼을 훔친 것도 빙한설의 모친인 북해빙궁주 빙매향의 부탁을 받은 때문이었다.

그런데 그녀와의 약속 장소에서 모친을 졸라 강호에 나왔던 빙한설을 만나게 됐고, 빙한설은 모친이 개봉의 무림맹으로 떠날 때 한사코 초로를 따라나섰던 것.

그런데 대두개라면 명리에 초월해서 강호를 떠돌아다닌다고 알려진 개방의 전전대 대장로였다.

"싫어요? 그럼 난 안 갈래요!"

소녀가 생떼를 부리며 땅바닥에 털썩 주저앉자 그녀의 떼고집을 익히 아는 초로, 즉 대두개는 골이 지끈거리며 아파왔다.

만나자마자 그저 재밌는 강호 얘기를 해달라고 조르기에 목불인견, 특히 주로 만석의 얘기를 해줬더니 이제는 만나게 해달라고 생떼를 부리는 것이었다.

"이, 이놈아! 어서 일어서지 못해!"

대두개가 짐짓 엄격하게 꾸짖었지만 이젠 눈물마저 흘리며 엉엉 울어대는 빙한설이었다.

"흐흑흑. 됐어요! 난 여기서 꼼짝도 안 할 테니 할아버지나 가세요!"

한번 고집을 부리면 누구도 말리지 못한다. 대두개로서는

태어날 때부터 업어주고 재워주고 친손녀처럼 생각해 온 아이
였다. 전전대 빙궁주와의 인연이 이러한 사단을 잉태한 꼴이
니 이제 와서 누구를 탓하랴.

고개를 푹 수그리고 울어대는 그녀를 내려다보던 대두개 초
로는 엉거주춤 서서 난색만 지을 뿐이었다.

"이놈아, 이 할아비는 다른 볼일이 있대도 그러는구나."

"그냥 만나게만 해달라고요!"

울면서도 할 말은 다 한다. 초로는 그 앙큼함에 고개를 젓고
말았다.

"조, 좋다. 내 그놈을 만나게 해줄 터이니 네 신분을 밝혀서
는 안 된다."

초로는 만석에게 빙한설을 맡기고 자신은 멀리서 지켜볼 요
량이었다.

"네, 알았어요. 내가 어린애인가요, 뭐."

그녀가 당연하다는 듯 활짝 핀 꽃처럼 웃으며 대답했다.

사실 중원에는 신비지문으로 알려진 북해빙궁이었다. 아무
리 대범한 척해도 천한 출신의 만석들이 꺼릴 것은 뻔한 일이
다.

초로는 자신의 대두개라는 이름을 알려주어도 안 된다고 신
신당부하고 나서야 그녀를 데리고 장강표국의 행방을 찾았다.

"저 배인가요?"

그녀가 커다란 눈을 반짝거리며 나직이 말하자 초로가 떨떠

름하게 고개를 끄덕였다.

"그래. 그놈은 여인 알기를 돌같이 아는 놈이니 쉽게 접근하기는 어려울 게다."

무심코 대꾸를 하면서도 초로는 주의를 집중했다.

점심때를 맞아 인파로 더욱 북적거리긴 하지만 겨우 십여 장의 거리. 초로는 배 안에서 두 사람의 기운을 확연히 느낄 수 있었다.

'끄흠. 한 가지 기운은 환로 녀석이고 또 한 사람은 만석이로구나.'

난처해진 초로가 어떻게 만석에게 연락할까 염두를 굴렸다.

만석과 만나는 것을 환로가 눈치 채게 해서는 안 된다.

'음? 다행히 환로 그놈은 선실에 들어 있고, 만석이는 갑판에 나와 있구나.'

초로가 그녀에게 잠깐 기다리라는 눈짓을 한 후 소리없이 뱃전으로 다가갔다.

한편 만석은 하도 어이가 없어서 멍하니 책자만 내려다보고 있었다.

첫 장을 넘기자마자 지렁이가 기어가는 듯한 필치로 쓰여진 커다란 글귀는 '만사일체유심조(萬事一切唯心造)'였다.

만사 모두가 오직 마음에 달려 있다는 말인데 다음 장은 전부 백지였던 것이다.

'크흐. 그럼 그렇지. 자리를 피하려고 수단을 부린 것이었어.'

만석이 속았다는 생각에 한숨을 내쉬며 책장을 덮으려고 할 때, 중천에 뜬 태양 빛을 받아 짧은 그림자가 눈길을 덮는 것이었다.

'응? 아, 아니……!'

만석이 눈을 퍼뜩 치켜 올려다보니 우스꽝스런 얼굴이 만면에 하나 가득 미소를 흘리고 있었다.

'쉿!'

손가락을 세워 입술에 댄 초로가 이어 손가락을 까닥이며 신형을 소리없이 뒤로 물렸다.

'이 노인네가 또 무슨 일로?'

만석의 심사가 고울 리가 없었다. 만석이 입술을 질끈 깨물며 초로를 따라 배 밖으로 나가자 어두침침한 골목까지 만석을 이끈 초로의 신형이 번뜩하니 사라졌다. 그러면서 뇌리에 낄낄거리며 웃는 초로의 목소리가 들린다.

"겔겔! 요놈아! 너 횡재했다. 저 아이를 너에게 맡길 테니 잘 해봐라!"

화를 버럭 내며 소리치려던 만석의 눈이 이 장쯤 앞, 창고 건물 사이의 움푹 들어간 곳에 멈췄다.

하늘거리는 얇은 하늘색 경장을 걸친 십대 후반으로 보이는 미모의 소녀가 까만 눈동자를 반짝이며 만석을 빤히 응시하고 있었다.

살결은 빙결처럼 매끄럽고, 쭉 빠진 몸매는 가녀리게 보이면서도 고무공처럼 탄력이 넘친다. 그야말로 빙기옥골(氷肌玉

骨)에 눈에 번쩍 뜨이는 미소녀였다.

이하령이 활짝 핀 백합이라면 이 소녀는 아름다운 얼굴 속에 차가움을 두른 매화처럼 도발적으로 보인다.

'츳. 얼굴이 예쁘긴 하다만 나와 무슨 상관이랴.'

한눈에 소녀의 얼굴과 전신을 살핀 만석이 흥미를 잃은 표정을 짓더니 뒤로 돌아섰다. 그야말로 길가의 돌멩이를 보는 것처럼 무덤덤한 표정이었다.

"이, 이봐… 요! 사람을 봤으면서 외면하는 건 무슨 심보인가요?"

그녀가 반말을 하려다 험악하게 돌아보는 만석의 눈길에 찔끔 놀라 제풀에 존칭을 보탰다.

"이거 봐. 난 너를 처음 본다. 낯모르는 계집에게 아는 척하는 건 단 한 가지 경우밖에 없어."

"그, 그게 무슨 소리……?"

왠지 억울한 마음에 떠듬거리며 반문하던 빙한설이 무언가를 느낀 듯 급히 입을 다물었다.

만석이 말한 것은 다름 아닌 이런 번화한 부둣가에 흔한 몸 파는 여인을 말하는 것이었다.

그녀가 건물에 가려 어두침침한 주변을 저도 모르게 둘러보았다. 밤을 못 기다려 대낮에 음침한 곳에서 사내를 유혹하는 거리의 여인이 된 느낌.

"알았으면 됐다. 그러니 너는 그 노인네한테 돌아가."

만석의 대꾸는 냉정하기만 했다.

“싫어요!”

그녀가 평소의 버릇대로 대뜸 소리치더니 만석의 옆으로 쪼르르 달려왔다.

“저기, 뭐 처음부터 아는 사람 있나요? 그러니…….”

그녀가 만석의 옆에 바짝 달라붙어 손짓발짓을 하자 만석이 짓궂은 미소를 짓더니 야릇한 곡선을 그린 그녀의 둔부를 무심결인 듯 툭 쳤다.

“호오, 그것참. 말캉말캉한 게 탄력이 그만이구나. 하지만 아쉽게도 내겐 시간이 없어. 다음에는 꼭 너를 안아줄 테니 그만 가보아라.”

만석이 아쉽다는 듯이 그녀의 엉덩이를 한차례 쓰다듬더니 바로 밀친다.

졸지에 진짜 몸 파는 여인으로 전락한 빙한설이었다.

게다가 둔부에 그의 거친 손길을 받자니 기분이 묘해지는 것이었다. 빙한설이 몸을 돌린 만석을 멍하니 쳐다보다가 그가 점점 멀어져 가자 정신이 번쩍 났다.

‘흥! 어림도 없지! 겨우 그 정도로 나 빙한설을 떼어내려고?’

그녀가 입술을 꼬옥 깨물었다.

‘좋아! 네가 정 이렇게 나간다면!’

“훗호. 생각이 있으면 지금이라도 한번 해요. 싸게 해드릴게요.”

그녀가 냉큼 달려오더니 만석의 팔짱을 끼며 아양을 떨었다.

그녀가 팔짱을 끼자 나이답지 않게 풍성한 유방이 지그시 팔뚝을 눌러왔다.

'이, 이런!'

만석이 그녀의 의외의 행동에 움찔 몸을 떨었다.

이때, 흔적을 찾을 수 없던 초로의 기척이 갈라진 골목길에서 느껴지자 만석이 전음으로 소리쳤다.

"제길. 대체 이게 뭐 하는 짓입니까? 사부가 전해준 것이라며 엉터리 책자나 주시더니 이제는 이 선 망아지 같은 계집애라니요!"

"이놈아! 좋으면 좋은 게지, 무슨 말이 그리 많으냐?"

"아니, 그걸 말씀이라고 하십니까?"

만석의 눈이 무섭게 빛나며 골목길을 쏘아보자 초로가 겔겔거리며 대답했다.

"잘 사귀어두어라. 향후 너의 행보에 많은 도움이 될 아이로다."

그러더니 만석이 대답도 하기 전에 한 소리 보탠다.

"그런데 이놈아! 그 책이 어떤 책인데 엉터리라니!"

"그럼, 그게 엉터리가 아니면 뭡니까?"

만석은 전음을 풀고 육성으로 소리를 지르고 싶을 만큼 화가 나 있었다.

"쯧! 이놈아! 그거 배 위에서 버리면 돼! 그러면 얻는 게 있을 것이야!"

"그, 그게 무슨?"

“에라, 이 멍청한 놈! 밥을 해주었으면 됐지, 떠먹여 줘야 하냐?”

만석이 얄궂은 표정으로 입을 다물자 그의 기척이 점점 멀어지는 느낌이 들었다.

그리고…….

“호홍. 이봐요! 뭘 멍청하니 서 있어요? 어서 배로 가자니깐요.”

‘내, 내가 멍청해?’

두 사람에게 연이어 멍청하다는 소리를 들으니 진짜 멍청해지는 만석이었다.

第七章
색욕은 화를 부르고

거의 세를 내다시피 주루를 차지한 장강표국 일행이었다.

평소 구경하기 힘든 양주 특산 요리를 입 안에 쑤셔 넣으면서도 제갈탄의 속마음은 쓰라렸다.

한 탁자 건너 우거형과 소이가 차지한 탁자에서는 눈꼴이 시린 광경이 벌어지고 있었던 것.

우거형의 옆에 바짝 붙어 앉은 이하령이 연신 게딱지를 발라 먹음직한 속살을 우거형에게 먹이고 있었다.

"어허. 됐다니까."

말로는 연신 됐다고 그러면서 우거형은 그녀가 먹여주는 속살을 날름날름 잘도 받아먹는다.

'으으음! 저, 저 연놈들을 그저……!'

질투로 눈알이 화끈하게 달아오른 제갈탄이 '옳지!' 하며 속으로 무릎을 쳤다.

어느 순간 이하령이 늘씬한 동체를 일으켜 뒷간 방향으로 발을 옮기는 것이었다.

'으음. 어떡하지?

자리를 뜨는 그녀를 보며 제갈탄은 잠시 망설이지 않을 수 없었다. 아무리 음심이 동했다고 하더라도 행동으로 옮기려니 마음이 찔리는 것이었다.

'사내가 칼을 뺐으면 썩은 무쪽이라도 잘라야 하는 거 아 냐?

애써 말도 안 되는 핑계로 스스로를 납득시킨 제갈탄이 입 술을 질끈 깨물었다.

"공자님, 어디 가시게요?"

"아? 잠시 볼일이 있어서 그러니 신경 쓰지 마시오."

엉거주춤 일어선 제갈탄이 거창해의 물음에 되는대로 대답 하며 그녀의 뒤를 쫓았다.

쏴아아!

오랫동안 참았나 보다. 시원스럽게 소변이 흘러내리는 소리 가 크게 들렸다.

바깥의 건물 으슥한 곳에 몸을 숨기고 있던 제갈탄은 시원 스러운 소변 소리에 아랫도리가 찌르르 울리는 것 같았다. 속 곳을 내리고 백옥 같은 엉덩이를 드러낸 그녀를 상상하자니 욕념이 불쑥거리며 솟구쳐 오르는 것이었다.

'그, 그렇지만…….'

제갈탄은 당장 그녀가 든 뒷간의 문을 벌컥 열고 덮치고 싶은 마음을 애써 눌렀다. 언제 누가 들어올지 모르는 일이니 지금 당장 서두를 것도 없다.

본채에서는 사오 장쯤 떨어져 있는 뒷간이다. 밖에서 기다리다가 으슥한 곳에서 일을 벌이면 된다.

"엄머머!"

얼마 후, 뒷간을 나가 본채 쪽으로 몇 발자국 걷던 이하령은 앞을 막아선 제갈탄을 보고는 놀라서 그 자리에 서고 말았다.

"아하하. 놀라지 마시오. 나 역시 일을 보고 나와 보니 소저가 보여서 말이오."

"네에……."

이하령은 준수미려한 제갈탄이 은근히 웃으며 다가서자 부끄러움에 얼굴이 달아올랐다. 여기는 젊은 남녀가 얼굴을 맞대기에는 적당한 곳이 아니었다.

"저, 그럼 소녀는 이만……."

"아니, 자, 잠깐. 내 소저에게 긴히 말할 것이 있소."

그녀가 제갈탄을 비키며 가려고 하자 제갈탄이 그녀의 팔을 완강하게 잡아당겼다.

제갈탄은 그녀의 뼈마디 하나 없을 만큼 나긋한 팔목을 잡자 순식간에 팽배한 욕념에 온몸이 화끈 달아오르는 것을 느꼈다.

“왜, 왜 이러세요?”

그녀가 그의 손을 함부로 뿌리치지는 못하고 얼떨결에 반문하자 제갈탄이 숨 찬 목소리로 대꾸했다.

“시, 실은 난 소저를 보자마자 사랑에 빠지고 말았소.”

“네에?”

이하령이 눈을 크게 뜨고 사랑을 고백하는 제갈탄을 올려다보았다. 평소 같으면 쳐다보지도 못할 현 육대세가의 수장 격인 제갈세가의 이공자. 얼굴도 미끈한 미남인데다 그와 혼인을 한다면 그 즉시 몇 등급 위의 상류층으로 신분이 격상된다.

제갈탄이 이때다 싶어 얼른 그녀를 끌어안았다.

그리곤 그녀의 벌어진 옷깃 사이로 손을 집어넣어 거칠게 가슴을 주무르자 이하령의 다리가 절로 후들거렸다.

우거형은 한 번도 그녀를 안아준 적이 없었다. 거꾸로 그녀가 적극적으로 구애를 하고 있었던 것이다.

갑작스런 그의 행동에 몸이 경직된 그녀가 금방 다른 행동을 못하고 몸을 떨자, 제갈탄이 때를 놓칠세라 짚더미가 깔린 어두침침한 헛간으로 그녀를 잡아끌었다.

‘아, 안 돼!’

갑자기 말문이 막혔나 보다. 너무도 급작스러운 일에 이하령은 머리가 텅 비어버린 것 같았다.

밀가루로 반죽해 놓은 듯한 하이얀 허벅다리와 작고 앙증맞은 분홍색 고의 위로 제갈탄의 뜨거운 눈길이 부어지고 있었다.

“아아……!”

잠시 멈춘 듯싶던 시간이 지나고 서둘러 아랫도리를 벗은 제갈탄의 탄탄한 하체가 드러나자 이하령은 입 밖으로 새된 신음을 발했다.

‘거부해야 한다! 어서 큰 소리를 질러야 해!’

가슴을 답답하게 짓눌러오는 위기의식에 정신이 돌아온 그녀가 소리를 지르려고 했지만 입술은 어느새 제갈탄의 커다란 손바닥에 막혀 있었다. 있는 힘껏 힘을 쓰며 제갈탄의 몸을 밀어내려고 하던 이하령은 갑자기 뜨끔하는 충격과 함께 상체가 일시 마비되는 것을 느꼈다. 그리고,

어디선가 서늘한 바람이 부끄러운 곳으로 스며들어 왔다.

어느새 고의가 벗겨진 모양이었다.

‘아아. 죽어버리고 싶어.’

그녀는 눈을 크게 뜬 채 입술을 잘끈 깨물었다. 이렇게 해서 원하지 않는 상대에게 강제로 처녀를 잃어야 한단 말인가.

그녀의 커다란 눈자위에서 맑은 이슬방울이 대롱거리다 떨어져 내렸다.

‘크흐흐. 정말 매혹적이구나.’

제갈탄은 그녀의 은밀한 곳을 뚫어지게 내려다보며 천천히 몸을 가라앉혀 갔다.

“이놈들이 왜 이렇게 늦게 오냐? 배고파 죽겠다.”

환로가 곁에 서 있는 빙한설은 본 척 만 척하며 투덜거리자

만석이 잘됐다 싶어 대꾸했다.

"환로 어르신, 제가 금방 주루에 다녀올 테니 이 소저를 잠시 데리고 계십시오."

"네? 아니……."

그녀가 뭐라 말할 새도 없이 바닥을 한 번 구른 만석이 갑판을 뛰쳐나갔다.

"어린 계집애야, 저놈은 금방 돌아올 테니 거기 가만히 있거라. 쯧, 요새 계집애들은 마음에 드는 남자만 만났다 하면 뒤를 졸졸 따르지 못해 안달을 하니 진짜 말세라니까."

"뭐, 뭐예요? 소녀가 언제……?"

"계집애야! 그러니까 거기 가만히 있으란 말이다."

'크. 두 사람이 똑같구나.'

두 사람이 말다툼하는 소리를 귓등으로 들으며 만석은 고소를 지을 수밖에 없었다.

'음? 이건 무슨 소리지?'

왠지 북적거리는 정문으로 들어가고 싶지 않아 뒷담을 넘은 만석이 뒷마당을 가로지르려고 할 때 이상한 소리가 들렸다.

무언가 답답한 느낌이 드는 신음 소리였다.

그 자그마한 신음 소리는 금세 사그라졌지만 이번에는 사내의 들뜬 숨소리가 귓가를 점해온다.

남녀가 교접하는 소리가 헛간 같은 허름한 건물에서 들려오는 것이었다. 바람이 문풍지를 어루만지며 지나가는 듯한 아주 작고 미약한 소리. 아마도 보통 사람이라면 그렇게 생각하고 그냥 지나쳤을 것이다.

"그 사람들, 참 급하기도 하군. 손님이 북적대는 주루의 뒤 곁에서 대낮에 방사라……."

만석은 혀를 차지 않을 수 없었다.

보아하니 주루의 점소이와 눈이 맞은 어떤 하녀가 잠시 사람들의 눈을 피해 정사를 벌이는 모양이었다.

고소를 지으며 막 주루의 뒷문을 열려고 하던 만석이 움찔하며 손을 멈추었다.

짧게 머물다 사라진 여인의 신음 소리가 어쩐지 귀에 익숙하다는 느낌이 든 것.

'혹시……?'

생각이 들자마자 만석의 발이 빠르게 헛간으로 향했다.

'아흑!'

부끄러운 곳 주변을 빳빳하고 뜨거운 물건이 건들자 이하령이 이를 악물며 다리를 한쪽으로 꼬았다.

"이, 이 계집년이?"

목적을 달성하지 못한 제갈탄이 이를 갈며 그녀의 양다리를 아프게 잡아 벌릴 때,

"이런 개자식!"

분노에 찬 목소리가 귓전을 강타한다고 느낀 순간 제갈탄의 의식은 컴컴한 나락으로 떨어져 내렸다.

"어디 다친 데는 없소?"

이하령이 고개도 들지 못한 채 흐느끼자 그녀를 외면한 만석이 안쓰러운 음성으로 물었다.

"네… 네……."

이하령은 죽고 싶을 만큼 부끄러웠다.

그녀가 고개도 들지 못하고 간신히 대답하자 만석이 나직한 한숨을 내쉬며 말했다.

"살다 보면 이런 일도 있는 법이오. 소저에게는 아무런 일도 일어나지 않았소. 죄를 지은 이놈은 다시는 이런 짓을 못하게 벌을 받았으니 안 좋은 기억은 그만 지워 버리시오."

만석의 말은 시종 무심했다. 괜히 위로한답시고 따뜻한 말을 하다가는 오히려 역효과를 볼 수도 있는 것이다. 만석의 말을 들은 그녀의 눈물 젖은 눈이 쓰러진 제갈탄에게 향했다.

그의 피로 범벅된 하체에는 있어야 할 것이 없었다.

'어떻게 하지?

그녀가 옷을 걸치고 있자 헛간 문을 닫고 밖에 나와 선 만석이 주변을 살피며 생각에 잠겼다.

일이 이렇게 되어버렸으니 제갈탄을 이용해서 제갈세가를 무너뜨리려던 그의 계획은 물 건너간 셈이었다.

'이럴 바에야 놈을 확실히 죽여 흔적을 없애야 해!'

제갈탄은 자신을 그 꼴로 만든 사람이 누군지 알 리가 없겠지만 언젠가는 어떤 경로로든 밝혀질 일이었다. 세상에 비밀은 없는 것이다.

이하령이 주점으로 돌아가자 만석이 몰래 헛간으로 향했다.

'헛! 없다!'

헛바람을 삼킨 만석이 날카롭게 주위를 살폈다.

제갈탄이 쓰러져 누웠던 자리에는 벌건 핏물만이 밀짚 더미를 적시고 있을 뿐, 아무런 동정도 느껴지지 않는다.

'그렇다면 놈을 구한 자가 있다는 말인가?'

다급해진 만석이 생각하는 즉시 헛간에서 빠져나와 뒷담을 넘었다.

'휴우. 놈을 내려놓고 사람이 죽어 있다고 일부러 소리까지 질러놓았으니 누군가 그놈을 발견했겠지.'

은밀히 주루의 뒷담과 잇댄 인가들을 넘어 한적한 부둣가에 제갈탄을 내려놓고 돌아가던 소이는 주루에 가까이 와서야 혼란스러운 마음을 간신히 가라앉힐 수 있었다.

얼마 전, 뒷간을 다녀오던 소이는 배에 있을 만석이 왜 주루의 헛간에서 나오나 싶었다. 그리고 잠시 있으니 그 헛간에서 옷매무새를 가다듬긴 했지만 뭔가 의기소침한 표정이 역력한 이하령이 나오는 걸 보게 된 것이었다. 혹시 안에서 두 사람이 모종의 관계를 맺었나 싶었지만 만석의 성격과 적당하지 않은 장소를 생각하면 있을 수 없는 일이었다.

만석이 그녀를 데리고 주점으로 들어가자 그 틈을 타서 헛간을 살핀 소이는 아랫도리가 피투성이가 되어 쓰러져 있는 자가 제갈탄이며, 그가 이렇게 된 연유도 한눈에 알아볼 수 있었다.

이하령이 볼일을 보려고 자리를 벗어나자 흑심을 품고 뒤를 따르던 제갈탄이 헛간에서 겁탈을 하려 했고, 우연히 이 장면을 목격한 만석에게 당했다는 것.

다행인지 불행인지 그는 아직도 숨이 붙어 있었다.

처음에는 자신이 왜 제갈탄을 구하는지 몰랐다.

그러나 이제는 안다.

'큭큭. 내가 언제까지나 만석의 밑에 있을 수는 없지!'

왜 자꾸 이런 마음이 드는 것일까? 소이는 자신의 존재가 바닥이 없는 지하로 가라앉는 것처럼 기분이 착잡해졌다.

은밀히 뒷마당을 넘던 소이는 가슴이 철렁했다.

주루 뒷마당의 그늘 속에 있다가 불쑥 고개를 내민 것은 다름 아닌 만석이었다.

"소이, 어디 다녀올 일이 있었나?"

만석이 다 안다는 표정으로 묻자 소이의 얼굴이 보이지 않게 찌푸려졌다.

'그래. 오히려 털어놓는 게 낫겠다.'

제갈탄을 옮긴 소이의 행동은 보기에 따라 만석을 도우려고 했다고 볼 수도 있었다.

만석의 눈치를 재빠르게 살핀 소이가 씨익 웃었다.

"응. 그냥 놔두면 안 될 것 같아서 치워 버렸어."

동문서답 같았지만 헛간에 중상을 입고 나자빠진 제갈탄을 그냥 두면 의심을 살까 봐 급히 손을 썼다는 말이었다.

"흐음, 그래, 잘했다."

만석이 빙긋 웃으며 소이의 어깨를 두드렸다. 제갈탄의 행방에 대한 걱정을 해소시켜 준 그가 고맙지 않을 수 없었다.

다만, 자신을 알아본 후에도 왠지 그의 눈동자가 불안스럽게 깜빡이는 것 같아 마음이 찜찜했지만 만석은 이를 자신의 기분 탓으로 치부하고 말았다.

第八章

철모르는 소녀

　제갈탄이 행방불명된 것은 주위에 곧 알려졌다.

　이에 하루 동안 머물며 제갈탄을 찾던 장강표국 일행은 그의 종적을 못 찾자 할 수 없이 떠나 버리고, 나대기는 참담한 심정으로 제갈세가로 귀환하고 말았다. 이에 만석은 소이가 일을 제대로 처리한 것으로 믿었지만 오히려 당사자인 소이는 알 수 없는 일이었다. 제갈탄이 제갈세가의 표식이 그려진 복장을 입고 있었으니 행방을 쉽게 찾을 수 있어야 했지만, 항주는 수십만의 유동 인구가 들락거리는 항구 도시다. 이후 제갈세가의 대대적인 수색에도 제갈탄의 종적은 발견되지 않았으니 항구의 물이 너무 깊은 탓인지도 몰랐다.

장강의 수적들로부터 황하에서 원정 온 녹림맹의 무리까지 손쉽게 해치운 목불인견의 명성은 하늘을 찌를 듯했다.

중원천지 어디를 가나 사람들이 모였다 하면 목불인견 얘기로 꽃을 피웠고, 무림 최고의 후기지수(後起之秀)로 자타가 공인하는 중원사룡(中原四龍)보다 무공이 높다는 풍문마저 돌고 있는 실정이었다.

중원사룡은 모두 무림세가 출신으로 무림맹주 금태원의 외아들인 무림맹 청천대주(淸天隊主)옥룡(玉龍) 금기린(錦麒麟), 비룡(飛龍) 남궁원기(南宮元氣), 제갈탄의 형인 지룡(智龍) 제갈추(諸葛錘), 무룡(武龍) 팽용수(彭勇秀) 등으로 서로 쉽게 우열을 논하기는 어렵다고 알려져 있었지만, 은연중 그 수장으로 옥룡 금기린을 지목하는 사람들이 많았다.

어쨌든 대수로를 통하여 표행을 가는 만석 일행은 자신들의 소문이 이렇게까지 확산되는 줄은 까마득히 몰랐지만 그들을 겨냥하는 주변의 움직임은 갈수록 급박해지고 있었다.

지룡 제갈추는 무림맹의 개파대전을 보름 앞두고 친구 무룡 팽용수의 집인 하북팽가에 머물고 있었다.

그러던 그의 귀에 경악스런 소문이 들렸다.

장강표국의 표행을 호위하던 동생 제갈탄의 실종.

태생적으로 성격이 다른 데다 그에 대한 호승심과 투기심으로 서로 겉돌긴 했지만 명색이 유일한 동생이니 제갈추의 근심은 깊을 수밖에 없었다.

　가만히 있을 수 없다고 생각한 제갈추가 급히 행장을 차리고 숙소를 나왔을 때, 역시 제갈탄의 실종 소식을 들은 팽용수가 빠르게 다가왔다.

　"동생이 실종되었다는 소식을 들었네만……."

　팽용수가 제갈추의 안색을 유심히 살피며 말을 건네자 제갈추가 얼굴을 깊숙이 찡그리며 대답했다.

　"지금으로 봐서는 탄이가 큰일을 당한 것 같네."

　"으음. 설마 그럴 리야 없겠지……."

　잠시 침음하던 팽용수가 이어 물었다.

　"그럼, 동생이 실종된 양주로 가려고?"

　"아냐. 그건 집안에서 알아서 할 것이니 나는 그 목불인견이라는 자들을 만나봐야겠어. 아무래도 놈들이 수상해."

　팽용수가 이해가 간다는 듯 고개를 끄덕였다.

　"나도 그렇게 생각하네. 그 천한 놈들을 족쳐 보면 틀림없이 뭔가 나올 거야."

　그러지 않아도 몰락한 천무세가의 천박한 하인 출신들이 자신들과 비견되고 있다는 것에 배알이 뒤틀려 있는 팽용수였다.

　성격이 급하고 거친 그뿐만 아니라 이러한 심정은 거의 모든 명문세가 출신의 공통된 심사이리라.

　"그래. 범인은 가까이 있다는 것은 만고의 진리일세. 탄이가 불의의 사고를 당했다면 그 목불인견 세 놈이 어떤 경로로든 개입했을 것으로 믿네."

"좋아! 나도 같이 가세."

"정말 고맙네. 자네가 같이 가준다면 많은 도움이 될 거야."

"그게 무슨 소린가? 자네의 일은 곧 내 일이야."

대답하는 팽용수의 네모진 얼굴에 강력한 투기가 어리고 있었다. 꼭 이 일이 아니라도 하룻강아지의 버릇을 고쳐 줘야겠다고 생각하던 팽용수다. 이는 제갈추도 마찬가지였다.

이렇게 두 사람이 장강표국의 행로를 거꾸로 짚어 내려오고 있을 때, 하남 상산(常山)의 황하녹림채에서도 난리가 났다.

"뭐, 뭣이야? 무려 백여 명이 가서 겨우 열 놈만 살아왔다고?"

철사 같은 수염이 가득한 크고 험악한 얼굴이 연신 경련을 일으키고 있었다.

호피로 싸인 거대한 태사의에 높직이 앉아 거대한 언월도를 뒤흔들고 있는 삼십대 초반의 거한.

그가 바로 황하녹림맹을 재건한 대호(大虎) 우창출(牛創出)이었다. 먼 조상으로 올라가면 삼국 시대의 귀족 출신이라는 자부심을 가진 그였다.

그의 불길 같은 눈이 향한 곳, 남만산 주단이 깔린 십여 개의 계단 밑에는 온몸을 붕대로 동여맨 백호대주 이원숭이 광대뼈가 두드러진 얼굴을 바닥에 처박고 떨고 있었다.

"예, 예. 초, 총채주님… 그, 그게……."

우뢰 같은 우창출의 고함을 몸으로 받고 있는 이원숭은 그야말로 죽을 지경이었다.

대호라는 별명처럼 무지막지한 성질머리의 우창출은 수틀리면 주변의 아무것이나 집어 던지는 버릇이 있었다.

우창출의 눈이 발밑의 청동으로 만든 거대한 화로와 태사의 양쪽에 세워진 석등(石燈)을 흘낏거릴 때마다 이원숭의 간은 절인 콩알처럼 졸아들고 있었다.

"이런 죽일 놈의 새끼! 그래, 대주라는 놈이 아까운 수하들을 다 수장시키고 돌아와서는 변명이나 일삼아? 내 이 개자식을 그냥!"

끝내 우창출이 벌떡 일어나더니 왼쪽의 석등을 거머쥐었다.

파싸싹!

석등이 모랫덩이처럼 바스러지는 순간 우창출의 손에는 어느새 기다란 몽둥이처럼 변한 석등이 들려 있었다.

"새끼야! 너 한번 죽어봐라!"

우창출이 석등을 한 바퀴 휘저으며 원숭이에게 던지려고 하자 원숭이가 머리를 감싸고 외마디 비명을 질렀다.

"에구우!"

"이 새끼가 내 화를 더욱 돋우는구나! 던지지도 않았는데 비명부터 질러? 임마! 네놈이 이 모양이니까 부하들을 다 죽이고 온 게야!"

귀청이 떨어지는 고함 소리와 함께 그의 손에 들렸던 돌덩이가 이원숭의 몸에 명중했다.

"끄아악!"

이원숭이 목이 터져라 비명을 내지르며 바닥을 아등바등 기며 피하려고 했다. 다음의 타격을 피하려는 무의식적인 행동이었다.

"아쭈? 이 새끼가 아직도 힘이 남았다 이거지?"

잡고 있던 언월도를 내팽개치듯 내려놓은 우창출이 이번엔 성큼 발을 옮겨 최소한 천 근은 나가는 화로를 번쩍 머리 위로 치켜들자, 정신이 없는 가운데서도 이원숭의 눈에 다급한 기색이 물들었다.

그러지 않아도 이미 중상을 당한 몸에 돌덩이를 얻어맞았으니 정신이 있는 것만 해도 용할 지경. 그러나 우창출이 던지는 것을 피했다가는 진짜 끝장이 난다. 우창출의 화가 풀릴 때까지 죽은 듯이 던지는 것을 맞아주어야 하는 것이다.

'저러다간 죽고 말지.'

우창출의 우측 아래에 시립해 있던 대총관 구자서(狗仔書)가 원숭이의 절박한 처지를 보다 못해 끼어들었다.

"커흠! 총채주, 이 일은 이 대주의 잘못만은 아니외다!"

이번 일로 욱일승천하던 녹림연맹의 기세는 급전직하했다. 그러나 이원숭이 그 일을 저지른 중죄인이라고 하지만 저간의 사정상 그로서도 어쩔 도리가 없었을 것이다.

"엉? 그게 무슨 소린가?"

그가 끼어들자 화등잔 같은 우창출의 눈이 번질거리며 구자서에게 돌아갔다.

녹림연맹의 삼천여 무리 중 유일하게 먹물깨나 먹은 인물.

전직이 한림원의 학사라고 소문날 만큼 그의 밤톨처럼 생긴 두뇌에는 오만 가지 잡다한 계략이 들어 있다는 녹림맹의 지낭이었다. 녹림연맹의 오늘이 있기까지 지대한 공헌을 했다고 알려져 있기도 했다.

때문에 우창출 역시 그에게는 한수 접어준다고 한다.

"에이, 저 새끼를 죽여 버려야 하는데……."

우창출이 아쉬운 표정을 지우지도 않은 채 궁시렁거리자 구자서가 바로 대답했다.

"커흠. 에, 그러니까, 요즘 소문이 자자한 목불인견 놈들은 제쳐 두고라도 그 죽립노인네의 내력도 범상치 않을 것으로 판단되오이다."

'제길. 자식이 말할 때마다 헛기침이란 말이야?'

괜히 점잖은 척하는 말투에다 헛기침부터 하는 것이 구자서의 버릇이긴 했지만 우창출은 들을 때마다 기분이 나빴다.

마음 같아서는 저 우스꽝스런 머리통을 한 대 쥐어박고 싶었지만 우창출은 주먹만 부르르 떨며 애써 참았다.

"그래서?"

"예. 최선을 다하지 않고 패했다면 마땅히 엄벌에 처해야 하지만 능력이 모자라 패한 것을 두고 이 대주에게 죄를 묻기는 어려울 뿐 아니라……."

구자서가 부러 중도에 말을 끊고 우창출의 안색을 넌지시 살폈다.

'크흐흐. 쫄았구나.'

구자서가 속으로 회심의 미소를 지었다. 우창출은 혼란된 표정으로 눈만 데구루루 굴리고 있었다.

"이 대주의 실패는 병가상사. 실패했다고 해서 사정을 따지지 않고 징계를 하는 것은 수하들의 사기만 떨어뜨리는 처사외다."

'으으음. 벼, 병가 뭐라고? 이 자식이 또 문자를 쓰기 시작하는구나.'

이럴 때면 꿀 먹은 벙어리 시늉을 하는 것이 능사였다.

이럴 때의 우창출은 골치가 지끈지끈 아팠다. 확실히 촉한의 귀족 후손이라는 자부심도 문자 앞에서는 맥을 못 춘다.

"놈들의 무위는 장강의 수적 놈들을 해치울 때부터 정평이 난 것. 그러하니⋯⋯."

"그만! 됐어! 내가 직접 가서 알아보면 되지."

더 이상 말을 듣다가는 골머리가 뒤집힐 것 같아 우창출이 서둘러 말을 끊고는 뒤를 향해 소리를 질렀다.

"석철!"

"옛! 하명 기다립니다!"

우창출의 바로 뒤, 휘장 안에서 우창출을 호위하고 있던 호위대주 석철(石鐵)의 대답 소리가 우렁차게 들렸다.

"좋아! 호위대만 나를 따른다! 나머지는 총관이 알아서 하도록!"

말을 끝내는 즉시 청룡도를 어깨에 척 둘러멘 우창출이 대전을 쿵쿵 울리며 걸어나가자 단순 무식하게 생긴 석철이 급히 그의 뒤를 따랐다.

"커흠. 길 조심하고 잘 다녀오시오!"

벌써 십여 장 길이의 대전을 다 빠져나간 우창출의 등을 응시하며 구자서가 소리쳤다.

그러나 들었는지 말았는지 우창출은 문을 벌컥 열고 나갈 뿐이었다.

"총채주가 떠났으니 주변의 경계를 강화해야겠구나."

구자서가 흑룡대주 사마기의 얼굴을 떠올리며 혼잣말로 중얼거렸다.

"이거 봐요! 나하고 비무나 해보자니까요?"

그러면서 졸래졸래 쫓아다니는 빙한설 때문에 만석은 골머리가 쑤셨다.

이건 도대체가 뒷간 갈 때만 빼놓고 한시도 떨어질 생각을 않는다. 그러고는 나이는 몇 살이냐부터 시작해서 자라온 얘기, 살면서 경험한 일들, 게다가 마음에 두고 있는 여인은 있느냐 등등 시시콜콜한 것들을 싫증도 내지 않고 연신 물어대는 것이었다.

만석이 입을 꾹 다물고는 모른 척으로 일관하자 이제는 입만 열었다 하면 비무를 하자고 졸라댄다.

양주에서 홍택호(洪澤湖)의 북쪽 끝인 사홍(泗洪)에 오기까지 만석은 한시도 빼놓지 않고 빙한설에게 시달리고 있는 것이었다.

‘크으… 이러다간 제명에 못 살겠군.’

만석은 절로 한숨이 나왔다. 초로가 남긴 책자에 담긴 비밀은 빙한설의 성화로 생각해 볼 시간조차 없었다.

만석이 하릴없이 주변에 정박한 크고 작은 유람선들을 둘러보다가 빙한설에게 눈길을 멈추었다.

나이 열일곱, 한창 피어나는 꽃봉오리 같은 그녀의 홍조로 물든 얼굴은 한여름의 초입으로 들어가는 햇살을 받아 더한층 싱그럽게 빛나고 있었다.

배의 갑판 위에는 만석과 빙한설 두 사람밖에 없었다.

사홍에 배가 정박하자 거창해의 인솔로 십여 명의 표사가 모두 나가 육로 여행에 대비해서 마차를 수배하든지 말먹이 건초나 식량, 식수 등을 구하려고 상점들을 돌아다니고 있었고, 우거형은 우거형대로 그 일이 있은 직후부터 말수가 적어진 이하령을 이끌고 홍택호 구경을 나갔다.

여기서부터 물길이 끊기므로 마차를 몰고 목적지인 개봉까지 갈 예정이라 그 준비를 위해서 오늘은 여기서 일박하기로 되어 있었다.

그 외에 환로는 볼일이 있다고 나가서 보이지 않았고 소이는 선실에 틀어박혀 지도와 씨름하고 있을 것이다.

배가 지나치는 곳마다 그 지역의 특기 사항과 풍물을 적는 것이다.

소이는 입만 열면 이 모든 것이 무적문 천하를 이루는 데 커다란 기여를 할 것이라고 장담하고 있었다.

그녀의 얼굴을 지그시 응시하던 만석이 눈을 돌려 푸른 하늘에 두둥실 떠가는 흰 구름을 올려다보았다.

햇빛을 가린 흰 구름에 군데군데 음영이 드리워지자 수심에 잠긴 홍자려의 얼굴로 변했다.

'자려……!'

만석이 입속으로 가만히 불러보았다.

언제나 그리운 얼굴. 표행을 마치면 천무세가로 돌아가 제일 먼저 그녀를 만나리라.

떠들썩한 부두의 소음은 의식의 저편으로 멀어져 갔고 오직 홍자려와 단둘이 마주 보고 있는 느낌.

'미안하다. 무심한 나로 인해 오랜 세월이 흐르도록 넌 얼마나 고통스러웠을까.'

'어머? 이 사람이 이럴 때도 다 있네?'

만석의 얼굴에 짙은 그늘이 지며 쓸쓸한 느낌을 풍기자 빙한설이 눈을 동그랗게 떴다. 회상에 겨운 그의 모습은 빙한설이 옆에 있다는 것도 잊어버린 것처럼 보였다.

"이봐요! 사람 말이 말 같지 않아요? 흥! 솔직히 질까 봐 겁이 나서 비무를 못한다고 말해요."

괜스레 심통이 난 빙한설이 톡 쏘아붙이자 생각에서 깨어난 만석이 불쾌한 눈으로 그녀를 노려보았다.

"나에게 비무란 없다. 너는 목숨을 걸 수 있느냐?"

"네에……?"

딱 끊어지는 싸늘한 만석의 말에 빙한설은 가슴이 철렁 내려앉았다. 말이 비무니 뭐니 하지만 아직 빙혼신공(氷魂神功)의 오성에 불과한 수준으로는 만석의 한 수도 막지 못할 것이다.

그만큼 그녀의 눈에는 만석이 커 보였다.

그녀는 만석이 하도 무뚝뚝하게 자신을 대하니 어떡하든 관심을 끌 요량으로 비무 운운했을 뿐이었다.

빙한설이 뭐라고 말도 못하고 만석을 쳐다보고 있을 때,

"크핫핫핫! 맞아, 오랜만에 마음에 드는 소리를 들었구나!"

질그릇을 두드리는 듯한 탁한 목소리에 이어 부두로부터 거대한 그림자가 만석의 전신을 뒤집어씌웠다.

'으음? 이자는 누구이기에?'

사람들이 분분히 놀라며 비켜설 만큼 엄청난 덩치의 거한이 뱃전에 한 다리를 걸치고 이를 드러내며 웃고 있었다.

그러나 입술은 웃고 있지만 붉은 핏물을 머금은 듯 벌건 눈동자는 태울 듯이 만석을 직시하고 있다.

떡 벌어진 어깨에 둘러멘 언월도는 백 근이 넘을 것처럼 거대하지만 거한에게는 어쩐지 속빈 수수깡처럼 가볍게 느껴진다.

그의 뒤에서 만석을 힐끔거리는 단창(短槍)을 든 자의 체구도 컸지만 만석의 눈에는 이자만 보일 만큼 중압감이 들었다. 그러나 만석은 금세 눈가에 웃음을 매달았다.

'훗. 언뜻 보면 딱 우거형이구나.'

‘어쭈, 짜식이 웃어?’

대호 우창출은 자신을 보고 놀라기는커녕 아무렇지도 않게 웃는 만석을 묘한 눈초리로 훑어보았다.

비쩍 마른 몸매에 큰 키, 짙은 눈썹 밑에 깊숙이 가라앉은 눈동자. 턱 선이나 몸의 뼈대가 굳세게 보이긴 하지만 피부로 느껴지는 강함은 없다.

"네놈이 대견이란 놈이냐?"

"나에게 볼일이 있소?"

그래서일까? 담담하게 대꾸하는 만석이 애써 두려움을 숨기고 있는 것처럼 보이는 것이다.

"크크큭. 소문이 무성하기에 대단한 자인 줄 알았더니 아직 이마빼기에 피도 안 마른 애송이로구나. 하여간 소문이란 믿을 게 못 된다니까."

온몸에서 긴장이 풀리자 상대를 놀리고 싶다. 범이 하룻강아지를 가지고 노는 심정이랄까?

‘훗. 이자가 나를 얕보고 있구나.’

만석은 우습지도 않았다. 이자처럼 천생신력을 가진 자들은 종종 상대의 겉모습을 보고 평가를 하는 우를 범하는 것이다.

"맞아. 소문이라는 것은 믿을 것이 못 되지. 그건 그렇고 당신이 내 앞에 서 있으니 햇빛이 가려지는군. 그만 내 앞에서 비켜주시지."

"뭐, 뭣, 나보고 비켜달라고? 커커커. 그렇게는 못하겠는걸? 네놈에게 능력이 있으면 나를 비키게 해봐라."

“아니야. 당신이 안 비키면 내가 비켜서면 되지, 이 더운 날 힘쓸 게 뭐가 있겠어?”

‘엉? 이놈 봐라?’

만석이 아무렇지도 않게 자신의 그림자에서 벗어나 버리자 우창출은 일순 어이가 없었다.

상대가 바락바락 대들어야 하는데 이래서는 재미가 없는 것이다.

“남자새끼가 겁은 많아서 어디에 써먹겠어? 두말 않겠다. 배 안의 표물을 모두 가져갈 테니 너는 거기서 꼼짝만 하지 않으면 살 수 있다.”

그가 선심을 쓰듯 한마디 했을 때 주변에서 이십여 명의 거칠게 생긴 자들이 우르르 배로 몰려들었다. 행인을 가장하고 부둣가를 배회하던 자들이었다.

‘으음, 역시 한패거리였나?’

만석이 의미심장한 눈빛을 발하고 있을 때,

“아, 아니! 저자들을 그냥 둬요?”

보다 못한 빙한설이 앙칼지게 소리치며 흘겨보자 만석이 가볍게 말을 받았다.

“핫하. 그냥 안 두면 어쩔 거야?”

그때, 그녀의 모습을 본 우창출의 도끼눈이 뒤집힐 것처럼 커졌다.

‘아니, 계집이 대단한 미인인걸?’

만석의 뒤에 있을 때는 몰랐는데 막상 얼굴을 내미니 눈앞이 환해지는 미모의 소녀였다.

"우하하! 이 뱃구석에 저런 미인이 다 있다니. 저년은 내 거다!"

우창출이 거나하게 입에서 침을 튀기며 다가오자 빙한설이 빽 하고 소리를 질렀다.

"흥! 미친놈. 네 거시기나 조심해라!"

"오호? 성깔있는 계집이 맛도 좋다더라. 네가 앙탈을 부릴수록 나는 더욱 기분이 좋구나."

만석은 눈에 전혀 차지도 않는 듯 우창출이 그녀를 향해 성큼 다가오자 빙한설이 울상을 지으며 만석을 쳐다보았다.

"저, 저기, 어떻게 좀 해봐요."

"내가 왜?"

입가에 슬며시 미소를 달던 만석이 펄쩍 뛰어 일 장을 물러나더니 우창출에게 한마디 했다.

"비무하는 게 소원인 계집이오. 다치지 않게 상대해 주시오."

"으잉? 정말 시세를 아는 자는 중간은 간다고 하더니 네가 꼭 그 짝이구나. 염려 말고 너는 물러서 있거라."

"크훗. 좋도록 하슈."

우창출이 부하에게 지시하는 것처럼 말하자 만석이 별 것이 아니라는 듯 대답했다.

"흥! 좋아! 싸우라면 내가 못할 줄 알고?"

빙한설이 코웃음을 치며 앞으로 나섰다.

우창출과는 이 장 정도의 거리. 그와 정면으로 마주 선 그녀가 깊이 심호흡을 하며 마음을 가라앉혔다.

"와아, 싸움 났다!"

"어디, 어디?"

우창출의 목소리가 너무 커서였을까? 만석이 탄 배의 주변에는 구경꾼들이 잔뜩 몰리고 있었다.

유람선을 타려는 사람들은 물론 배에 짐을 실어 나르던 인부들까지 수백 명이 발돋움을 하고 곧 벌어지려는 싸움을 흥미진진하게 기다리고 있었는데 그 한쪽에서는 은밀한 얘기가 오가고 있었다.

"잘못하면 저 여인이 다치겠어. 우리가 나서는 것이 좋지 않을까?"

"글쎄. 잠깐만 기다려 보자. 서두를 필요는 없어."

"그런데 저자들은 누구일까? 풍기는 기세가 녹록치 않아. 저놈도 그걸 알고 꼬리를 사리고 있어."

"그것도 잠시 판단을 미루세. 저 대견이라는 놈, 소문으로 봐선 저렇게 허약한 자가 아니지 않나?"

팽용수의 귓속말에 역시 귓속말로 대답하면서 제갈추는 고개를 저었다. 외양만 소문 그대로지 슬슬 뒤로 물러나는 태도는 들은 바와 전혀 딴판이다. 그러면서도 제갈추는 만석의 눈을 자세히 살피고 있었다.

'전혀 흔들림이 없다. 게다가 저 입가에 걸린 웃음은 비굴한 것이 아니라 담담하기만 해.'

제갈추는 다시금 만석의 태연한 모습을 살피면서 왠지 오싹한 느낌이 들었다. 놈의 눈이 가끔씩 자신들의 방향으로 왔다가 마주 치려고 하면 슬쩍 비껴 나간다.

‘혹시 저놈이 우리의 존재를 눈치 챈 것이 아닐까?’

기세를 죽이고, 사람들에 가려 잘 보이지 않는 상태였다.

상대가 두 사람을 훨씬 뛰어넘는 무공을 가지고 있지 않다면 그들의 존재를 의식할 리 없다. 그렇게 생각하자 제갈추는 마음이 꺼림칙했다.

다른 한 군데서도 눈살을 팍싹 찌푸린 노인이 있었다.

‘에구. 저놈이 무슨 억하심정이 있어서 나 몰라라 하냐?’

대두개 초로였다. 열흘 동안 표물선(鏢物船)을 따라 물가를 달리느라 제대로 먹지도 못한 초로의 얼굴은 말라 있었다.

이렇게 표물선이 마을에 정박해서 물자를 사거나 식사를 할 때만 간신히 몸을 쉬면서 제대로 먹을 수 있었는데 이는 모두 빙한설을 보호해야 하기 때문이었다.

그런데 만석이란 놈이 빙한설을 저 무지막지한 황하녹림채의 총채주 우창출에게 맡기다시피 하고는 눈만 멀뚱거리고 있었으니 그의 가슴은 시커멓게 타서 재가 될 지경이었다.

다행히 당장은 환로가 없다지만 언제 나타날지 모르는 것.

그럼에도 빙한설이 위기에 처하면 초로가 나서지 않을 수가 없었으니 조바심이 들지 않을 수 없었다.

"차앗!"

초로의 심정은 아는지 모르는지 빙한설은 전력을 다해 우창출을 공격하고 있었다.

그녀가 물 찬 제비처럼 몸을 날려 둔해 보이는 우창출을 공격하는 모습은 우아하면서도 한편 매서웠다.

그녀가 이 척 길이의 은검을 날릴 때마다 싸늘한 냉기가 줄줄이 폭출되니 우창출의 몸은 금방이라도 난자될 것처럼 보였다.

"우와아! 나이도 어려 보이는 낭자가 대단한데?"

"크으. 저 춤추는 듯한 날씬한 몸매 좀 봐."

"정말 무공도 저쯤 되면 예술 아냐?"

구경꾼들은 날렵하게 허공을 배회하며 우창출을 공격하는 그녀의 몸놀림에 눈을 떼지 못하고 감탄사만 연발하고 있었다.

'아유. 이 곰 같은 자식이 잡힐 듯하면서 잡히지 않네?'

빙한설은 도무지 이해가 가지 않았다. 은검이 목표 지점을 베었다 싶으면 이상한 기운이 검을 밀쳐 빗나가 버리는 것이다.

"헉헉헉!"

십여 초가 지나면서 빙한설은 호흡이 거칠어지고 있었다.

반면 애병 청룡언월도를 부하에게 맡기고 맨손으로 빙한설을 상대하는 우창출의 자세는 여유가 넘쳐흘렀다.

그의 양손이 풍차처럼 돌 때마다 돌풍 같은 기운이 쉬임없이 휘돌면서 빙한설의 은검을 밀고 있었으니 빙한설은 하마터면 검을 놓칠 만한 위기를 벌써 여러 번 넘기고 있었다.

'호오? 힘만 내세우는 자인 줄 알았더니 대단하구나.'

싸움이 일어나자 만석은 빙한설의 검로와 우창출의 수비식을 눈여겨 살피고 있었다.

우창출은 수비만 할 뿐 공격할 낌새도 보이지 않는다.

빙한설을 다치게 할 의도가 전혀 없는 것이다.

"크훗훗. 계집, 그만 이 서방님의 품에 안기려무나."

우창출은 빙한설의 몸에서 나는 향수 냄새를 맡는 시늉을 하며 이죽거렸다.

"에이잇! 이 더러운 새끼!"

상대가 자신의 공격을 가볍게 무위로 돌리며 놀려대니 빙한설은 눈물마저 핑 돌았다.

이렇게 자신의 무공이 보잘것이 없었던가? 빙궁의 소궁주라는 그녀의 지고한 신분은 가문의 위세를 빌리지 않으면 남의 놀림감에 불과했던가?

마음이 자꾸 침잠될수록 그녀의 손발은 더욱 어지러워지고 있었다. 그녀는 이대로 촌각만 흐른다면 제풀에 쓰러질 것 같은 위태한 모습을 보이고 있는 것.

'역시 실전 경험이 부족해.'

만석은 그녀의 무기력한 모습에 실소하지 않을 수 없었다.

싸움 중에 자신감을 잃는다는 것은 자신의 목을 내놓는 것이나 마찬가지. 실상 그녀의 무공은 약하지 않았지만 상대가 너무 노련했던 것이다.

'아니……?'

그런데 그들의 공수를 눈여겨보던 만석은 놀라서 소리를 지를 뻔했다. 두 사람의 다음 동선(動線)이 가만히 보고만 있어도 일목요연하게 눈에 들어오고 있었다.

'호, 혹시, 이건?'

바로 무명서였다. 소림의 무초 대사 주노, 무당의 청운자 허선생, 그리고 황궁의 최고수였던 추노 왕두홍까지. 그들이 수십 년간 무림을 행도하며 겪었던 주요 문파들의 이름도 없는 무공 중에 이들의 무공도 들어 있었던 것이다.

'그래. 한설은 북해빙궁, 저자는 기련쌍마의 무공을 사용하고 있다.'

무명서의 첫머리에 등장하는 북해빙궁의 빙화란, 그리고 그녀를 공격하던 기련쌍마.

진짜 명호는 당연히 다르겠지만 어쨌든 두 사람은 그들의 후손일 것이었다.

한편, 그들의 모습을 예의 주시하던 초로의 눈에 이채가 어렸다.

'저놈, 이제 보니 남북쌍마의 전인이구나.'

녹림연맹 총채주 우창출이 당금 마도의 하늘이라는 천마교(天魔教) 출신이라는 사실. 이 사실이 알려진다면 무림은 또 한 번 경동할 것이다. 예리한 눈빛과는 달리 초로의 안색이 어두워졌다. 세인이 의식하지 못하는 사이에 무림은 이미 대혼란의 와중에 휘말리고 있었던 것이다.

"아아아, 저런!"
"저러다가 저 처자가 큰일 나겠는걸?"
중인들이 조바심을 내는 가운데에도 우창출의 공세는 쉴 틈 없이 이어지고 있었다.
"아흑!"
막 균형을 잃고 비틀거리던 빙한설이 우창출의 금나수를 속수무책으로 바라보는 순간,
"뒤로 한 발짝 물러나서 왼쪽으로 돌아!"
그녀의 귓속으로 모깃소리만 한 음성이 파고들었다.
'어머? 이 목소리는?'
빙한설은 만석의 음성이라는 것을 깨닫자마자 그의 지시를 따랐다. 어차피 너무나 절박한 때라 다른 방법이 없었다.
'어엉? 이년이?'
우창출은 자신의 손이 허공을 움켜잡자 한순간 얼떨떨해졌다. 다 잡았다고 생각한 그녀의 손목이 간발의 차로 빠져나간 것이다.
그러나 역시 우창출은 노련했다. 순간적으로 움찔했던 것도 잠깐, 그의 발이 묘하게 미끄러지며 양손을 괴이하게 흔드는 것이었다.
"어어, 저런!"

주위에서 놀랍다는 탄성이 터졌다.

우창출의 양손에서 한꺼번에 수십 개의 수영(手影)이 피어올라 빙한설의 전신을 내리 씌우는 광경은 그만큼 위협적이었다.

"앞으로 나가 그자의 복부를 찔러!"

그 즉시 만석의 전음이 들렸다.

뒤나 옆으로 물러나는 것이 아니라 오히려 덮쳐 오는 상대의 정면을 치라는 것.

'아우, 나도 몰라!'

그녀가 물러나던 신형을 갑자기 튕겨 앞으로 전진하며 은검을 찌르자 우창출은 갑자기 손발이 어지러워졌다.

찌이익!

급기야 옆구리의 옷자락이 길게 찢겨 나가며 섬뜩한 아픔이 엄습하자 우창출의 도끼눈에 살기가 어리기 시작했다.

"제, 제기랄! 이 죽일 년이!"

그가 좌우로 크게 발을 옮겨 그녀의 공격권에서 벗어나자 석철이 얼른 청룡도를 바쳤다.

"쥐새끼 같은 년! 데리고 놀려고 했더니 콧잔등을 물어?"

우창출이 삼 척 반 길이의 거대한 청룡도를 들어 머리 위로 빙빙 돌리자, 갑작스레 광풍이 거세게 일며 그의 주변에 있는 자질구레한 물건들과 흙더미가 치솟아 어지러이 허공을 떠돌기 시작했다.

'어어? 저놈이 광풍도법(狂風刀法)을 쓰려고 하는구나.'

모르는 사람은 모르되 초로는 익히 안다. 얼마나 화가 났으면 남북쌍마의 성명절기를 쓰려고 한단 말인가?

'놈이 진신무공을 드러내려고 하는구나!'
제갈추와 팽용수가 심상치 않은 광경에 손에 잡은 도병에 힘을 잔뜩 주고 있을 때,
아예 끝장을 내려고 작정을 한 듯 미친 듯이 부는 바람은 점점 그 범위를 넓히고 있었고 멀리 둘러싸고 있던 수백여 구경꾼들도 황급히 뒤로 물러나고 있었다.
풍덩!
"아푸푸!"
정신없이 물러나던 구경꾼들의 일부가 물속에 떨어지자 연달아 수십 명이 물에 빠져 허우적거리는 진풍경도 연출되고 있었지만, 지극한 두려움에 떠는 사람들에게는 먼 나라에서 벌어지는 일이었다.

'저, 저……!'
그 장면을 보고 다급한 표정을 짓던 초로가 급기야 신형을 움직이려고 할 즈음,
"그만!"
굉렬한 고함 소리가 터지며 만석의 신형이 물을 거슬러 오르는 잉어처럼 돌풍 속을 파고들었다.
'으읏! 역시 대단하구나!'

만석은 돌풍에 휩싸이자마자 온몸을 송두리째 빨아들이는 강력한 기운을 느꼈다. 온몸의 뼈다귀가 산산이 분쇄되고 피부가 갈가리 찢길 것 같은 무지막지한 기운. 대라무적공을 극성까지 끌어올려 그 거대한 압력을 견디던 만석이 눈을 번쩍 빛냈다.

시야를 온통 가로막는 거대한 흙먼지의 회오리 속에 동공처럼 뻥 뚫린 구멍이 보이는 것이다.

'바로 저것이다!'

속으로 외친 만석이 그 기운에 대항하지 않고 자연스럽게 회오리의 중심으로 접근했다.

"와아! 저럴 수가!"

겉으로 보기엔 만석의 시커먼 목봉이 장난치듯 빈 공간을 찔렀을 뿐이었다.

"커어억!"

만석이 목봉을 찔러 넣은 직후, 벼락에 관통된 듯 몸을 발작적으로 떨어대던 우창출이 공중을 날아 떨어져 내렸다.

그와 거의 동시 거세게 휘몰아치던 회오리바람도 힘을 잃고 사그라져 버렸다.

팍싹!

그의 무거운 엉덩이가 지면의 돌덩이를 뭉개었다 싶었을 때, 쥐어짜는 듯한 신음 소리와 함께 검붉은 선혈이 그의 입속을 뚫고 나와 앞가슴과 지면에 흩뿌려졌다.

갑작스런 정적!

물에 빠져 비명을 질러대던 사람들의 아우성도 십 리 밖에서 들리는 것처럼 고막에서 멀어지고 있을 때,

만석이 아직 완전히 사라지지 않은 돌풍 속을 걸어 널브러진 우창출에게 다가갔다.

이마를 동여맨 머리띠가 끊겨 산발이 된 긴 머리카락이 나풀거리고, 몸에 걸친 무명옷은 찢어질 듯 펄럭인다.

그러나 만석의 전신에서 뻗쳐 나오는 것은 천신 같은 위압적인 기세였다.

"으으음……!"

누군가의 입에서 쥐어짜듯 신음이 흘러나왔지만 거미줄에 걸린 작은 곤충처럼 아무도 움직이지 못했다.

깊은 정적에 휩싸인 장내는 바늘 한 개라도 떨어지면 천둥소리처럼 들릴 것만 같았다.

몸을 움직일 엄두도 못 내고 입에서 연속해서 피를 쏟아내던 우창출이 게슴츠레 풀린 눈을 들어 우뚝 선 만석을 올려다보았다.

침묵!

만석은 그를 내려다볼 뿐 말이 없었다.

조금 전까지, 만석은 우창출을 죽여야 하는지 고민에 휩싸여 있었지만 지금 그의 얼굴은 무심하기만 했다.

눈알을 부산하게 꿈뻑거리며 정신을 차리려고 애쓰던 우창출이 간신히 입술을 열어 새된 목소리를 뱉어냈다.

"크흐흐. 사람 애간장 태우지 말고 죽여라!"

“죽고 싶나?”

“아니! 여기 죽고 싶은 놈이 있으면 나와보라 그래.”

입에서 나오는 말만은 천연덕스럽다.

그러나 우창출은 그럴 힘만 있다면 머리를 마구 저으며 부인하고 싶었다. 하지만 그의 몸은 물속에 잠겨드는 것처럼 무기력했고 목소리는 땅속으로 기어드는 것처럼 막혀 있었다.

“곧 죽을 놈이 알아서 뭐 하겠냐만, 네가 쓴 수법이 뭔지 알고 싶다.”

“나도 몰라.”

“크크크. 그런가?”

그리고 잠시 두 사람 사이에 또 다른 침묵이 떠돌았다.

“당신은 원래부터 말이 많았나?”

“아냐, 그럴 리가. 죽을 때가 되니 말이 많아지는군.”

“큭. 그럼 지금부터 입을 다물지? 난 당신을 죽일 이유가 없거든.”

이를 드러내며 웃던 만석이 천천히 몸을 돌렸다.

“그런데 이자는 당신의 경호무사인가?”

만석이 옆에서 단창을 겨누고 있던 석철을 손으로 가리키자 석철이 몸을 움찔 떨며 한 걸음 물러섰다.

“맞아. 경호대장이지.”

“쓸 만한 자야. 당신을 죽이려면 나도 죽을 각오를 해야 할 것 같더군.”

우창출이 입을 옆으로 찢으며 씨익 웃었다. 거짓말이다.

지금의 석철은 만석이 한 소리만 질러도 혼비백산할 것이
다. 그만큼 석철이 만석을 똑바로 노려보려고 애쓰는 것은 애
처롭기만 했다.

"내가 누군지 알고 싶지 않나?"

"아니. 그대가 누군지 알게 되면 죽여야 될지도 모르지."

만석이 서슴없이 고개를 저었다. 살려두어서 좋은 관계를
맺을 수 있는 여지가 있다면 그렇게 해야 한다.

"자, 그럼 다음에 또 봅시다."

만석이 친구에게 작별 인사를 하는 것처럼 한마디 하고는
멍청하게 서 있는 사람들 틈으로 사라지자, 그제야 우창출의
부하들이 부산하게 그에게 달려들고 있었다.

"우리도 가보세."

싸우던 사람들이 떠나자 곧장 흩어지는 구경꾼들을 보던 제
갈추가 팽용수의 어깨를 툭 치며 재촉했다.

"응? 어디로 간단 말인가?"

"그럼, 여기서 무얼 하겠단 말인가? 돌아가서 놈에 대한 대
책을 세워야 해!"

"응? 대책이라니 그게 무슨 소리야?"

점점 더 모를 소리라는 듯 팽용수가 반문하자 제갈추는 속
으로 혀를 찼다.

무력은 자신보다 뛰어날지 몰라도 심계는 너무 형편없다.

만석의 태도와 대응 방식을 면밀히 생각하다 보니 동생의

죽음을 캐려고 놈에게 접근하는 것이 어설프게 느껴졌던 것.

괜히 풀을 건드려 뱀이 놀라 도망치게 할 이유가 없다.

제갈세가 본가에는 부친을 비롯해서 지모가 뛰어난 인물이 여럿이다. 동생의 일은 집안에 맡기면 되는 것이다.

"놈은 천무세가 하인 출신의 비천한 자야. 그런데 우리도 얕보지 못할 저 뛰어난 무공은 대체 어디서 났을까?"

제갈추가 조그맣게 중얼거리자 팽용수는 그제야 정신이 번쩍 들었다.

"그, 그럼……?"

"그래, 비밀이 많은 자야. 게다가 놈은 천한 자. 저런 자가 날뛰기 시작하면 세상이 혼란해져."

제갈추의 말에는 명문가 출신다운 아집에다 가진 것을 지키려는 욕심이 느껴진다.

"그런데 말이야, 저 아리따운 낭자는 누굴까?"

"하하하. 자넨 산적 같은 놈보다 저 소녀에게 더 관심이 가는 모양이로군?"

"그, 그게……."

팽용수가 머리를 긁적이며 얼굴을 붉혔다. 확실히 여인에겐 쑥맥 같은 친구였다.

제갈추와 달리 스물여덟에 이르도록 무공을 연마하는 데 전력을 기울이다 보니 장가도 못 간 팽용수로서는 그럴 만도 했다.

"그럼 자네는 저 산적 같은 놈이 누군지 알아?"

말을 떠듬거리던 팽용수가 이어 물었다.

"짐작은 가지만 확실히는 모르겠어. 그렇지만 저 낭자는 사용하는 무공으로 봐서 북해빙궁 출신 같네."

"뭐? 북해빙궁이라고?"

"훗훗훗. 혹시 소궁주쯤 될지도 모르지. 그러니 잘해보라고."

"그, 그럴까?"

제갈추의 농담에 팽용수가 눈을 번쩍 뜨며 헤벌쭉 좋아하자 그의 눈 깊은 곳에 비웃음이 들었다. 그러나 또 이렇기에 다루기 쉬운 친구였다. 제갈추는 얼른 입가에 부드러운 미소를 지으며 고개를 끄덕였다.

"물론이야. 나중에 필히 국수나 먹여주게."

"핫핫핫! 이를 말인가? 내 자네가 싫증날 때까지 국수를 먹여줌세."

호탕하게 웃으면서도 팽용수의 눈은 멀리 점처럼 작아 보이는 빙한설을 연신 곁눈질하고 있었다.

그러고 보니 마음에 둔 저 낭자와 만석이 심상치 않은 사이 같아서 마음이 불안한 것이다. 그의 발걸음이 자꾸만 주춤거리더니 이내 그 자리에 뚝 멈춘다.

"난 아무래도 표행을 따라가 봐야겠어. 장부란 마음에 드는 여인에게 목숨을 걸 때도 있어야 하잖나?"

'그렇지!'

제갈추는 그의 말을 듣고 보니 번개처럼 좋은 생각이 떠올랐다. 한 여인을 두고 두 남자가 다툰다. 그렇다면 자연히 다른 일에는 주의가 소홀해질 것이다. 놈을 상대로 일을 도모하기가 한층 쉬워지는 것이다.

"핫, 그 사람 참. 자네 좋을 대로 하게. 난 무림맹으로 가서 친구들과 저자를 처리할 방도를 의논을 해볼 테니."

"그래, 자네에게만 큰일을 맡기는 것 같아 미안하지만……."

"노총각 장가보내는 일일세. 그 정도야 백번이라도 수고해야지."

"고, 고맙네. 자넨 진정한 내 친구일세."

팽용수는 선선히 자신을 이해해 주는 제갈추가 진정 고마웠다. 제갈추가 가끔 교활하게 행동하는 것이 마음에 들지 않았지만 그것은 자신이 가지지 못한 것을 가진 친구에 대한 질투에 불과했다는 생각이 드는 것이다.

"내 걱정은 하지 말고 당차게 밀어붙여 보는 거야!"

제갈추가 손을 맞잡아 흔들다가 떠나자 빙긋 웃으며 그를 배웅하던 팽용수는 바로 발길을 돌렸다.

일행은 표선(鏢船)이 훤히 보이는 부둣가의 객점에 숙소를 잡았지만 만석은 배 안에 머물러 있었다.

조용히 혼자서 초로가 준 책자의 비밀을 파헤치고 싶었지만 오늘도 틀린 모양이었다.

표물을 강탈하려는 무리를 해치운 다음에는 빙한설은 아무리 밀어내도 만석의 곁에 바짝 붙어 서서는 황홀한 눈빛으로 만석을 응시하는 것이었다.

"저기, 오라버니. 달이 참 밝네요, 그쵸?"

할 말이 없으니 이젠 유월의 보름달을 가지고도 말을 붙인다.

"난 너 같은 누이동생은 둔 적이 없다. 그러니 괜히 가까운 척하지 말아라."

만석은 퉁명스럽게 대답하며 애써 두 사람 간의 거리를 띄우려고 했다. 거의 팔짱을 끼듯이 가까이 붙어 선 그녀에게서 가슴을 두근거리게 하는 야릇한 향수 냄새와 함께 부드러운 그녀의 살결이 사근사근 와 닿는 것이었다.

만석도 피가 끓는 젊은 남자. 아무리 남다른 정심(定心)을 가지고 있다 해도 이렇듯 보름달만 둥실 떠 있는 호젓한 뱃전에서 성숙한 여인과 단둘이 있자니 자신의 젊음이 부담스럽지 않을 수 없었다.

"흥! 난 절대로 오라버니를 놓치지 않을 거예요. 그러니 괜히 날 떼어놓을 생각은 말아요!"

"이거 봐, 나에겐 아내가 있어. 설마 첩으로 들어오겠다는 것은 아니겠지?"

"어머? 잘됐네요. 나보다는 나이가 많겠죠? 호호. 그러지 않아도 혼자 커서 외로웠는데 언니가 생기는 셈이네요? 걱정 말아요. 난 그분하고 잘 지낼 자신이 있는걸요."

'어휴. 이거야 원, 내가 말을 말아야지.'

정말 철없는 아가씨였다. 더욱 몸을 붙여오는 그녀를 모른 척 무시하며 만석은 다른 생각을 하려고 애썼다.

그 다른 생각이란 어쩔 수 없이 책자의 비밀에 대해서 초로가 남긴 말이었다.

만석이 초로의 말뜻을 깊이 생각하고 있을 때, 그가 있는 표선 옆, 몇 척의 선박을 넘어 빈 배 안에는 질투에 사로잡힌 팽용수가 주먹을 부르르 떨며 눈을 벌겋게 빛내고 있었다. 그의 눈빛에서 삐져 나오는 것은 다름 아닌 살기였다.

'끄으음. 아무래도 저자가 있는 한 내가 저 소저에게 접근하기는 어려울 것 같구나.'

팽용수는 고민할 수밖에 없었다. 사실 무공만 빼어놓으면 하인 출신의 하찮은 놈이다. 저런 벌레 같은 놈에게 저 고귀한 여인이 가당키나 한가? 죽여도 죄가 되지 않는 쓸모없는 벌레에게!

만석에 대한 팽용수의 인식은 그랬다.

'저놈을 죽여 버려야 해!'

첫눈에 반한 여인에게 마땅히 접근할 방도를 찾지 못한 팽용수의 모진 결심이었다.

그러나 정면으로 놈을 상대해서는 전혀 자신이 없다.

이에 생각나는 것은 암습! 암습이다. 그러나 이 또한 그가 직접 할 수는 없다. 그가 배운 무공은 당연히 정공(正功)이라 암습에는 전혀 어울리지 않았다. 그렇다면?

팽용수의 뇌리에 퍼뜩 떠오르는 이름이 있었다.

'무중살객(霧中殺客) 운산(雲山)!'

누구나 현존하는 최고의 살수로 인정하는 살계(殺界)의 거물로 누구나 회피하고 싶은 껄끄럽고 무서운 자였다.

그런데 일이 되느라 그런지 그의 근거지가 바로 여기 사홍의 주변이었다.

팽용수는 집안에서 운산에게 청부해서 숙적을 죽인 일도 있어 그에게 접근하는 방법을 알고 있었다.

강호상에 알려지기는 성격이 매우 괴벽한 자로 그가 청부를 마치고 떠난 뒷자리에는 언제나 여인의 빨간 속곳만이 남아 있었다고 한다.

'생각이 났으면 바로 해치운다!'

팽용수가 은밀히 배 안에서 사라졌다.

第九章

무중살객 운산

‘제길. 하필이면 계집의 냄새 나는 속곳을 걸어놓아야 하니 정말 미치겠네.’

팽용수는 다리 밑 쓰러져 가는 움막 옆에 깃대를 꽂고 청부 대상과 금액을 적은 여인의 속곳을 걸면서 얼굴을 바싹 우그러뜨렸다.

청부를 받는 시각은 휘영청 달이 뜬 한밤중에 여인의 속곳은 무조건 빨간색, 색깔이야 그렇다고 쳐도 계집이 여러 날 입어 요상한 냄새가 나는 것을 걸어두어야 했다.

그렇다고 만약에 새 속곳을 사서 걸어두면 거들떠보지도 않는다고 했다.

“에이, 더러운 자식!”

팽용수가 이번에는 소리 내어 욕설을 내뱉었다.

팽용수는 이 빨간 속곳을 구할 때를 생각하면 지금도 얼굴이 뜨거워졌다. 명색이 중원사룡 중의 일인인 그이니 자고 있는 여인의 속곳을 벗겨 도망칠 수는 없는 노릇이었다.

전장에서 팽가의 이름으로 전표를 마련한 다음, 고민고민하던 팽용수가 여인의 속곳을 구하기가 가장 쉬운 곳이 바로 홍등가라는 생각을 한 것은 너무 당연했다. 이에 이집 저집 몰래 기웃거리다가 용기를 내어 한 집에 들어갔더니 마침 지분을 잔뜩 처바른 계집이 기다렸다는 듯이 손을 잡아끄는 것이었다.

이슥한 시간이라 십여 개의 다른 방에서는 남녀의 신음 소리가 합창하듯 울려 퍼지고 있었는데 아마도 혼자만 손님을 맞이하지 못한 모양이었다.

그래서 못 이기는 척하고 따라 들어가자마자 계집이 걸친 옷을 홀라당 벗어치우는 것이다.

그런데 일이 되느라 그런지 계집의 속곳은 빨간색이었다.

'옳지! 바로 이거야!'

희색이 만면한 팽용수가 저도 모르게 계집이 벗어놓은 속곳을 와락 움켜쥐며 냄새를 맡았다.

'엄머머! 알고 보니 변태 아냐?'

계집이 눈을 동그랗게 뜨고는 팽용수의 얼굴을 주시했다.

보아하니 얼굴이 희여멀건하고 귀티가 나는 것이 부잣집 공자 같았다. 그녀의 뒤를 쭈뼛거리며 따라오는 것을 보니 영락

없는 초짜인데 덩치도 크고 옷 위로 근육이 두드러져 힘깨나
쓸 것처럼 보였다.

그래서 옷을 벗은 남자의 탄탄한 알몸을 기대하고 있는데
팽용수가 불문곡직 그녀가 벗어놓은 속곳을 들고 냄새를 맡는
것이었다.

'어엉? 이거 내가 너무 서둘렀구나.'

기쁜 마음에 오매불망하던 빨간 속곳을 보니 눈이 뒤집혔나
보다. 홀랑 벗고 서서 자신을 빤히 내려다보는 여인의 눈길을
느낀 팽용수가 겸연쩍은 마음에 헛기침을 터뜨렸다.

"허, 허험. 저, 이, 이건 말이다……."

팽용수가 막 변명을 하려고 할 때,

"호홍! 공자님, 괜찮아요. 내 기둥… 아니, 내가 아는 남자도
속곳 냄새를 즐기는걸요."

홍화가 입을 가리며 웃더니 얼른 기둥서방이라는 말을 아는
남자로 고쳤다.

홍등가를 처음 찾은 생판 초짜라면 기둥서방이라는 말만 들
어도 겁을 낼 것을 염려한 그녀의 기우였다.

"그, 그게 아니야!"

답답해진 팽용수가 바락 소리를 지르며 눈을 홉떴다. 고귀
한 중원사룡 중 무룡이 졸지에 변태남으로 둔갑하니 환장할
노릇이었다.

"엄머머! 화도 낼 줄 아시네요? 정말 남자다우세요."

그녀가 선 채로 팽용수의 머리를 끌어안으며 부드럽게 속삭

였다.

"아무 말 마세요. 소녀는 다 이해한답니다."

"어흑!"

팽용수는 머리가 어찔해서 잠시 아무런 생각도 할 수 없었다.

며칠이나 입고 있었던 속곳처럼 그의 콧구멍에 닿은 그녀의 은밀한 곳에서 이상야릇한 냄새가 숨구멍을 막는 것이었다.

달라붙는 계집을 간신히 뗄군 팽용수가 은자 열 냥을 주고 구입한 빨간 속곳이 밤바람에 깃발처럼 휘날리고 있는 것.

그 직후 복면으로 얼굴을 가린 팽용수는 다리 위에서 이제나저제나 운산이란 자가 올 때만을 기다리고 있었다.

실명도 나이도 얼굴도 알려지지 않은 중원 최고의 살수 운산.

돈이 떨어지기 전에는 절대로 청부를 맡지 않는다는 괴상한 자이기도 했다.

"제기랄! 요새 운수가 왜 이리 지랄 같냐."

진짜 되는 일이 없었다. 낮 시간에 일을 끝내고 매일같이 사홍 근처의 세 군데 도박장을 돌았지만 어디 가나 하나같이 개 끗발만 잡는 것이다.

그동안 번 돈도 다 까먹어 버렸으니 오늘은 당장 잠자리 걱정을 해야 할 판이었다.

그의 공식 직업은 도살장에서 소나 돼지를 때려잡는 백정이었지만, 밤에는 호숫가에 즐비한 홍등가의 한 색주(色酒) 집에서 몸을 파는 홍화(紅花)라는 기녀의 기둥서방이었다.

그런데 이 홍화란 년이 그저 돈이라면 환장을 해서 명색이 기둥서방인 그에게 매일 꼬박꼬박 식대와 숙박비를 긁어내는 것이었다. 정말 돈이 있을 때는 말을 안 해도 아랫도리를 척척 대어주다가 돈이 떨어진 기미를 보이면 문전박대를 하는 야박한 계집이었다.

그런데도 그는 돈이 떨어지기 전에는 그녀를 떠나지 못했다.

그것은 바로 그 자신의 아주 사소한 약점 때문이었는데 홍화는 적어도 돈만 안겨주면 다른 기녀처럼 그를 비웃지 않았다.

그 사소한 약점이란 그의 왜소하고 가느다란 체구에 걸맞게 아무리 키워도 번데기를 벗어나지 못하는 물건이었다.

"에계계. 꼭 열 살짜리 애들 것 같네?"
"깔깔깔. 요 조그만 것이 서는 게 용하다니까?"

그가 볼일을 보려고 색주가에 가면 언제나 듣는 소리였다.
그런데도 홍화는 토끼가 똥을 싸는 것처럼 찔끔하다가 금세 떨어져 나가는 그에게 오히려 고마워하곤 했던 것이다.
"크으. 오늘은 정든 다리 밑에 가서 잠을 자야겠다."
주머니에 남은 푼돈을 탈탈 털어 술 한 병을 산 용팔(龍八)이

어기적거리며 다리 밑에 거의 도착했을 때 그의 감기다시피
한 작은 눈이 한껏 치켜 올라갔다.

'저, 저건?!'

작은 깃대에 걸린 여인의 빨간 속곳이 마침 불어오는 바람
을 타고 방정맞게 흔들리고 있었다.

'아, 아니, 혹시 저자가?'

팽용수는 뭔가 기대감으로 가슴이 들뜨는 것을 느꼈다. 어
둠 속에서 길고 마른 체구의 장한이 불쑥 튀어나와 깃발을 응
시하는 것이었다.

'응? 얼굴이 어떻게 생겼는지 알 수가 없네? 깜깜한 밤이라
서 그런가?'

달빛 속에 드러난 장한의 얼굴은 왠지 종잡을 수 없었다.

실상 초일류고수인 팽용수의 시각이라면 상대의 모습이 뚜
렷이 보여야 정상이었지만 그는 밤이라서 그렇게 보이는 것으
로 생각하고 말았다.

스스로를 합리화시키려는 인식의 맹점을 그도 저지르고 있
는 것이었다.

지면에 꽂힌 깃발을 뽑아 들고 속곳의 냄새를 맡던 사내의
눈길이 우연인 듯 팽용수가 있는 위치로 향했다.

'응? 이상한데?'

팽용수는 자신의 눈을 믿을 수 없었다.

보자마자 눈이 작다는 느낌은 들었지만 단지 그것뿐, 다시

보자니 이목구비가 사라졌다 다시 나타나기를 반복한다.

팽용수가 눈자위를 껌뻑거리며 사내의 인상을 기억하려고 했지만 그자의 모습은 밤안개가 싸인 듯 모호하기만 했다.

'그래! 이자가 진짜 무중살객이다!'

해연히 머리 속에 떠오르는 이름.

팽용수는 자기도 모르게 주위를 둘러보았다. 그러자 습기를 품은 후덥지근한 밤바람이 얼굴에 훅 끼치고 지나갈 뿐 그들의 주위에는 아무도 없다.

낯뜨거운 짓을 하고 이 밤중에 지루한 시간을 죽여가며 기다린 보람이 있었던 것이다.

'은자로 천 냥짜리 청부라!'

그의 십 년 살수행에서 열 손가락 안에 드는 거액. 은자 열 냥이면 가족 열 명이 한 달은 먹고살 수 있으니 청부 대상자는 고위의 인물일 것이다. 최소한 대문파의 장로 급에 해당하는 청부액이었다.

용팔이, 무중살객 운산은 고개를 갸웃하며 청부자의 이름을 확인하였다.

'음? 목불인견 중 대견 정만석이라고?'

그가 움칠하며 놀라는 기색이 십여 장 떨어진 거리의 팽용수에게도 확연히 느껴졌다.

'저자가 왜 저리 놀라지?'

팽용수는 저 무중살객 운산이 소문과는 달리 별 볼일이 없는 자가 아닌가 하는 의구심이 와락 들었다.

청부 대상을 알자마자 놀라기부터 한다면?

그러나 운산이 놀란 이유는 달리 있었다. 거액의 청부액에 비해서는 실로 의외의 인물인 것이다.

명색이 무림의 일류살수라면 당연히 주요 무림 인물이나 소식에 대해서 정통해야 한다. 특히 일정한 조직에 속해 있지 않고 혼자서 활동하는 무중살객이라면 더욱 그래야 했다.

이는 청부의 성패 여부를 떠나 제대로 청부의 대가를 챙기기 위해서도 필수적인 일이다.

'제기, 이거 절대 쉬운 일이 아니란 말이야.'

모르기 때문에 어렵다. 차라리 무공이 훨씬 높더라도 수십 년간 강호를 주름잡은 노고수들이 상대하기는 쉬운 것이다.

그들의 오랜 강호 경력만큼 많이 알려졌기 때문이다.

'크크. 쉬운 일이라면 맡지도 않는다!'

그리 오래지 않아 고개를 든 운산이 씨익 웃어 보이더니 손가락 하나를 세워 흔들었다.

'응? 저게 무슨 뜻이지?'

팽용수가 운산의 손가락과 얼굴을 번갈아 보며 눈을 크게 뜨자, 운산의 메기 같은 입술이 살짝 열렸다.

"한 장 더!"

"아, 아니, 그럼 청부액의 배를 달라는 말이오?"

"대견이라는 놈에겐 그것도 싼 거야. 싫으면 그만둬."

무려 은자 이천 냥. 일파의 우두머리에 가까운 청부액을 요

구하면서도 싸다고 강변한다.

팽용수가 내심 침음성을 흘렸다.

'으으음, 이자가 놈을 일파의 수장 급으로 평가한다는 말인가?'

팽용수는 듣고도 믿을 수 없었지만, 돈도 아까웠다.

"천 냥만 해도 비싸게 쳐준 게 아니오? 놈은 무가의 하인 출신에다 지금은 작은 표국의 쟁자수에 불과하오."

"흐흐흐. 어제까지는 그랬지. 하지만 내일은 배로 뛸지도 몰라."

운산이 미련없이 등을 돌리며 한마디 보탰다.

'제기. 말도 안 되는 소리! 이자가 나를 등쳐먹으려 드는구나!'

일의 성격상 청부자는 항상 약자일 수밖에 없다.

운산의 말이 머리 속에 박혀들었지만 팽용수는 어이가 없어 한마디 더 하지 않을 수 없었다.

"도대체 그자의 몸값이 비싼 이유가 뭐요?"

"흐흐흐. 오늘 그 대견이라는 놈이 해치운 자가 누군지 아나?"

"그자가 대체 누구요?"

"우창출이야!"

'뭐, 뭣이! 그 산도적같이 생긴 놈이 황하녹림연맹의 총채주 우창출이라고?'

팽용수는 그제야 운산이 고가를 부르는 이유를 짐작할 수

있었다. 우창출의 그 엄청난 신위는 그만큼 팽용수에게 강력
한 인상을 남겼던 것이다.

팽용수는 어쩔 도리가 없다는 것을 알았다. 만석을 죽이는
데는 실로 이천 냥도 비싼 것이 아니었다.

"좋소. 여기 두 장이오!"

예비로 한 장을 더 준비하길 잘했다. 팽용수의 소매에서 두
꺼운 종이 두 장이 튀어나와 다리 아래로 날아갔다.

팽용수가 일부러 십성의 공력을 담아 던진지라 종이는 암기
처럼 날카롭게 운산의 면전으로 다가들고 있었다.

"으흐흐흐! 청부는 성립이 되었다. 결과는 열흘 후 이 시간
에 알려주리라."

운산의 전음성이 메아리치듯 귓전에서 맴돌고 있을 때, 팽
용수는 어리둥절해서 사방을 돌아보았다.

'응? 이자가 어디 갔지?'

없었다. 방금 전까지 운산이 서 있던 자리에는 넘어진 깃대
만이 바람에 떨고 있었다.

으드득!

달려가는 중에도 운산의 골격이 제멋대로 비틀리더니 길어
졌던 몸이 왜소하게 변했다. 무중살객에서 용팔이로 돌아온
것이다.

"으으하하하! 어서 홍화에게 가야지!"

신바람이 난 운산은 깃털처럼 가볍게 홍화의 방으로 뛰어들

었다.

"어머? 서방님, 어디 갔다 이제 오세요?"

막바지 손님을 보내고 속곳을 찾아 입으려던 홍화는 의기양양해서 들어오는 운산을 반겨 맞았다.

벌써 수년간 관계를 맺은 터라 벌거벗고 있어도 아무렇지도 않다. 평소 같으면 어김없이 새벽 일찍 나갔다가 땅거미가 질 때쯤 돌아와 홍화가 차려주는 저녁을 먹고 홍화의 방 옆, 겨우 한 사람이 누우면 딱 그만인 작은 쪽방에서 지낸다.

가끔 생각이 동하면 쪽방에서 나와 홍화가 벗어놓은 속곳의 냄새를 맡거나 잠시 홍화 위에 올라타서 헉헉대다가 도로 쪽방으로 찌그러지는 일상의 반복이었다.

그러다가 돈이 떨어지면 슬그머니 사라졌다가 돈이 생기면 소리없이 돌아오는 운산이었다.

특별히 내세울 만한 애정은 없지만 정든 사람이다.

떠난 줄 알았더니 이 늦은 시간에 돌아온 운산을 바라보는 그녀의 눈에는 정이 담뿍 들어 있었다.

"어머, 근데 그게 뭐예요?"

운산의 왼손에는 여인의 속곳같이 생긴 천이 들려져 있었다.

'아차. 이, 이러한 실수를!'

너무 신바람이 나서 그랬을까? 깃대에서 벗겨낸 빨간 속곳을 품속에 넣을 생각도 못한 것이다.

"아, 이, 이건 말이지……"

다른 여인과 그 짓거리를 한 것으로 오해할까 봐 운산이 떠듬거리며 변명을 하려고 할 때,

"이리 줘봐욧!"

그녀가 앙칼지게 소리치며 냉큼 속곳을 빼내었다.

"엄머머. 이건……?"

그녀의 도끼날처럼 치떴던 눈자위가 둥그렇게 풀렸다.

그 익숙한 냄새도 냄새려니와 이것은 초저녁에 웬 얼뜨기 남정네에게 은자 열 냥에 판 그녀의 속곳이었다.

"어머, 이거 어디서 났어요?"

생난리를 칠 것 같던 그녀가 의외의 반응을 보이자 운산의 가는 지렁이 눈이 크게 한 번 꿈틀했다.

'오라! 이제 보니 놈이 홍화의 속곳을?'

아마도 놈이 홍화에게 들러 속곳을 가져간 모양이었다.

"호호호호. 일이 그렇게 된 것이구나!"

홍화가 몸을 배배 꼬며 들려준 얘기에 두 사람은 잠시 시름을 잊고 배꼽을 잡을 수 있었다. 살수나 몸 파는 계집이나 고달프기는 마찬가지의 인생살이다.

운산이 홍화를 떠나지 못하는 것도 동병상련의 심정에서였으리라.

이후, 밤이 새도록 두 사람의 관계는 계속되었고 운산은 그날 처음으로 홍화를 만족시킬 수 있었다.

홍화는 아침 햇살이 문풍지 사이로 비춰들어 방 안의 정물이 훤하게 드러났을 때에야 잠에서 깨어났다. 그리고 자연스

럽게 옆자리를 더듬는 그녀의 손에 잡힌 것은 빳빳한 종잇장
밖에 없었다. 사람도 그녀의 빨간 속곳도 모두 사라져 버렸다.

"응? 이게 뭐야?"

그녀가 실망에 찬 음성을 내뱉으며 종이를 들쳐 보았다.

"어머머!"

그녀가 외마디 소리를 빽 질렀다. 종잇장을 잡은 그녀의 손
이 바들거리며 떨리고 있었다.

천 냥, 또 천 냥. 도합 이천 냥짜리 전표였다.

그러나 엄청난 횡재에 대한 놀라움도 잠깐, 홍화는 하늘이
무너진 듯한 절망감을 느꼈다.

"흐으윽. 떠났어. 떠나 버린 거야!"

잠시 멍하니 전표를 보던 그녀의 눈에 눈물이 어리더니 어
느새 여윈 양볼을 타고 떨어져 내리기 시작했다.

사랑한다는 말은 없었지만 언제부터인가 그녀의 마음속 깊
이 들어와 있던 사람. 그녀는 다시는 그를 만나지 못한다는 것
을 알았다.

"어허헝!"

홍화의 통곡 소리가 설익은 아침 공기를 뚫고 퍼져 나갔다.

쏴아아아!

관도 양쪽의 수림들이 홍택호의 짙푸른 물결처럼 소리 내어
출렁이고 있었다.

이틀 전에 휴녕을, 어제는 풍현을 지나 드디어 하남성으로

들어선 표행은 상구(商丘)를 앞에 둔 작은 언덕 밑에서 큰비를
만나 비가 그치기를 기다리고 있었다.

말들은 모두 관도 옆의 작은 나무숲에 몰아서 매어놓고 나
뭇가지에 넓은 거적들을 붙잡아 매어 비를 맞지 않게 했다.

물이 크게 불어 주변의 황하의 지류가 넘치지만 않는다면
하루라도 버틸 수 있을 것이다.

여기서 개봉까지는 삼백여 리. 평야 지대를 가로지르는 관
도는 평탄하기만 해서 서두른다면 내일 오정에는 개봉에 도착
할 수 있을 듯했다. 때문에 십여 대의 마차 안에 들어 비를 피
하고 있는 일행은 여유가 있었다. 표행의 기일은 아직도 사흘
이나 남아 있었던 것이다.

"하, 이런! 비가 그칠 생각도 않는군."

만석의 옆에서 무료하게 앉아 있던 소이가 혼잣말처럼 말을
건네왔다.

"그동안 날이 좋아 표행이 순조로웠으니 막판에 비를 맞는
것도 견딜 만하잖아?"

만석이 유쾌한 음성으로 대답하자, 건너편에 앉아 있던 빙
한설이 방긋 웃으며 끼어들었다.

"호홋. 그동안 날씨만 좋았으면 뭐 해요? 오라버니가 안 계
셨으면 표행은 벌써 끝장이 났을걸요?"

"쓸데없는 소리!"

만석이 이맛살을 찌푸리며 마차 안을 휘둘러보았다. 마차
안에는 세 사람 외에 거창해 표국주가 마차의 창에 기대고 있

다가 웃으며 말했다.

"그야 이를 말이겠는가. 내 돌아가면 만석이 자네에게 단단히 후사를 할 참일세. 부디 거절하지나 말아주게."

'제기. 모두 고생했는데 만석만 공로를 독차지하는구나.'

차마 입 밖에는 못 냈지만 소이는 기분이 언짢았다.

"아직 표행은 끝나지 않았습니다. 이럴 때일수록 조심해야 할 겁니다."

"어허헛! 자네가 있는데 무슨 걱정이겠나."

이렇게 주거니 받거니 하는 모든 말들이 만석에 대한 칭찬 일색이었다. 듣기가 거북해진 만석이 천천히 몸을 일으켰다.

"어머, 밖으로 나가시게요?"

"마차 주변을 돌아봐야겠습니다. 불측한 무리들이 있어 표물을 강탈하려 든다면 예상치 못한 큰 피해가 발생할 수 있겠습니다."

만석이 빙한설의 말에는 대꾸도 않고 거창해를 향해 말하자 그가 가볍게 고개를 끄덕였다.

"역시 자네의 책임감이란 국주인 나도 흉내 내지 못하겠네. 그럼 속히 다녀오게나."

'흥! 내 말에는 대답도 없이!'

만석의 무관심에 뾰로통해진 빙한설이 고개를 돌리다가 소이의 눈과 마주쳤다.

'언제 봐도 저 사람의 눈은 살모사 같아.'

빙한설이 더욱 기분이 나빠져서는 찬바람이 일듯 고개를 돌려 버리자 소이의 눈에 불쾌한 기색이 어렸다.

남자답게 호남형으로 생긴 만석이야 그렇다 치더라도 그 소도둑놈처럼 무식하게 생긴 우거형에게도 눈에 번쩍 띄는 미인이 따르고 있었다. 그런데 소년같이 예쁘장한 외모를 가진 자신은 이토록 무시를 당하고 있는 것이다.

'건방진 계집! 어디 두고 보자!'

언제부터인지 모른다. 이래서는 안 된다고 생각하면서도 만석을 시기하는 마음은 소이를 편협하게 만들고 있었다.

한편 초립과 도롱이를 쓴 채 빗속에 나선 만석은 줄기차게 쏟아지는 비를 피해 마차를 둘러싼 숲의 가장자리를 돌고 있었다.

빗소리가 하도 거세어 공력을 집중해야 간신히 다른 소리가 들린다. 어두컴컴하긴 하지만 대충 굵은 빗줄기를 막아주는 숲 속을 도는 것이 주변의 상황을 살피기에 더욱 적절한 것이다.

게다가 습격자가 있다면 대로 방향에서 나타날 리도 없다.

'드디어 놈이 나왔다!'

무중살객 운산은 기회가 왔음을 알았다.

이틀 동안 기회를 노렸지만 그가 자신할 수 있는 순간은 오지 않았다. 어젯밤 노숙을 할 때에도 다른 자들은 자고 있었지만 저자 혼자만은 깨어 있었다.

청부자에겐 열흘을 얘기했지만 일은 빨리 해치울수록 좋다.

아무리 고도의 수련을 했다고 해도 기다리는 시간이 길어질수록 집중력은 떨어지게 마련. 이처럼 집중력이 생생하게 살아 있을 때 암습을 끝내야 하는 것이다.

놈은 어깨까지 덮는 커다란 초립을 쓰고 있어 그만큼 시야가 제한된다. 게다가 어깨에 걸친 도롱이도 신속한 동작을 방해할 것이다. 손톱 끝만 한 미세한 차이가 두 사람의 생과 사를 결정지어 준다.

한 발, 두 발!

놈은 천천히 걷고 있다.

빗속에 시커멓게 웅크리고 있는 큰 바위 뒤에서 몸을 기대고 있는 운산으로서는 긴박한 순간이었다. 놈의 보폭으로 봐서는 앞으로 열 걸음이면 바위 옆에 도달할 것이다.

그때 단칼에 해치운다.

운산은 새삼 주변 상황에 촉각을 곤두세웠다.

이럴 때는 눈에 스며드는 물 한 방울이나 검날을 구르는 한 방울의 비도 공격을 빗나가게 할 수 있다. 운산이 머리에 쓴 작은 삿갓의 구멍 사이로 예리한 시선이 쏘아져 나오다가 금세 빗줄기 속에 스며 사라졌다.

기척은 물론 살기를 내서도 안 된다. 놈은 정면으로 부딪칠 수 없는 고수. 단 한 수. 그 한 수가 실패하면 지면에 죽어 눕는 것은 운산 그 자신이 되리라.

'제기랄!'

그러나 운산은 금방 뭔가 잘못되었다는 생각을 했다. 기대가 어긋나니 기분이 안 좋다.

걸으면 서 있을 때보다 당연히 중심이 흐트러진다.

그가 수년 전 무당을 대표하는 무당삼자 중의 막내 선운 진인(仙雲眞人)을 암습할 때도 이와 비슷한 상황이었다.

억수같이 내리는 빗줄기와 뿌옇게 시야를 가리는 물안개, 지면까지 길게 드리워진 나뭇가지를 후려치는 거센 비바람에 어깨까지 덮는 삿갓까지.

그러나 선운 진인은 발 앞의 물웅덩이를 피하다가 물웅덩이 속에 숨었던 운산에게 사타구니를 내주고 말았다.

그런데 놈은 다르다. 큰 돌덩이를 넘어가든, 키 높이로 자란 풀 더미를 비켜가든 한결같은 걸음걸이였다.

빈틈이 없다!

'이, 이건 땀? 제길, 틀렸어!'

겨우 한 자 길이의 단검을 잡은 손바닥을 채우는 것은 빗물이 아니라 흥건한 땀이었다. 긴장이 지나쳐 기력이 빠지고 있는 것이었다.

"음? 뭔가 있었던 것 같은데?"

운산이 안개가 스러지듯 사라진 직후 바위 옆에 걸음을 멈춘 만석이 고개를 기웃하며 혼잣말을 했다.

숲을 한참 통과해서 이쪽 방향으로 몸을 트는 순간 감각을 일깨우는 미세한 기운이 있었다.

평소 같으면 그냥 지나칠 수도 있는 극히 미세한 기척.

그러나 혹시 있을지 모를 적의 행방을 찾아 온 심력을 집중하고 있는 터라 작은 기척 하나도 만석의 감각을 벗어날 수 없었다.

'착각이란 말인가?'

앞이 약간 기울어진 키 높이의 커다란 바위 밑에는 빗물에 파인 작은 물웅덩이만이 떨어지는 빗줄기를 받고 있었다.

"큭. 나도 이럴 때 보면 참 한심하군."

잠시 바위 주위를 살피며 귀를 기울이던 만석이 헛웃음을 지었다. 누가 바위 뒤에 은신하고 있었다고 해도 눈앞도 보이지 않는 이 빗속에 흔적이 남아 있을 리가 없었다.

그러나 만석은 그것이 산짐승은 아니었다고 믿었다.

절대로 감각을 무시하지 말라는 주노가 누누이 강조하던 말이 아니더라도 안개가 스멀거리며 피부에 와 닿는 듯한 불쾌한 기운은 쉬이 잊혀질 성질의 것이 아니었다.

'크으. 정말 대단한 자로구나. 하마터면 천변만화공이 깨질 뻔했어.'

만석이 떠난 다음, 바위 한 귀퉁이가 일어서는 느낌이 들며 거무칙칙한 형체가 드러났다.

천변만화공(千變萬化功)을 운기해서 바위의 일부로 화했던 운산이 위험이 사라지자 바위에서 떨어져 나온 것이다.

그런데 천변만화공이라면?

백 년 전, 아직도 간간이 사람들의 입에 오르내리는 죽림마원의 절대십마 중 한 명인 환영살마(幻影殺魔)의 무공이었다.

극성의 경지에 오르면 바위나 풀 등과 일체가 되어 누구도 그 실체를 알아볼 수 없다는 은신술의 최고봉이었다. 게다가 골격이나 뼈대를 바꾸면 적어도 사흘 동안은 완벽하게 바뀐 모습으로 속일 수 있다고 한다.

그러나 운산은 아직 그런 경지에까지 이르지는 못했다.

조금 전에도 바위의 일부분으로 화하긴 했지만 만석의 눈초리가 자신에게 집중되는 통에 하마터면 들켜 버릴 뻔했던 것.

'웅? 이곳으로 접근하는 자가 있다!'

입술을 꽉 깨물며 만석을 떠올리던 운산이 미세한 기척을 느끼고 빠르게 몸을 감췄다.

"가만있자, 여기서 기척이 느껴졌는데……?"

환로였다. 맨 끝의 마차 아래서 비를 피하고 있던 환로가 어느새 바위 곁으로 다가와 있었다.

그의 시선이 바위 전체를 한눈에 훑더니 머리를 갸우뚱하며 한곳을 뚫어지게 응시하는 것이었다.

'제길, 들켰나?'

운산이 그렇게 생각하자니 마음이 조급해지면서 바위로 화한 몸이 조금씩 떨려왔다.

'크, 큰일이다!'

마음의 평정을 잃으면 천변만화공은 오래지 않아 깨져 버린다.

그만큼 죽립노인의 사이한 눈초리는 운산의 심장을 꿰뚫을 것 같은 무서운 기운이 담겨 있었다.

"너는 환영살마의 후인인가?"

'어헝? 어, 어떻게?'

아직까지는 천변만화공이 풀리지 않았다. 그런데도 죽립노인은 운산의 눈을 빤히 보며 말을 걸고 있었다.

"헛허허. 너무 놀랄 것 없다. 너와 나는 무관한 사이가 아니야. 백 년 전에 실종된 절대십마의 후인을 여기서 만나게 되다니. 헛허허. 아들놈의 말대로 때가 오고 있는 것인가?"

환로의 뒷말은 혼잣말에 가까웠지만 쇠망치가 두드리는 것처럼 강한 충격으로 운산의 가슴에 와 닿았다.

"그게 대체 무, 무슨 소리요?"

이제는 실체를 드러낸 운산이 혼란된 마음에 이를 악문 채 소리쳤다.

"헛허허허. 괜히 숨기려고 애쓰지 말아라. 네 얼굴을 보니 노부가 들은 대로 환영살마와 흡사하게 생겼구나."

그러면서 그의 눈동자가 이상한 광채에 휩싸이기 시작하더니 금세 투명하게 변했다.

"그, 그건… 호, 혹시 귀령마안공?"

"헛허허허! 역시 알고 있구나, 알고 있어. 지금은 길게 말하지 않겠다. 너는 언제라도 평정산의 세심곡(洗心谷)을 찾아라."

　말을 끝내기도 전에 환로의 신형이 희끄무레한 광채에 휩싸인다 싶더니 어느새 사라지고 없었다.

　'트, 틀림없다. 저것은 바로 환상비의 경신법!'

　절대독존의 무공 두 가지를 시전하는 괴노인. 운산의 눈동자가 격동으로 움찔거리며 떨리고 있었다.

　한 시진 후, 언제 그랬냐는 듯 눈앞도 보이지 않을 만큼 억세게 쏟아지는 빗줄기가 뚝 그쳤다.

　"출발!"

　선두의 말 등에 올라탄 거창해가 손을 높이 들어 출발을 명하고 있을 즈음, 무림맹의 후원에 있는 별원(別院) 대청에서는 지룡 제갈추가 남만산 자단목 탁자를 사이에 두고 비슷한 나이의 청년과 마주 앉아 있었다.

　"그럼, 지금쯤 어디에 와 있소?"

　눈을 가늘게 뜨고 힐끗 창밖에 눈을 주었던 장한이 다시 고개를 돌렸다.

　저녁때가 되자 마지막 밝음을 토하는 황혼의 빛줄기가 열린 창문으로 들어와 실내는 금빛 물결로 출렁이고 있다.

　"예. 여기서 하루 거리인 상구(商丘)에 머물고 있다는 보고를 받았습니다."

　평소의 제갈추답지 않게 매우 공손한 태도와 어조.

　이번엔 제갈추를 직시하는 청년의 얼굴이 정면으로 보였다.

　춤추는 봉황이 그려진 하얀 섭선을 펼쳐 얼굴을 가려 눈 위만 보였지만 그것만으로 한눈에 대단한 미장부임을 알 수 있다. 칠흑같이 윤기가 흐르는 머리에 빛나는 광채가 어린 듯한 이마에는 금빛 영웅건을 두르고 있었다.

게다가 한 번 보면 절대로 잊을 수 없을 같은 태양처럼 빛나는 눈은 사람으로 하여금 절로 경탄과 경외감을 안겨줄 것만 같다.

제갈추도 말쑥하게 생긴 미장부였지만 그와 비교하면 태양과 반딧불만큼의 차이가 있는 것이다.

금기린! 이 절세의 미장부가 바로 무림맹주 금태원의 외아들인 옥룡 금기린이었다.

나이는 스물넷으로 제갈추보다는 네 살이 아래다.

"그래서 제갈 형은 그자들을 어떻게 하자는 겁니까?"

듣는 사람의 귓속이 시원해질 만큼 맑고 그윽한 목소리였다.

'정말 질투가 날 만큼 멋있구나.'

제갈추는 새삼 그가 부러워지는 마음을 애써 떨치며 단정적으로 말했다.

"죽여야지요!"

"호오, 죽인다?"

"그렇습니다. 놈들이 제 아우를 죽인 것이야 저와 제갈가의 일이지만, 그 하인 출신의 천한 놈들이 감히 우리 중원사룡보다 뛰어나다는 평가를 받는 것은 결코 두고 볼 일이 아니지요. 그 천한 놈들과 우리는 근본부터 다르다는 것을 만천하에 보여줘야 합니다. 게다가 맑은 개울물을 흐리는 미꾸라지는 개울에 사는 모든 물고기의 적입니다."

"하지만 그자들이 동생을 죽였다는 증거도 없다지 않았소? 그리고 단순히 우리 중원사룡과 비견된다는 것만으로는 그자들을 벌할 명분이 서지 않소."

"그것만이라면 굳이 금 형에게 얘기할 이유도 없지요. 놈들은 표행을 습격한 철혈방의 마동풍과 흑사방의 단한방, 그리고 황하녹림맹의 백호대주 이원숭 등 사파 놈들을 모두 살려주었습니다. 또한 정만석이란 놈은 양주에서 녹림총채주 우창출로 의심되는 자를 죽일 수 있었는데도 놓아주었습니다."

마지막 말은 추측일 뿐이지만 제갈추는 거의 확신하고 있었다.

"호오. 정만석이란 자가 우창출을 살려주었다?"

옥기린이 처음 듣는다는 표정으로 반문하자 제갈추의 얼굴이 보이지 않을 만큼 찌푸려졌다.

'모를 리가 없을 텐데 시치미를 떼는구나.'

제갈추는 애써 불쾌한 마음을 감추었다. 그와 얼굴을 붉히며 싸울 이유가 없는 것이다.

"그렇습니다. 놈들은 출신이 천박해서 무림 정의를 알지도 못할 뿐 아니라, 오히려 사마의 무리들과 결탁해서 우리 정도 문파를 위협할 가능성도 큽니다. 지금까지의 놈들의 행적이 그것을 증명해 줍니다. 때문에 한시바삐 놈들에게 그 죄를 물어 처단해야 할 것입니다."

제갈추가 거의 열변을 토하자 옥기린이 깃털부채를 가볍게 저으며 생각에 잠기는 듯하다가 이내 입을 열었다.

"그건 명백한 증거가 있어야 할 일입니다. 우리 제십차 무림맹은 이제 간신히 뼈대를 갖추고 출발 선상에 서 있소. 이러한 때 괜한 분란을 만들 수도 없는 일. 또 본 무림맹의 행사는 언제나 공명하고 정대하다는 인식을 주어야 무림을 이끌어갈 수 있습니다. 게다가 그들이 표물을 싣고 이쪽으로 오고 있으니 만나보고 나서 결정해도 늦지 않다고 생각합니다."

금기린의 대답은 차분하면서도 상대를 설득하는 강한 힘이 있었다.

"그렇지만 놈들의 배경도 의심스럽기는 마찬가지 아닙니까? 일개 세가의 하인 출신들이 높은 무공을 가지고 있다고 하는 것은……."

금기린이 웃으며 고개를 저었다.

"그 또한 나중에 알아보면 될 일입니다. 그들의 무공에는 사기(邪氣)가 엿보이지 않는다고 들었습니다만."

"그렇긴 합니다만……."

금기린의 언행은 어디까지나 정명해서 제갈추는 더 이상 자기 의견을 내세울 수 없었다. 이 귀계와 모략, 음모가 판을 치는 무림에서는 매우 보기 드문 사람임에 틀림없다.

제갈추는 보기 좋게 웃는 금기린을 보며 다시 한 번 그의 가문을 상기하지 않을 수 없었다.

백 년 전 죽림마원 등 마도의 세력이 욱일승천의 기세를 떨치고 있을 때 홀연히 등장해서 절대독존을 죽인 전설의 기인.

그의 출신 가문이 바로 낙양 금가였다고 하니 현 가주인 금태원이 무림맹주를 맡는 것은 매우 자연스러운 일이었다.

이에 구대문파와 육대세가에서는 금태원을 거의 만장일치로 무림맹주로 추대했지만, 금태원은 몇 번씩이나 고사해서 그에 대한 공경심을 더욱 깊게 했다는 믿을 만한 소문이 있었다.

제갈추가 잠시 침묵하자, 그의 얼굴을 살피던 금기린이 단정적으로 말을 이었다.

"그자가 제갈탄을 해한 범인일 가능성도 있으니 제갈 형이 그자에 대한 조사를 하는 것은 정당한 일입니다. 그러나 억지로 죄를 뒤집어씌우는 것은 반대합니다."

"알겠습니다. 그럼 저는 이만……."

금기린을 설득시키지 못한 제갈추가 소득없이 자리를 떠나자 객청의 뒷문이 살며시 열리며 하관이 긴 문사형 인물이 들어왔다.

맑은 눈빛은 혜지가 가득 어린 듯하고 가슴까지 오는 수염은 정갈해서 그의 담백한 성품을 느끼게 한다.

무림의 현자로 소문난 수경(水鏡) 선생의 대제자로 무림맹의 대군사로 임명된 조원형(曹元炯)이었다.

당금 나이 삼십오 세로 수시로 금기린을 만나 담소를 나누면서 친밀하게 지내고 있었다.

"푸후후. 제갈추의 말도 일리가 있어. 목불인견이라. 무림의 신성인가? 조만간에 적당한 훈계를 주어야 할 것 같네만."

나오자마자 대뜸 한마디 하며 빙그레 웃는다.

"훗. 훈계요? 아니, 아직은 그럴 필요 없습니다. 대견 정만석이라… 하하하. 정말 대단한 자가 무림에 등장했습니다. 그자가 얼마나 커나갈지 두고 보는 것도 재밌지 않습니까?"

금기린의 언동에는 사나이의 호기가 물씬하다. 가진 자의 당당함과 자신감. 그러나 그의 위치로 봐서는 너무나 당연한 태도이기도 했다.

"그래서, 그냥 놔두자?"

"예. 그자를 잘만 거두면 훌륭한 도구가 될 수도 있지요. 그런데 우리가 서둘러 그런 쓸 만한 도구를 못 쓰게 만들 필요가 있겠습니까?"

"그럼, 자네의 말은 살려서 써보자는 것인가?"

"그렇습니다. 어떤 자인지 궁금하기도 하고요. 다만, 먼저 놈이 쓸 만한 그릇인지는 시험해 봐야겠지요."

두 사람의 대화는 어디까지나 정만석을 호기심의 대상으로 삼고 있을 뿐 적대감이 느껴지지는 않았다.

한편, 금기린과 헤어져 무림맹 내 제갈세가의 숙소로 돌아간 제갈추는 얼마 전에 찾아왔던 제갈세가 사자의 말을 떠올리며 마당을 서성거리고 있었다.

직접 세가주 제갈용이 세가의 무사들을 인솔해서 만석들이 식사를 하려고 들렀던 양주의 주점을 수색한 결과 헛간에서 많은 양의 핏자국을 발견했다는 것이었다.

그리고 헛간의 바닥에 쌓인 짚단을 모두 수거해 보니 거기서 이미 썩어가는 하물이 나왔다고 하니 그 피가 어디서 나왔는지도 짐작이 갔다.

그렇다면 원래 호색한인 제갈탄이 여인을 겁탈하려다가 그 여인과 밀접한 관계가 있는 누군가에게 들켰다. 그래서 놈은 화가 난 김에 남자의 상징인 하물을 잘라 버렸고 제갈탄을 날라다가 어딘가 남들이 쉽게 발견하지 못하는 으슥한 장소에 버리거나, 다리에 무거운 것을 매달아 수장시켰다는 추측도 가능했다.

제갈추가 알기에 만석의 일행에는 두 사람의 계집이 있었다. 그것도 눈이 번쩍 뜨일 만큼 미모의 여인들.

그런데 한 여인은 만석과 또 다른 여인은 우거형이란 놈과 친해 보였으니 자신의 가문과 용모에 자부심을 가진 제갈탄은 질투로 눈이 멀었을 것이었다. 이것은 북해빙궁의 여인에게 한눈에 반한 팽용수가 연적을 죽이려고 무중살객이란 살수를 고용한 것으로도 입증이 된다.

'탄이가 여인을 겁탈했다면 그 대상은 바로 이하령이었을 것이다!'

제갈추는 모든 상황을 그려본 다음 결론을 내렸다.

객잔의 주인과 점소이들을 추궁해 본 결과 이하령은 풍만하고 매력적인 몸매를 가지고 있다고 했다. 게다가 그 당시 북해빙궁 출신으로 보이는 여인은 주점에서 보이지 않았다고 하니 이처럼 확실한 경우도 드물다.

'여기서 이러고 있을 때가 아니다!'

금기린을 설득하는 데는 실패했지만 확실한 물증을 확보한다면 그도 도움을 주지 않을 수 없을 것이다. 제갈추는 마음이 급해졌다. 자기 손으로 직접 놈들을 처단하고 싶지만 그렇게 하기는 자신이 없었다. 그러나 물증만 확보된다면 놈들은 끝장이 나는 것이다.

어떻게 보면 동생은 죽을 자리를 찾아간 것이다. 그러나 그를 해한 상대는 하인 출신의 천한 놈들!

입술을 꾹 깨물고 독랄하게 눈을 빛내던 제갈추가 서둘러 숙소를 떠났다.

한편, 장강표국의 표행은 상구의 외곽에 있는 작은 객잔에 머물고 있었지만 만석은 객잔 밖의 공터에 세워놓은 십여 대의 마차 옆에서 밤을 새우고 있었다.

공터 아래쪽으로는 기현의 동쪽에서 발현해서 상구의 북쪽으로 흐르는 강물이 달빛을 받아 어스름하게 빛나고 있었다.

개울가의 풀숲에 서서 물결을 내려다보던 만석이 입가에 장난스런 미소를 띠었다.

초로와 환로. 두 노인 다 지금은 헤어졌지만 그들과 유쾌했던 지난날이 굴뚝의 연기처럼 아련하게 피어오르고 있었다.

그러던 만석이 입술을 찡그리며 피식 웃었다. 초로가 그에

게 준 책자에 촛농을 입혀보고, 기름도 바르는 등 갖은 수를 써
도 전혀 변화가 없었다.

"훗후후. 버리면 얻는다고 했나?"

만석이 장난스럽게 혼잣말을 하더니 품속에서 무언가를 꺼
내 강물로 집어 던졌다.

'어헉! 놈이 눈치를 챘나?'

물속에 몸을 숨긴 채 숨을 멈추고 있던 무중살객 운산은 하
마터면 물속에서 뛰쳐나올 뻔했다.

그런데 느낌이 이상해서 다시 보니 물 위를 떠가는 것은 작
은 책자였다.

'휴우! 미친놈, 물속에다 책자를 집어 던지다니. 무식한 놈
은 뭐가 달라도 다르다니까.'

운산은 가만히 뛰는 가슴을 쓰다듬었다. 다행히 놈은 아직
도 그가 물속에 숨어 있다는 것을 눈치 채지 못한 모양이었
다.

'으음?'

운산이 물속을 오르락거리는 책자에서 시선을 떼려고 할
때, 책자가 끈에 묶인 듯 둥실 떠오르더니 다시 만석의 품으로
날아가는 것이었다. 놀라운 허공섭물의 수법. 이 수법 하나만
봐도 역시 만만치 않은 무공을 가진 자였다.

"아, 아니?"

운산이 더욱 경각심으로 마음을 조이고 있을 때, 책자를 손
에 잡은 만석이 흠칫하며 책자를 빠르게 훑었다.

그렇다. 물에 젖은 책자는 기존의 책장이 물에 젖어 벗겨지
면서 글자로 빽빽한 또 다른 책장이 드러나 있었던 것이다.

연자는 보아라. 그대가 이 책자를 보고 있을 무렵이면 세상은
유례없는 겁난에 휘말려 있으리라.

'응? 이게 무슨 소리지?'
만석은 고개를 갸웃했다. 시작부터 심상치 않은 글이었다.

일 갑자의 수련을 마친 노부는 세상을 구하라는 사부의 유명에
따라 산을 떠나야 했다.
그런데 아니나 다를까? 세속에 나와보니 세상은 죽림마원의
발호로 매우 어지러웠도다. 당시 죽림마원에 대항하기 위해 삼백
오십여 개 정파로 이루어진 제구차 무림맹은 절대독존과 절대십
마의 위세에 눌려 전전긍긍할 뿐 제대로 된 반격도 못하는 실정
이었다.
게다가 뱀을 신봉하는 죽림마원은 교리를 받들지 않는 사람들
을 모두 없애려고 광분하니 세상의 혼란은 극에 달하였도다.
뱀이 곧 신이라는 해괴망측한 교리를 믿는 자들에게는 부모형
제도 없었도다. 자식이 부모를 죽이고 형제가 서로를 죽이며 누
이를 노예상인들에게 팔아먹는 일도 부지기수였으니 이를 어찌
사람이 사는 세상이라고 하랴.
이에 노부는 이 모든 일의 원흉인 죽림마원을 멸절시키는 일이

야말로 하늘이 노부에게 준 사명이라고 믿었노라.

"엉? 이, 이게 뭐야?"
당시의 혼란상을 머리 속에 그려보면서 책장을 넘기던 만석은 아연해서 책장을 넘기던 손을 딱 멈추고 말았다.
처음 무명서를 봤을 때 느꼈던 바로 그 황당한 느낌.
그 다음 장부터는 어김없이 '나 무적초자는' 이라고 시작하고 있었는데, 상식적으로는 이해가 안 되는 순전한 허풍으로 가득한 것이었다.
"크으. 그럼 그렇지."
만석이 고개를 저으며 쓴웃음을 지었다.
무명서는 다른 건 몰라도 무적초자의 성격만은 제대로 그려내고 있었던 것이다.

이리하여 나 무적초자는 하남 평정산(平頂山)에 있는 죽림마원의 본거지를 찾아갔지. 조무래기들을 해치워 봤자 무슨 소용이랴. 놈들의 수괴인 절대독존과 절대십마만 죽이면 나머지 졸개들이야 모래알처럼 흩어질 것은 뻔한 노릇이 아니겠느냐?
평정산 정상의 녹림마원 본거지에는 수백 명의 마도들이 지키고 있었는데 노부가 바로 옆을 지나가도 눈 뜬 소경처럼 아무것도 보지 못하는 것이었어. 에라, 한심한 놈들!
그렇게 백여 채의 건물들을 지나쳐 숲으로 들어가 보니 이 무슨 괴상망측한 노릇이랴.

아, 절대독존이란 애송이하고 절대십마 아이들이 수림으로 에워싸인 넓은 호수에서 홀딱 벗고 목욕을 하고 있더란 말이지.

게다가 그 옆에는 솜털이 보송보송한 어린 계집애들이 놈들의 몸을 씻기고 있었어.

하구야, 아, 근데 물속에서 뭔가 시크무레한 것들이 들락거리고 있는 것이야. 자세히 보니 장정 서넛이 손을 벌려야 겨우 잴 수 있을 만큼 거대한 몸뚱어리에 길이가 십여 장에 이르는 구렁이들이 혀를 날름거리며 헤엄치고 있는 것이었어.

'이런! 망측한 것들을 봤나!'

노부는 화가 나서 견딜 수가 없었어. 그래서 들고 있던 지게 작대기를 횡소천군의 수법으로 아주 가볍게 그었던 거라.

아, 그러하니 수십 마리의 구렁이들이 한꺼번에 수십 조각으로 갈라져서는 뜨거운 핏물이 좔좔 흘러나오니 호수물이 콸콸 넘쳐 졸지에 홍수가 났던 것이야.

'응? 피가 넘쳐 홍수가 났어?'

"크으. 와하하하하! 뱀의 피가 얼마나 많기에 홍수까지 났단 말인가."

만석은 오랜만에 마음껏 웃을 수 있었다. 아무리 과장이 심하다고 하더라도 거기에는 진실이 숨어 있다. 그 허황되기만 하던 무명서도 실은 상당 부분 사실이었지 않은가.

노부가 그 모양을 보고 호쾌하게 껄껄 웃음을 터뜨리자 화가 난 놈들이 털북숭이 부랄을 덜렁거리며 죽어라 하고 쫓아 나오는 것이야. 에이, 부끄럼도 모르는 놈들! 내가 아무리 남자라도 그렇지 옷이라도 입고 쫓아와야 되는 거 아냐?

이리하여 노부는 놈들을 놀려주고 싶어 한달음에 백 리를 날아 다시 평정산으로 돌아왔던 것이야. 노부는 이른바 만리비행술(萬里飛行術)의 극성을 터득하고 있었던 것이지.

그야말로 한 호흡에 백 리를 가는 것이 노부에겐 세 살 아이 손목 비틀기만큼 우스운 일이었어.

근데 막상 돌아가 보니, 하구야. 그 떼거지로 몰려 있던 졸개 놈들이 물에 둥둥 떠서 다 죽어 있는 거라.

노부가 놈들이 죽은 꼴을 보기 싫어 백 장 높이의 허공으로 올라가서 구름 속에 몸을 감추었더니 놈들이 나를 찾아 정신없이 헤매는 것이었어. 그래서 노부가 구름 속에서 나와 허공을 걸어 내려가니 놈들이 그만 얼이 빠져 그 자리에 석상처럼 굳어버리는 것이야.

후세에 사람들이 이를 보고는 허공답보라 칭하고는 허공답보 하면 노부 무적초자를 기리게 되었던 것이지.

이렇게 노부가 지면에 내려서서 표표히 옷자락만 날리고 있자 놈들이 바닥에 납작 엎드려서는 감히 노부를 쳐다보지도 못한단 말이지. 그러더니 그 절대독존이란 아이가 기어드는 목소리로 내가 누군지 묻더라구.

그런데 이름도 없는 노부가 뭐라고 대답하겠어?

그래서 원래 초부(草夫)에게는 적이 없는 법이야, 요랬더니 대뜸 나를 무적초자(無敵草子)라고 부르면서 머리방아를 찧어대는 것이었어.

노부는 그 꼴을 보니 한심하기도 하고 우습기도 했지만 놈들이 저지른 그 수많은 악행을 상기하지 않을 수 없었어.

이에 노부가 지게 작대기를 높이 들어 하늘을 가리키니 태양이 한순간에 터지며 하늘에서 불벼락이 내렸던 거야.

이렇게 해서 절대독존이란 놈은 몸이 산산이 부서져 죽었으며 절대십마라는 놈들은 불 바람에 날려 산 밑으로 떨어져 버린 것이었어.

"으음. 구름 속을 노닐고 하늘에서 불벼락을 내렸다! 과연 이러한 경지를 뭐라고 한다는 말인가."

만석은 무적초자의 끝없는 허풍에 어이가 없었지만 문득 꼭 허풍이라고만 단정 지을 수 있을까 하는 생각이 들었다.

사람이란 자신의 상식에서 벗어난 일들은 쉽게 믿으려 들지 않는다. 그런 생각이 들자 만석은 더욱 뒷부분이 궁금해졌다.

실상 노부는 놈들을 죽이고 싶지 않았어. 일찍이 천상의 대도(大道)를 통한 내가 사람을 죽여야 하다니!

이래서 인생의 무상함에 젖은 노부가 평정산 기슭을 스적스적 내려오고 있을 때 내 앞을 턱 가로막는 녀석이 있었어. 실은 평정산 정상에 있을 때부터 놈을 보고 있었지만 노부는 아는 척도 하고 싶지 않았지.

노부가 그냥 지나가 버리니 애가 닳은 놈이 졸졸 따라오면서 애걸하는 것이야.

"사형, 부탁이 있소. 절대십마는 사형이 해치운 것으로 하고 절대독존은 소제가 죽인 것으로 합시다."

허참. 정말 이 무슨 개소리야? 막말로 코도 안 풀고 음식을 처먹으려는 수작이 아닌가 이 말이야. 내 아무리 세속의 명리에는 초월한 지 오래지만 진짜 괘씸한 놈이었어.

"이놈아, 내가 코 바른 음식에 젓가락을 대겠다는 심보냐?"

그랬더니 놈이 입술에 아첨을 처바르더니 대뜸 그러더군.

"사형이 코 바른 음식밖에는 남은 음식이 없잖아요. 그러니 제발 내 부탁 좀 들어줘요."

아예 거저 먹자는 수작이더라고. 그래서 노부가,

"돼먹지 않은 수작 부리지 말어! 네가 알아서 음식 만들어 처먹으란 말이야!"

그랬더니 놈이 눈에 쌍심지를 돋우더니 두고 보자며 이를 갈더라구.

두고 보자는 놈 무서울 게 하나도 없잖어?

노부는 그 길로 세상을 유랑하다가 천중산으로 돌아왔던 것이야.

'으음. 사실이 이렇다면?

만석의 안색이 침중해졌다. 그야말로 경악스러운 무림의 비사(秘事)! 이 책자에 쓰여진 일화가 진실이라면 무림사를 뒤바꿀 만한 엄청난 일이었다.

현 무림에서 무적초자라는 이름을 아는 사람들은 극소수였다. 게다가 지금까지 들어본 얘기들을 종합해 보면 그들도 무적초자에 대한 얘기를 구전으로 들었을 뿐이다. 그러니 무적초자에 대한 전설은 수많은 왜곡을 거쳤다고 보는 것이 옳았다.

그런데 만약 이 책자의 내용이 사실이라면 어떻게 될까?

당장 전 무림의 은인이라고 추앙받는 태양신군(太陽神君) 금성혼은 희대의 사기꾼으로 몰릴 것이며 그의 후손인 현 무림 맹주 금태원은 사기꾼의 후손으로 지탄받게 될 것이다.

그러나 책자에 쓰인 그대로 믿기도 어렵지 않은가.

만석이 혼란스런 표정으로 얼굴을 굳히고 있다가 다음 장을 넘겼다.

그러던 어느 날, 노부는 천수가 다 되었음을 알고 삼성암(三星岩)에 올라 천기를 살피던 중 해연히 놀라고 말았으니.

내가 죽은 지 꼭 오십 년이 되는 해에 세상에 유례없는 겁난이 내릴 것이라는 하늘의 계시였지.

연자여, 이 책자는 말년에 거둔 우둔한 제자 놈이 그대에게 전했으리라. 녀석은 노부가 열을 가르치면 하나를 겨우 익혔던 멍청한 놈이었어. 그 멍청한 녀석의 능력으로는 겁난을 막을 수 없었다고 생각한 노부는 고민을 하지 않을 수 없었지.

모르면 몰라도 어찌 눈에 빤히 보이는 환란을 그냥 두고 갈 수
가 있으랴.

혹시나 해서 다시 한 번 천기를 살피던 노부는 다행히도 바로
그 시기에 천고에 남을 영웅이 나올 것임을 알게 되었노라.

이에 노부는 제자에게 그를 찾아 이 책을 전하도록 하였으니
내가 본 영웅이 바로 그대이리라.

그대는 부디 노부의 마지막 심득을 익혀 도탄에 빠진 억조창생
을 구하도록 하라.

무적초자 친전.

'내가 천고에 남을 영웅? 큭. 미안하지만 잘못 짚은 것 같
소.'

만석은 무적초자가 천기 운운하는 것을 쉽게 믿을 수 없었
다.

게다가 무적초자의 제자 초로는 거의 장난삼아 자신에게 책
자를 전했을 뿐이 아닌가.

만석이 알 수 없다는 표정으로 마지막 장을 열었다.

마지막 장에는 단 한 줄의 글귀만이 적혀 있었다.

연자는 천중산으로 돌아가 노부의 무덤을 찾아라.

천중산이라면 바로 천무세가의 뒷산을 말함이다. 거기에 그
의 무덤이 있다는 것. 그것만으로는 애매했지만 진짜 무적초

자의 흔적을 알게 된 것이다.

그런데 돌아가라는 말은 만석이 그곳 출신인 것을 이미 알고 썼다는 얘기니 실로 놀라운 일이었다.

'무덤이 있는 곳이 어딘지는 모르지만 일단 천중산으로 돌아가 봐야겠구나.'

만석이 생각 끝에 책자를 양 손바닥에 넣어 가볍게 비비자 책자가 먼지로 화해 떨어져 내렸다.

어차피 표행 일이 끝나면 천무세가로 돌아갈 결심을 하고 있는 터였다. 무적초자의 예언은 믿을 수 없지만 그가 남긴 비서(秘書)를 볼 수 있으리란 기대감에 만석의 가슴은 여지없이 뛰어오르고 있었다.

서책에 몰두하고 있는 만석은 허점투성이로 보였다.

하지만 운산이 일 장 옆에 서 있는 만석에게 조금이라도 다가가려고 하면 갑자기 만석의 자세가 바뀐다. 거의 십여 차례나 압습할 기회를 노렸지만 그때마다 만석은 자세를 변화시키는 것이었다. 만석이 한곳에 오래 머물 때면 자기도 모르게 나오는 습관이었지만 운산이 이를 알 리가 없다.

'제기. 이걸 어떻게 생각해야 하지?

운산은 혼란스러운 마음으로 만석이 개울가를 벗어나는 모습을 멍하니 바라볼 수밖에 없었다.

또 실패였다. 이런 식이면 놈이 무림맹으로 들어갈 때까지 암습할 기회가 없으리라.

적이 실망한 운산이 의기소침해서 있자니 몇 발자국을 옮기던 만석이 갑자기 뒤를 돌아서더니 운산이 숨은 곳을 빤히 내려다본다,

'어헉! 놈이 눈치를 챘다는 말인가?'

운산이 아연해서 몸을 경직시켰을 때 마침 운산의 손을 건드는 물체가 있었다.

'개구리!'

정신이 번쩍 난 운산이 가볍게 손을 튕겼다.

그러자, 개골!

소리도 요란하게 개구리가 깜짝 놀라 물 위로 펄쩍 튀어 올랐다.

"응? 개구리였나?"

만석이 입가에 싱거운 미소를 달더니 이내 멈췄던 발을 떼며 마차 방향으로 멀어져 갔다.

장강표국의 표행이 기현을 지나 개봉 무림맹의 턱밑인 류촌(柳村)에 도달한 것은 다음날 오후였다.

류촌을 향하는 직선 길에 도착한 일행의 눈은 감개무량함으로 젖어 있었다.

서녘 하늘을 기웃거리며 지는 햇살이 강가에 휘늘어진 버들가지를 튕기며 눈을 부시게 했다.

"왓하하. 참으로 좋은 날씨야! 꼭 우리의 성공적인 표행을 축하해 주는 것 같구만."

선두에 서서 말을 몰던 표국주 거창해가 소리 높여 웃으며 말하자 바로 뒤에 있던 대표두 막지한이 몸을 흔들며 맞장구를 쳤다.

"이를 말씀이십니까. 중원 전역에서 개봉으로 오던 물품 중 대부분이 중도에 도적들의 습격을 받아 엄청난 피해를 당한 것으로 들었습니다. 우리처럼 아무런 손실도 없는 것은 극히 드물 겁니다."

"우핫핫핫. 참으로 고마운 일이지. 모두들 고생했지만 특히 만석들이 아니었으면 우리가 어찌 웃으며 이런 얘기를 할 수 있겠는가."

"아하하, 그거야 지당하신 말씀입니다."

두 사람이 얘기를 주거니 받거니 하며 행렬의 맨 끝으로 시선을 돌렸다. 거기에 목불인견 삼인방이 말 머리를 맞대고 따라오고 있었는데 그 바로 앞 마차의 뒷좌석에는 이하령과 빙한설이 나란히 앉아 다정하게 얘기를 나누고 있었다.

며칠 같이 동행하다 보니 많이 친해진 모양인지 언니, 동생 하는 것이 어색하지 않게 들렸다.

그 모습을 말 위에서 빤히 내려다보던 우거형이 흐뭇한 표정으로 말을 건넸다.

"대장, 여인이란 참으로 이상한 동물이야. 아침부터 저녁까지 끊임없이 얘기를 해도 또 할 말이 남아 있으니 말이야."

"네 말이 맞다. 하지만 난 거형이 네가 하령 소저에게 쩔쩔

매는 것이 더 이상하게 보이는데?"

"내, 내가 언제!"

"자식이 꼴값을 떨어요. 그럼 네가 지금 정상이냐? 봐, 지금도 하령 소저의 눈치만 살피고 있잖아?"

소이마저 끼어들자 우거형이 얼굴을 붉히며 뭐라 하려고 할 때 그보다 먼저 빙한설이 빽 소리를 질렀다.

"흥! 부러우면 부럽다고 솔직히 말해요. 덩치 큰 남정네가 되어가지고 소인배처럼 질투나 하니. 안 그래요, 언니?"

"어머? 애, 애는 무슨 말을 그렇게……."

지난 일은 마음속에 묻어버렸는지 그녀의 음성은 맑았다.

본래 화가 나면 대차게 나가도 원래 조용한 성품의 이하령인지라 얼굴을 붉히며 떠듬거리자 빙한설이 남자처럼 가슴을 두드리며 말했다.

"훗, 걱정 말아요. 저 남자들은 겉으로는 여인에게 강한 척해도 속으로는 한없이 약하거든요. 저거 봐요. 눈 둘 곳이 없어서 먼 하늘만 쳐다보는 척하잖아요?"

"하, 이거 참."

때를 만났다고 종달새가 지저귀듯 조잘거리는 빙한설을 보며 세 사람이 서로의 얼굴을 마주 보며 어이없어했다.

남자 놈이 말이 많으면 엉덩이라도 때려 입을 닫게 할 텐데 상대는 한창 말 많을 소녀였다.

특히 이하령이 당한 일을 아는 만석으로서는 그녀가 아픈 기억에서 벗어난 것 같아 다행이라는 생각이 들었지만 우거형을 보는 그의 눈초리는 안쓰럽기만 했다.

　류촌은 무림맹의 개파대전을 구경하러 온 사람들로 겨우 서너 개 있는 객점은 동이 난 지 오래였다.

　이리저리 숙소를 구하려고 애를 쓰던 일행이 마을의 공회당(公會堂)에 숙소를 잡은 것은 장강표국의 표행이라는 소리를 들은 마을의 촌장이 배려를 해준 덕분이었다.

　마을 촌장 등 수십 명의 마을 사람들이 찾아와 표사들과 어울리며 그들의 무용담을 듣다가 돌아간 것은 이미 밤이 늦은 시각이었다.

　마차에 실린 짐은 모두 방 안에 들여 굳이 마차를 지킬 필요가 없어진 만석도 옆에 누운 우거형과 소이가 코를 골며 잠이 들자 오랜만에 달콤한 잠속으로 빠져 들어갔다.

　스스슥!

　모두가 잠이 든 새벽, 바람결에 버드나무가 흔들리는 듯한 소리가 나며 야행복을 입은 인영이 공회당 벽에 몸을 붙였다.

　공회당의 구조야 뻔했으니 그의 움직임은 망설임이 없었다.

　'흐음. 바로 여기지?'

　공회당의 복도에 선 인영의 얼굴이 열린 창으로 흘러들어오는 달빛을 받아 잠깐 드러났다. 어둠 속에 드러난 얼굴은 바로 제갈추였다.

　그는 복도 끝의 방 벽에 몸을 찰싹 붙이고는 한동안 숨을 멈추었다. 방 안에는 이하령과 빙한설이 있을 것이다.

주변에 아무도 없음을 확인한 제갈추가 이어 청력을 집중해서 방 안의 동정을 살폈다.

방 안에서는 새근대며 곤히 잠든 소리만 들릴 뿐 아무도 깨어 있는 기미는 없었다. 그래도 제갈추는 잠시 더 기다렸다.

두 여인이 깊이 잠들었다고 확신이 설 때를 기다리는 것이다. 그러던 어느 순간,

'됐어!'

소리없이 방문을 열고 방 안으로 잠입한 제갈추가 공력을 돋우어 방 안의 정경을 살폈다.

'으응?'

그러던 그가 침을 꿀꺽 삼키며 한곳을 뚫어지게 응시하는 것이었다. 방의 한옆에 난 창밖으로 달빛이 어른거리며 방 안을 희미하게 밝히고 있었는데, 날이 더워서 그런지 속치마를 입은 여인의 두 다리가 이불 밖으로 훤히 드러나 있었다.

육감적으로 뻗은 두 다리가 간헐적으로 꿈틀거릴 때마다 제갈추의 갈증은 심해져 갔다.

'으으음! 미치겠군.'

자기도 모르게 여인의 허벅지를 더듬던 제갈추는 점점 대담하게 여인의 은밀한 곳으로 손가락을 들이밀었다.

"으으응……."

잠결에도 누군가 자신의 은밀한 곳을 더듬는 손길을 느꼈음인지 여인이 몸을 뒤척이자 짧은 속치마가 말려 올라가며 모

양 좋은 엉덩이가 드러났다.

'크윽. 이, 이걸 그냥…….'

제갈추는 더욱 지독해진 흥분으로 정신마저 몽롱해졌다.

'아냐, 여기서 이러면 안 돼!'

위기를 느낀 여인이 몸을 말자 제갈추는 간신히 정신을 수습할 수 있었다.

일단 여인을 납치해서 자신의 동생을 죽인 자가 누군지 토설을 시키고, 그녀를 금기린에게 데려가 증언을 시킨다는 것이 당초 제갈추의 계획이었다.

그러나 여인의 농밀한 속살을 대한 제갈추는 자신의 욕념을 먼저 해결하는 것이 급선무라는 것을 알았다.

서둘러 여인의 얼굴을 확인한 제갈추가 그녀의 아혈과 마혈을 점한 다음 가져온 자루 속에 여인을 집어넣었다.

여인을 어깨에 멘 제갈추가 막 공회당 밖으로 나갔을 때, 한 인영이 지면에 몸을 납작 엎드리며 지나치는 제갈추의 뒷모습을 응시했다.

잠이 든 만석을 암습할 기회를 노리던 무중살객 운산이었다. 창문 안으로 입에 문 대통을 훅 불기만 하면 미약에 중독된 만석을 어쩌면 간단하게 죽일 수도 있을 것이다.

'제기. 저걸 따라가, 말아?'

괴한 놈이 무언가를 납치하고 있다는 것은 살수다운 감각으로 금방 알아본 터.

　운산은 놈이 무슨 일을 하는 것인지 잔뜩 호기심이 일었다. 그러다 보니 만석을 암습하려던 생각이 급작스럽게 놈을 따라가 보자는 생각으로 바뀌는 것이다.

　'에라, 놈을 먼저 따라가 보고 만석이란 놈을 죽이는 것은 조금 뒤로 늦추지 뭐. 자식, 운수도 좋다니까.'

　생각은 길었지만 운산은 이미 놈의 뒤를 미행하고 있었다.

　속도를 내어 곧장 달려가던 제갈추가 촌장 집 옆에 외떨어진 헛간이 있었다는 것을 기억해 내고는 촌장 집 쪽으로 방향을 돌렸다.

　헛간의 밀짚 더미 속에 여인을 누인 제갈추는 마음이 급해져서 여인의 옷을 거의 찢어발겨 버렸다. 곧바로 어둠 속에서 훤하게 드러난 여인의 알몸은 그의 욕념을 더욱 부채질 하고 있었다.

　명문 출신으로 자신이 중원사룡의 일인이라는 자부심은 모두 뇌리에서 날아가 버렸다. 이 순간의 제갈추는 한낱 추한 욕망에 허덕이는 짐승에 불과했다.

　여인의 속곳을 벗긴 제갈추가 이번에는 자신의 옷을 급히 벗었다.

　'에이, 개자식! 물건이 크기도 하구나.'

　잠시 시차를 두고 은밀히 그의 뒤를 따라 헛간으로 들어와 벽으로 화한 운산의 눈시울이 꿈틀거렸다.

어둠 속에서 시커멓게 건들거리는 거대한 물건을 보고 운산은 기분이 더러워졌다. 뭔가 이상한 낌새를 받았는지 막 여인을 덮치려던 제갈추가 흘깃 얼굴을 뒤로 돌렸다.

그러나 벽으로 화한 운산이 보일 리가 없었다.

'아니, 저놈은?

그러나 운산은 놀라지 않을 수 없었다. 어쩐지 뒷모습이 익숙하다 했더니 낮에 얼굴을 본 중원사룡 중의 지룡 제갈추였던 것이다.

'더러운 놈! 겉으로는 공명정대한 척하면서 뒤에서 하는 짓은 뒷골목의 똘마니보다 못하구나.'

불쾌함으로 화끈 달아오른 운산의 눈이 짚 더미에 누운 여인의 얼굴로 돌려졌다.

마혈이 짚여 정신을 잃은 여인이 애처로워진 것은 아마도 얼마 전에 헤어진 홍화가 생각났기 때문이리라.

남자에게 겁탈을 당한 여인의 앞날은 뻔했다.

홍화처럼 몸 파는 여인으로 전락해서 한 많은 인생을 살게 될 것이다.

'쳇. 아무도 없는 데 왜 이리 이상한 기분이 들지?

누군가 자신의 행위를 지켜보는 듯한 느낌. 더러운 짓을 하려다 보니 죄책감 때문이라 여긴 제갈추가 다시금 여인의 알몸을 열렬히 응시했다.

꿀꺼덕!

침을 삼키는 소리가 너무 크다는 생각을 하며 제갈추는 여인의 풍만한 나신에 몸을 실었다.

"제기. 이걸 어떡해야 하냐?"
정신없이 여인을 탐하던 제갈추를 해치운 운산은 난감한 시선으로 여인을 내려다보았다. 여인의 알몸에는 제갈추의 상처에서 튄 핏물이 잔뜩 묻어 있었던 것이다.
'에라, 모르겠다!'
푸대 자루에 여인을 집어넣은 운산이 재빠르게 헛간을 벗어나 강가로 달려갔다. 일단 여인의 몸을 씻겨야 하는 것이다.

"어머? 언니가 어디 갔지? 혹시 뒷간에라도 갔나?"
언제부터인지는 모른다. 잠결에 몸을 뒹굴다 설핏 깨어보니 옆에서 자고 있어야 할 이하령이 보이지 않는 것이었다.
'응, 이상한데? 언니 옷이 그대로 있잖아?'
어둠에 눈이 익숙해지니 방 한구석에 개어놓은 두 사람의 겉옷이 그대로 눈에 띄었다.
그녀는 가슴이 철렁해서 급히 자리에서 일어나 옷을 찾아 입었다. 여인 둘만이 있는 곳이 아니라 남정네들이 득실대는 곳이다. 뒷간에 갔더라도 옷은 입고 가야 정상이었다.
허리에 검을 매달고 서둘러 복도를 나가던 빙한설이 앞에 우뚝 선 형체를 느끼고 움찔 그 자리에 섰을 때, 인영이 몸을 비켜서더니 뚝뚝하게 물었다.

"무슨 일이야? 이 밤중에 떠나려고 하는 건가?"

잠시 눈을 붙인 다음 주변을 둘러보고 들어오던 만석이었다.

그녀가 이 밤중에 겉옷까지 단단히 차려입고 옆구리에는 검을 찼다면 잠시 뒷간에 다니러 가는 것은 아닐 것이다.

"아녀요! 언니가 없어져서 찾으러 가는 길이에요!"

"뭐? 이 소저가 없어졌다고?"

만석의 대응은 빨랐다. 그녀의 말을 듣자마자 그의 신형이 번뜩하며 바깥으로 날아나가자 빙한설이 다급히 소리쳤다.

"저도 같이 가요!"

달도 사라져 괴괴한 어둠에 잠긴 주변은 조용하기만 했다.

그리 멀리 찾을 것도 없이 두 사람은 강가에서 투덜거리는 소리를 들을 수 있었다.

"제기. 여기를 어떻게 해야 하나?"

어린애가 투정하는 듯한 괴상한 목소리였다.

운산은 이하령의 몸에 묻은 피를 씻느라 애를 먹고 있었다.

피가 다른 데 묻었으면 씻기 쉬울 텐데 하필이면 여인의 사타구니 사이에 핏물이 엉겨 붙어 있었던 것이다.

갈대가 우거진 강가에서 알몸의 여인을 씻기고 있는 작은 체구의 장한. 알몸의 여인은 이하령 같았지만 장한은 처음 보는 자였다.

멀리서 그 장면을 본 두 사람은 바짝 긴장을 하며 땅바닥에

납작 엎드렸다. 상대를 자극하면 놈이 끔찍한 일을 벌일지도
모른다.

일단 이하령을 발견한 것만으로도 다행스러운 일이었다.

더욱이 한동안 놈의 행동을 지켜봤지만 그자는 이하령의 몸
을 씻겨주고 있을 뿐 다른 마음은 없어 보였다.

그러나 어쨌든 접근하지 않을 수 없었다.

‘어엉, 이 소리는?’

운산은 귓전에 가만가만 와 닿는 느낌에 주의를 잔뜩 기울
였다. 처음에는 갈대가 바람에 날리는 소리인 줄 알았다. 아
니, 갑자기 거센 소리를 내며 퍼덕이는 물고기 소리 같았다.

‘아냐! 누군가 접근하고 있다.’

이하령의 몸을 씻기던 운산의 손길이 딱 멈췄다. 여인을 구
해주려면 확실히 구해줘야 한다. 접근하는 자가 죽은 제갈추
의 편이라면 여인을 놔두고 가는 것은 곧 죽여달라는 소리와
진배없다.

‘좋아. 일단 물속으로 들어가서 상황을 보자.’

그때 막 물속으로 빠져들려고 하던 운산의 눈길에 이하령의
벌거벗은 하체가 걸렸다.

‘제기. 그냥 갈 수는 없잖아?’

품속을 더듬던 그의 손이 들어갈 때와 마찬가지로 금세 빠
져나왔다.

밖으로 나온 그의 손에 들린 것은 홍화의 빨간 속곳이었다.

'별수없이 이거라도 입혀야지.'

한순간 주춤하던 운산이 그녀의 양다리를 잡아 얼른 속곳에 끼웠다.

'어이구. 바빠 죽겠는데 왜 이렇게 다리가 안 들어가냐.'

마음이 급해서 그럴까? 젖은 이하령의 두 다리는 촉촉하고 미끄럽기만 해서 운산은 옷을 입히는 데 애를 먹고 있었다.

'휴유, 됐다!'

간신히 일을 마친 운산이 물속에 몸을 들이밀자마자,

처얼썩!

하고 물결치는 소리가 크게 들리며 삼사 장 밖에서 강력한 경기가 운산에게 휘몰아쳐 왔다.

'이, 이런! 피할 수 없다.'

운산의 크게 뜨여진 눈에 다급한 기색이 물결쳤다.

"커어억!"

만석이 목을 향해 던진 목봉을 간신히 비껴 어깨에 허용한 운산이 비명을 내지르며 물속으로 가라앉았다.

'기척이 사라졌다.'

운산의 어깨를 때리고 돌아오는 박달목봉을 잡은 만석이 거칠게 꿈틀대는 황하의 물결 위를 날카롭게 쓸어보고 있을 때,

"어, 언니!"

만석의 뒤를 따라 달려온 빙한설이 이하령의 벗은 몸을 바짝 끌어안으며 울부짖자 만석의 굵은 눈썹이 한 번 꿈틀했다.

"진정해. 정신을 잃었을 뿐이야. 어서 이 소저의 몸이나 풀

어주는 것이 좋겠어."

"네? 네……."

만석이 수면 위에서 눈을 떼지 않은 채 말하자 정신이 번쩍 난 빙한설이 빠르게 이하령의 혈맥을 두드렸다.

'끄으윽!'

아마도 어깨뼈가 반쯤 부스러진 모양이었다.

물속을 헤엄쳐 건너편 강가에 몸을 은신한 운산은 이제는 멀어 보이는 만석을 두려운 눈초리로 힐끔거렸다.

소리가 나지 않도록 극도로 조심하며 상처에 금창약을 바른 운산은 벗은 겉옷으로 다친 어깨 부위를 싸매면서 몸서리를 쳤다.

'여, 역시 무서운 자다!'

여인에게 속곳을 입히려고 잠시 지체한 것이 잘못하면 끝장 이 날 뻔했다. 제대로 보지는 못했지만 풍기는 기운을 보면 틀림없이 만석이란 자였다.

청부를 끝내기는커녕 엉뚱한 여인을 구하다가 속절없이 치명상을 당할 뻔한 것이다.

'으으으. 이렇게 되면 단 한 가지 수단밖에 안 남았다.'

갈대숲을 요리조리 빠져나가면서 운산은 어쩔 수 없다는 생각을 했다. 차마 하기는 싫은 일이지만 부상을 입은 몸으로 할 수 있는 것은 단 하나밖에 없었다.

'제기. 하필이면 어깨를 다치다니.'

그렇게 생각하면서도 운산은 왠지 마음이 뿌듯해졌다. 이십 년 살수 생활에 처음으로 남에게 목숨의 은혜를 베푼 것이다.

막힌 혈도를 풀었어도 이하령은 혼미한 상태에서 쉽게 벗어나지 못했다. 그러나 점차 호흡이 안정되는 것으로 봐서 숙소에 도착할 즈음이면 깨어나리라.

자신의 겉옷을 벗어 이하령에게 입힌 빙한설이 조심스럽게 그녀를 안아 들었다.

"어떻게 된 일일까요? 그자가 언니를 납치했을까요?"

숙소를 향해 빠르게 걸음을 옮기던 빙한설이 모호한 음성으로 말을 건네왔다.

그녀의 뒤쪽에서 주변의 동정을 살피며 걸어오던 만석이 천천히 고개를 저었다.

순간적으로 보았지만 놈은 이하령의 두 다리를 들고 속곳을 끼우고 있었다. 그런데 그가 알기로 이하령에게는 빨간 속곳이 없었다.

"그자는 아니야."

만석은 숙소에 도착했을 때에야 혼잣말처럼 대답했다.

어딘가 익숙한 느낌이 들었던 그자가 아니라면 이하령을 납치한 진범은 누구일까.

납치한 이하령을 빼앗겼다면 그 진범은 죽었을까? 또 누구의 사주를 받은 것일까?

만석은 여러 가지 의혹이 들었지만 지금은 조사한다고 설칠 때가 아니라는 생각이 들었다.

　'일단은 그냥 두자. 영원한 비밀은 없는 법. 지금은 하령 소
저를 무사히 되찾은 것으로 만족해야 해.'

　깨어난 이하령은 사람이 바뀐 것 같았다. 우거형에게 수시
로 말을 걸며 귀찮게 굴던 예전의 그녀가 아니었다. 확실히 인
식은 못 해도 뭔가 끔찍한 일을 당했다는 느낌을 받고 있는 듯
했다.

　바뀐 그녀의 태도에 우거형은 여인의 마음은 도대체 알 수
없다고 투덜거렸지만 모두들 그에 대해서는 크게 신경 쓰지
않았다. 여인이 달거리를 할 때면 기분이 저조해진다고 하니
그렇게만 생각했던 것이다. 하지만 소이는 그렇게 생각하지
않는 듯 이따금 의문이 섞인 눈으로 이하령을 바라보곤 했다.

　만석은 그녀의 처지가 안타까웠지만 그가 할 수 있는 일은
거의 없었다. 특히 우거형이 그녀가 당한 일을 알게 된다면 이
성을 잃고 날뛸 가능성도 있었으니 만석은 애써 모르는 척하
고 지나가야 했다.

第十章

무림맹의 기사(奇事)

　개봉 외곽, 황하의 짙푸른 물결이 멀리서 아른거리며 손짓하는 활짝 개이고 있는 이른 아침이었다.

　수많은 사람들로 무림맹은 인산인해를 이루고 있었다.

　물건을 그득그득 실은 마차들이 수시로 넓은 정문을 들락거렸고, 각양각색의 옷차림에 다양한 병기를 휴대한 무림인들이 정문 주위에 도열한 무림맹 무사들에게 일일이 검색을 받고 대문 안으로 들어간다.

　내일이면 드디어 제십차 무림맹의 개파대전이 있는 날.

　이미 무림 주요 문파나 행세하는 명문가의 대표자들은 무림맹 내에 도착해서 시간이 되기만을 기다리고 있었고, 초청장을 들고 뒤늦게 도착한 군소문파 사람들로 무림맹의 주변은 떠들썩하기 그지없었다.

아니, 무림맹뿐만 아니라 개봉 전체가 일시에 몰려온 사람들로 몸살을 앓고 있는 것이다.

이때를 틈타 대목을 누리려는 수많은 장사치들이 무림맹의 정문 담벼락 주위에 잡다한 물건들을 펴놓고 호객 행위를 하고 있었는데, 날이 날인 만큼 무림맹에서도 눈감아주고 있는 모양이었다.

한편, 모레부터 열리는 무림대회 장소는 무림맹에서 남쪽으로 십 리쯤 떨어진 만장평(萬丈坪)이었다. 사실상 거의 대부분의 사람들이 개파대전보다는 무림대회에 흥미를 가지는 것은 당연한 것이었다. 사람들이 싸우는 것만큼 좋은 구경거리도 없는 판에 무림대회에 출전하는 무사들은 각 지역에서 엄선된 고수들인 것이다. 이에 무림맹에 들어갈 신분이 안 되는 사람들은 일찌감치 만장평으로 몰리고 있었다.

비무대를 중심으로 십여 장 동심원은 초대받은 손님들의 예약석이지만 그 밖으로는 어떤 자리를 차지하든 상관이 없다. 이 때문에 미리 좋은 자리를 차지하기 위한 아귀다툼이 벌써부터 벌어지고 있는 것이었다.

이러할 즈음 무림맹이 눈앞에 보이자 그동안 처박아두었던 금빛 잉어가 그려진 장강표국의 기치를 매단 일행이 정문으로 향했고, 그에 주변의 오가던 사람들의 눈이 일제히 마차로 향했다.

"엉? 저거 장강표국의 표행 아닌가?"

누군가 기치 밑에 쓰여진 장강표국이라는 글귀를 읽은 사람
이 크게 소리치자 곧장 다른 사람이 뒤를 받았다.

"맞아. 저자들이 바로 그 유명한 목불인견이란 자들이야."

"뭐? 목불인견이라고?"

"그렇네? 생김새를 보니 딱 맞아 떨어지는데?"

표행 주변이 삽시간에 떠들썩해지자 행렬의 끝부분에서 마
상에 높이 앉아 주변을 둘러보던 우거형이 두꺼운 입술을 씰
룩하더니 바로 앞을 가던 만석에게 말을 걸었다.

"대장, 이거 우리의 명성이 하늘을 찌르는걸?"

"에이, 짜식아! 목불인견이란 소리가 좋을 게 뭐 있어? 쳇!
하필이면 이름을 붙여도 목불인견이 뭐야?"

만석이 웃기만 하자 한 발짝 뒤에서 말을 몰던 소이가 작고
붉은 입술을 삐죽거리며 말을 받았다.

"크큭. 저 무식한 하인 놈들도 지들 이름이 이상한 건 알고
있군."

"하여간 천한 놈들이라 조금만 띄워주면 지들이 진짜 잘난
줄 안다니까."

"풰! 하여간 저 자식들, 본때를 보여줘야 입이 쑥 기어들어
갈 텐데. 잘난 척하는 저 입술을 뭉개 버리고 싶어."

수군거리는 작은 소리였지만 만석 등이 그 소리를 못 들을
리가 없었다.

세 사람의 눈이 거의 동시에 소리가 들리는 쪽으로 돌려졌
다.

“지금 그 소리 한 건 어느 새끼들인가? 숨어서 못난 계집애
처럼 조잘거리지 말고 썩 앞으로 나서라!”

역시 모욕에는 조금도 참지 못하는 소이답게 맨 먼저 눈을
부라리며 소리친 것도 바로 그였다.

장내가 잠시 조용해졌다. 끼리끼리 수군거리던 수백 명의
사람들이 서로의 눈치를 보는 중이었다.

만석들이라 해도 무림맹의 코앞에서 일을 저지르고 싶은 마
음은 없었다. 그러나 사람들이 많이 모이면 꼭 주제도 모르고
나서는 자들이 있는 법이었다.

“쳇! 꼭 계집애같이 생긴 새끼가 계집애 운운하니 눈꼴이 시
려워 못 보겠다! 너 부랄 달린 사내놈 맞냐?”

“뭐, 뭣이! 죽고 싶어 환장했구나!”

가장 듣기 싫어하는 소리를 들은 소이의 눈이 새파랗게 물
들었다. 마상을 박차고 지면에 떨어져 내리는 그의 눈이 소리
가 들린 쪽으로 단단히 고정되어 있었다.

‘어, 어머? 언니의 눈빛이 이상해?’

그때 이상한 느낌을 받은 빙한설이 옆자리를 힐끗 보았다.
주변의 상황에 전혀 관심이 없어보이던 이하령의 텅 빈 눈길
이 서서히 번질거리며 빛나기 시작했다.

‘어, 언니가 이상해.’

뭔가 충격을 받으면 곧 미쳐 날뛸 것만 같은 그녀의 기묘한
눈길에 빙한설의 가슴이 조마조마해졌다.

“저, 저기, 만석 오라버니⋯⋯.”

빙한설이 서둘러 만석에게 말을 걸자 소이의 행동을 제지하
며 군중을 지켜보던 만석이 흘깃 그녀를 돌아보았다.

"어, 언니 좀 봐요."

그녀가 입을 떼는 것과 군중 속에서 비아냥거리는 소리가
들린 것은 거의 동시였다.

"야아, 저 계집들 좀 봐! 워우! 저 미끈한 몸매를 좀 보라니
까?"

"큭. 저 계집들이 눈이 삐었다니까? 아, 쫓아다닐 놈이 없어
저 천한 놈들에게 붙어 다녀?"

"이, 이 죽일 놈의 새끼들을⋯⋯!"

급기야 눈알이 벌겋게 된 우거형이 마상에서 뛰어내리자 지
면이 크게 울리며 거친 기운이 급속도로 퍼져 나갔다.

그러나 그것만 가지고는 장내의 달아오른 분위기를 가라앉
히기에는 역부족이었다. 가끔씩 군중심리란 이처럼 사람을 이
상한 곳으로 몰고 간다.

그들의 여인들에 대한 노골적인 야유 소리는 이하령의 귓전
을 끊임없이 자극하고 있었다.

"으으응⋯⋯!"

이하령은 머릿속이 하얗게 비는 느낌에 저도 모르게 새된
신음을 흘렸다.

'아, 아니⋯⋯?

그녀의 눈자위가 번들거리며 이상한 빛을 발하자, 얼굴을
주시하고 있던 만석이 얼른 말에서 날아 내리며 목봉으로 그

녀의 수혈을 짚었다. 일단 의식을 잃게 한 것이다.

그러자 또 일각에서 야유 소리가 터져 나왔다.

"쳇. 한심한 놈! 미친 계집을 데리고 다니면 좀 가리고 다닐 것이지, 목봉은 왜 처박아??"

"낄낄낄. 계집이 좋아하는가 보지?"

어떤 저의가 있는 것처럼 곳곳에서 야유 소리가 터진다.

만석은 무서운 눈으로 중구난방으로 떠드는 군중을 노려보면서도 이상한 느낌을 받고 있었다.

아무리 남이 떠들면 나도 떠들어보자는 군중심리라 해도 너무 지나친 것이다.

만석은 아까부터 신경을 자극하는 느낌에 혹시나 하는 마음으로 군중을 넘어 무림맹의 망루 방향으로 시선을 주었다.

'혹시 저자들이?'

아직은 터무니없는 생각이다. 그러나 막상 그렇게 생각하니 의심이 부쩍 드는 것이다.

거대한 정문 옆에 양쪽으로 높이 세운 망루. 자세히 보면 그중 한 망루에 두 사람의 청년이 보였다.

"어떤가? 저 친구들, 더 이상 못 참겠지?"

얼굴 피부가 매끄럽게 반들거리는 미장부가 손에 든 채찍을 건들거리며 옆의 사내에게 말을 걸었다.

"글쎄? 저 대견이란 친구가 워낙 무던해서 말이야."

태양처럼 번쩍이는 눈만으로 천하의 미장부 소리를 들을 만한 청년이 코 아래를 가린 깃털부채를 살랑이며 대답했다.

"어떤가? 나는 저 만석이란 놈이 발작한다는 데 백 냥을 걸겠네."

"훗후후. 그럼 내가 이겼어. 저 친구, 보기보다 무척 냉정하거든."

"좋아. 내기는 성립이 되었어. 나중에 딴소리하지 말게."

"하하하. 그건 내가 할 소리야. 졸지에 백 냥을 벌었으니 기분이 좋군."

마주 웃던 그들의 눈이 다시금 십여 장 떨어진 만석에게로 향했다.

"죽일 놈의 새끼들! 내 오늘 이 새끼들을 모두 죽여 버리겠어!"

노골적인 야유에 더 이상 참지 못한 소이와 우거형이 거센 기운을 피워 올리며 막 군중을 향해 덮치려고 할 때 굉렬한 음성이 그들의 행동을 막아섰다.

"두 사람, 그 자리에서 움직이지 마라!"

만석이 두 사람 사이에 떡 버티고 서더니 냉엄한 눈으로 장중을 둘러보았다. 화톳불이 타오르는 듯한 눈동자가 뜨거운 햇살을 받아 번쩍이며 사위를 뒤집어씌우고 있었다.

장중하다. 마치 태산이 움직이는 듯, 엄청난 무게감을 느낀 군중은 잔뜩 숨을 죽이고 있었다. 중구난방으로 떠들던 사람들도 일순 말을 뚝 그치고 만석의 얼굴을 살피고 있다.

만석이 손에 들었던 검은 박달목봉을 옆구리에 끼우며 천천히 입을 열었다.

"나는 여러분이 대견이라고 부르는 정만석이라고 하오. 내 오늘 표행을 무사히 마쳐서 무척 기분이 좋소. 다만, 표행 때문에 날이면 날마다 마시던 술을 단 한 방울도 못 마셨소. 지금 뱃속에서 술 벌레가 요동을 치니 정말 환장할 지경이라오."

만석이 배를 쓱쓱 문지르며 엉뚱한 소리를 하자 잠시 군중 속에 작은 소요가 일었다.

"응? 저게 무슨 소리야?"

"크. 금방 싸우려다 말고 무슨 술 같은 소리야?"

"쳇. 나올 때 기세는 당당하더니 고작 술 얘기나 하려고 품을 잡았나?"

"핫하하. 그래서 말이오, 난 지금 당장 술집으로 직행해서 이 배고픈 술 벌레들을 달래주고 싶소. 혹시라도 나 대견하고 술을 마시고 싶은 사람은 손을 높이 들어주시오. 아참. 근데 술값은 각자 부담이오. 아아, 내가 쩨쩨하다고 말은 마시오. 나는 장강표국의 빈곤한 쟁자수라서 가진 돈이 겨우 이것뿐이외다."

주변의 웅성거림은 무시하고 만석이 품속에서 은자 몇 닢을 꺼내더니 휙 집어 던졌다.

"응? 저게 뭐 하는 짓이야?"

호기심이 생긴 군중의 눈이 일시에 은자가 날아가는 방향으로 쏠렸다.

은자는 불어오는 맞바람을 간신히 헤치는 모양새로 느릿느릿하게 날아가고 있었다. 그러더니 칠팔 장의 거리를 지나 급기야 죽엽청을 파는 술장수에게로 날아드는 것이었다.

"어어어? 이게 뭐야?"

날아온 은자를 받은 술장수가 놀란 소리로 외쳤을 때, 만석의 호탕한 웃음소리가 들렸다.

"핫핫핫! 내 그 돈만큼 술을 사리다!"

"어어어?"

사람들의 째질 듯 크게 치켜뜬 눈 사이로 술통이 두둥실 떠오르더니 방향을 휙 돌려 만석 쪽으로 날아오고 있었다.

놀라운 허공섭물의 수법이었다. 게다가 빨리 날아오는 것도 아니고 저토록 천천히 날아올 수 있다니.

"아! 혹시라도 술 마실 돈이 없는 분들은 미리 말을 하시오. 내 그분들에 한해서는 공짜로 먹여 드리지."

그러면서 만석이 앞으로 쭉 뻗은 오른손을 살짝 당기는 시늉을 했다.

그러자 군중의 머리 위로 날아오던 술통의 마개가 뻥 소리가 나며 떨어지더니 살짝 기울었다. 이어 술통의 구멍에서 술이 졸졸거리며 흘러내렸다.

"자, 어서 입을 열리고 받아먹으시오. 만약 한 방울이라도 땅바닥에 흘리는 분은 나 만석을 무시하는 걸로 알겠소."

범종을 귓전에 울려대는 듯한 소리에 사람들은 그만 정신이 나가 버렸다.

"와아아!"

그 말이 신호였다. 술 방울이 떨어지는 곳에서는 입을 벌린 군중이 이리저리 쏠리고 있었다. 삽시간에 장내는 진한 죽엽청의 주향이 자욱하게 퍼지고, 날아다니는 술통에서 떨어지는 술을 한 방울도 놓치지 않으려는 군중의 안간힘은 눈물이 겨울 정도였다.

"아, 아니, 저런!"

망루에서 군중의 괴상망측한 소동을 지켜보던 비룡 남궁원기의 얄싸한 눈자위가 길게 째졌다.

특별한 무공은 선보인 적이 없었다. 그렇다면 과연 누구에게 저 고절한 무공을 배웠단 말인가?

"대체 누가 저자에게 무공을 가르쳤을까?"

남궁원기가 의문스럽게 묻자 금기린이 빙긋 미소를 지으며 대답했다.

"저 친구가 소리칠 때 느낀 점이 없었나?"

"아니, 그게 무슨 소리인가?"

"범종이 귓전을 두드리는 것 같은 느낌이 들지 않던가?"

"아니, 그렇다면……?"

"맞네. 대소림의 사자후야. 하하! 하여간 정말 재밌는 친구라니까. 그럼 나도 가만히 있을 수 없지."

소리 내어 웃던 옥룡 금기린은 갑작스런 호기가 불쑥 솟아올랐다.

‘놈이 할 수 있는 일을 내가 못할 리가 있겠는가?

생각하자마자 금기린이 슬쩍 입술을 열자 천둥 같은 소리가 터져 나왔다.

“좋구나, 좋아! 무림맹의 경사를 맞아 술판이 벌어졌으니 이 금기린도 한 턱 내겠소!”

술통의 술이 거의 바닥이 날 즈음 들려온 소리에 사람들의 시선이 일제히 망루로 쏠렸다.

“와아! 옥룡 금기린, 금기린 대주다!”

“어디, 어디?”

사람들이 금기린을 외치며 환호할 때, 금기린이 품속에서 금덩이를 꺼내더니 휙 집어 던졌다.

“자, 모두들 입을 벌려 내 술도 한잔 받으시오!”

말이 끝남과 동시에 금덩이가 몇 조각으로 나누어져 대여섯 명의 술장수에게 날아갔다 싶은 순간, 이번에는 십여 개의 술통 마개가 일시에 떨어지며 허공으로 둥실 떠올랐다.

“우와아아!”

“역시 금기린 대주야!”

실로 무림맹의 청천대주다운 신위에 군중은 마음껏 환호했다.

“첫 번째 술통은 대견 정 대협에게! 나머지는 알아서 드시오!”

기러기 떼가 꼬리를 물고 날아가는 것처럼 줄지어 날아간 술통 중 제일 앞의 술통이 만석에게로 날아왔다.

‘으음? 저자가?’

날아온 술통은 빙글빙글 돌고 있었는데 그 주변으로는 강력한 경기가 휘몰아치고 있다. 아마도 상당한 내공이 들어 있는 모양이었다.

“핫핫하하! 고맙게 잘 마시겠소.”

금기린을 힐끗 쳐다본 만석이 두 손을 살짝 맞잡았다가 떼어냈다. 그러자 주둥이가 기울며 떨어지던 술통이 허공에 딱 멈추며 술 줄기가 쭉 뻗어 나와 만석의 입 안으로 쏟아져 들어왔다.

“벌컥, 벌컥!”

입을 크게 벌려 술을 마시던 만석이 손을 슬쩍 내밀어 허공 중의 술통을 가볍게 밀어내며 소리쳤다.

“자, 내 술잔도 받으시오!”

그러자 기운을 받은 술통이 파도를 헤치는 물고기처럼 허공 중을 오르락내리락하더니 순간적으로 허공에 딱 멈추며 움찔움찔 떨고 있었다.

“아, 아니, 저것은?”

나머지 술통을 잡아 술을 기울이던 군중들이 뭔가를 깨달은 듯 경탄성을 질렀다. 주변의 군중은 대부분 무인들. 두 사람이 그 먼 거리를 격하고 내공을 겨루고 있음을 알아챈 것이다.

‘으음. 내 팔성의 공력을 받고도 거꾸로 밀어낸다?’

금기린의 눈이 보이지 않게 음침한 기색을 띠어갔다.

태어날 때부터 벌모세수하고 수많은 영약을 밥 먹듯이 해서 내공을 기초를 다진 금기린이었다. 물론 전력은 다하지 않았지만 그것만으로도 금기린의 심중의 놀라움은 컸다.

멀리서 봐도 만석의 얼굴은 잘 익은 사과처럼 붉게 물들었지만 아직은 견딜 만한 모양이다.

'여기서 끝장을 내버릴까? 아냐. 여기서는 이겨도 본전이야. 게다가 놈에게 숨겨둔 한 수가 없으리란 보장도 없다.'

마음과는 달리 금기린은 유쾌한 웃음을 터뜨렸다.

"핫핫핫! 오늘 이 금기린, 멋진 친구를 만나 기분이 날아갈 듯하구나!"

공력을 겨루면서도 큰 소리로 말을 한다. 거기에 비해 만석은 입술을 꽉 깨문 채 묵묵부답이었다. 겉으로 두 사람의 우열이 확연히 드러난 상태. 금기린은 이것으로 충분하다고 생각했다.

이어 금기린이 대항하던 공력을 푸니 술통이 빠르게 면전으로 다가왔다. 금기린이 다가온 술통을 지그시 응시하더니 손뼉을 탁 쳤다.

그러자 술통에서 나온 술 줄기가 기체로 화하더니 연기처럼 몽실거리며 흩어져 가는 것이었다.

"내 마시지는 않았어도 마신 것으로 할 테니 정 대협은 과히 허물치 마시오!"

술보다는 차를 즐기는 금기린이었다. 사실 아무리 무공이 높아도 술에는 장사가 없다. 술은 마시면 기분이 좋아지지만 사람의 의지를 쉽게 허문다. 그렇기에 금기린은 술을 즐기는 자들을 경멸하는 성정을 갖고 있었다.

하여간 얼떨결에 술을 나눠 마신 군중들은 아예 거기서 자리를 깔고 술 타령을 했으며, 이차를 가는 사람들로 개봉 성내가 발 디딜 틈이 없었다는 일화가 여기서 생겼던 것이다.

훗날 두 사람이 벌인 술통에 얽힌 일은 과장에 과장이 보태어져 뭇사람의 입에 오르내렸다.

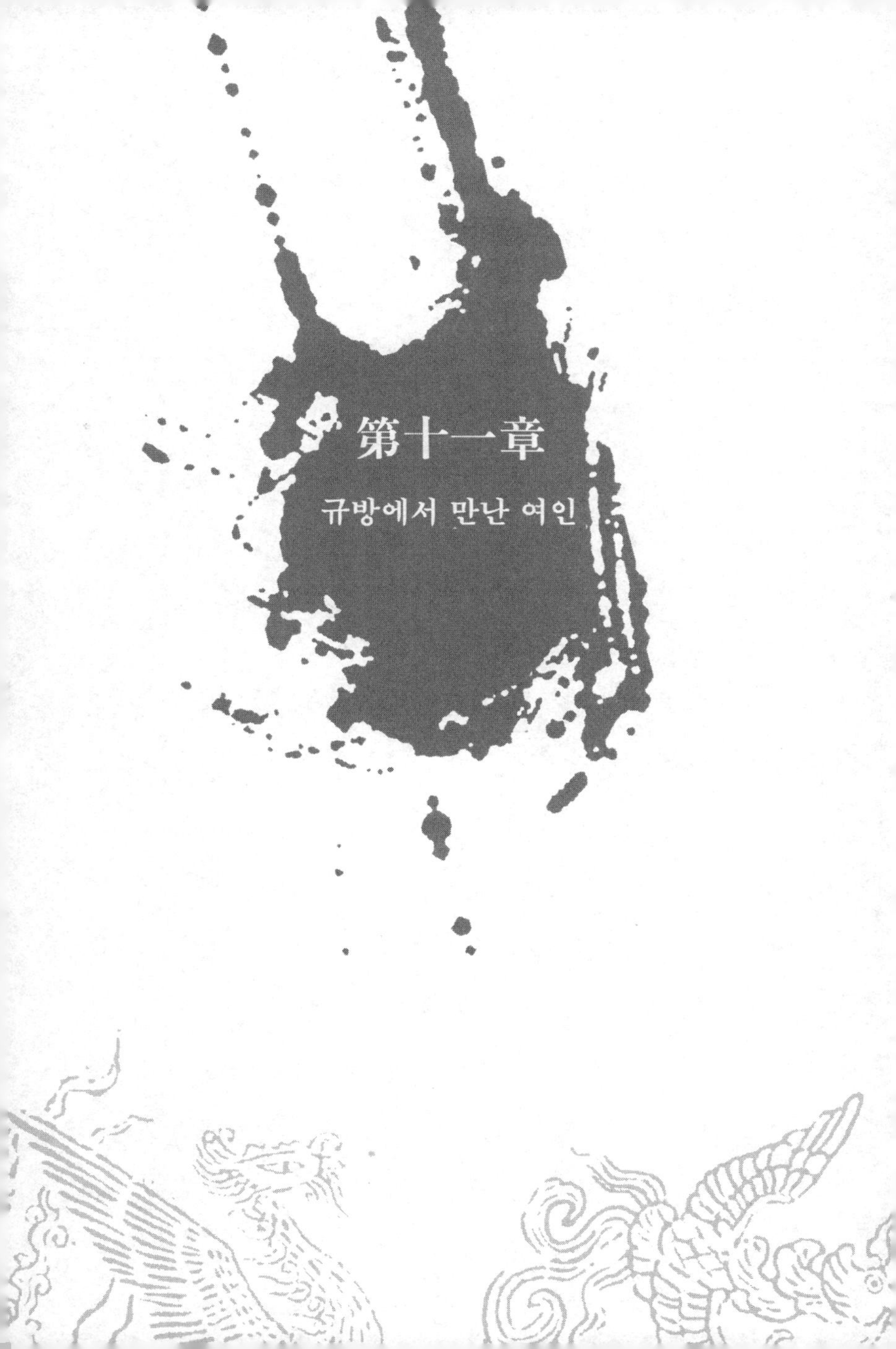

第十一章

규방에서 만난 여인

찌리찌리, 찌리리!

풀벌레 소리만이 고요한 정적을 떨치는 한밤중이었다.

금기린의 부탁과 배려로 무림맹 내 객청에 방을 얻은 만석
과 소이, 우거형은 침상에 나란히 누워 잠을 청하고 있었다.

옆방에는 수면제를 먹고 곤히 잠든 이하령을 빙한설이 뜬
눈으로 지켜보고 있을 것이다.

조금 전까지 만석들과 술자리를 같이한 표국주 거창해와 대
표두 막지한은 표사들과 함께 무림맹을 나가 미리 예약된 개
봉의 객점에 머물고 있을 것이었다.

의외의 환대를 받아서 그럴까? 소이와 우거형이 잠든 후에
도 만석은 잠이 오지 않았다.

장강표국의 쟁자수로 길을 떠난 것이 겨우 한 달 전이었다.

그리고 그동안 많은 일들이 일어났고 전 무림의 주목을 받는 엄청난 변화가 있었다.

가물거리면서 답보하던 무공도 이런저런 일을 겪으면서 차츰 확실한 틀을 잡아가고 있었다. 무림맹의 기린아인 금기린에게는 스스로 부족한 느낌을 받았지만 그것은 세월이 말해줄 것이었다.

'후우. 앞으로는 더욱 조심해야 하겠다.'

유명해진다는 것은 귀찮은 일이 많이 생길 것이라는 전조였다.

'음? 누가 지붕 위에 있다는 말인가?'

이런저런 생각을 하면서 잠을 못 이루던 만석은 지붕 위를 스쳐 지나는 발소리를 들었다.

매우 미약한 소리. 낯선 곳, 예민해진 감각만 아니라면 금세 눈치 채기 힘들 만큼 소리는 미세했다.

'대단한 경공이다!'

그런 자가 이 야심한 시각에 어디로 가는 것일까? 불측한 무리들의 침습을 막으려고 삼십만 평에 이르는 무림맹의 주위는 물샐틈없는 경계에 돌입해 있는 상태. 경비하는 무림맹 무사가 지붕을 통해서 돌아다닐 이유가 없었다.

지붕 끝에 잠시 멈춘 자가 그 자리에서 꼼짝도 않자 만석은 호기심이 일었다.

무림맹의 적이든 아니든 아무런 관계도 없다. 다만 잠이 오지 않는다는 것이 만석의 행동을 부채질했다.

'저자가 대체 무슨 일을 하려는지 알아나 볼까?'

만석은 정체 모를 괴인물을 미행하기로 결심을 굳혔다.

드릉, 드르렁.

술에 취해 세상모르게 잠든 소이와 우거형을 내려다보며 빙긋 미소를 짓던 만석이 문밖으로 나가자 소이의 눈꺼풀이 일순 가만히 밀리며 깜빡거렸다.

겨우 한 시진 전, 만석들에게 술좌석을 마련해 주고 잠시 들렀던 금기린이 생각났다. 과거 일백 년 전 무림을 위난으로부터 구출했던 위대한 가문. 지금은 무림맹주의 아들로 무림맹 사대무력 중 청천대주인 인물. 과연 고귀한 태생답게 정갈한 몸가짐에서 우러나오는 자연스러운 기품과 빛나는 눈동자는 태양을 갈무리한 듯 강렬하게 빛나고 있었다.

그야말로 한 손짓, 한 눈짓마다 성스러운 광휘가 줄줄이 뻗치는 것 같았다.

거기에 비해서 만석은 어떤가?

어둠 속에 웅크린 야수처럼 고독하고 음습한 인상에 가끔 불타오르는 화톳불 같은 눈동자엔 허황된 야망의 빛만이 떠돌지 않은가.

'그것뿐만이 아냐!'

소이는 속으로 크게 부르짖었다.

만석이 몰래 어디론가 나갔다 오면 꼭 불길한 일이 생긴다.

이하령이 조금씩 광증을 보이는 것도 만석이 태생적으로 가

진 불행의 기운 때문이 아닌가 하는 의구심은 소이의 마음속
에 만석에 대한 믿음을 서서히 앗아가고 있었다.

　이층 지붕의 꼭대기에 납작 엎드린 만석은 어둠의 일부처럼
움직임이 없는 호리호리한 인영을 가만히 응시했다.
　만석의 존재는 전혀 눈치를 못 챘음인지 복면인은 미동도
없이 한곳을 응시하고 있었다.
　만석이 그가 바라봄직한 건물로 눈길을 옮기고 있을 때 상
대의 신형이 갑작스러운 움직임을 보였다.
　바람에 날리는 깃발처럼 야행복을 입은 인영의 몸이 어둠
속을 유영한다고 느꼈을 때, 만석은 그만 그의 움직임을 놓치
고 말았다.
　'으음. 이자가 어디 갔지?'
　급히 지붕을 가로질러 객청의 벽면을 타고 내려간 만석은
지면에 떨어진 시커멓고 가볍게 보이는 물체를 발견했다.
　'옷?'
　그랬다. 놈은 이미 만석의 미행을 눈치 채고 야행복을 벗어
눈을 속이고는 빠져나가 버린 것이다.
　실로 눈 뜨고 당했다는 것이 바로 이를 말함이 아니던가.
　한순간 어이가 없어진 만석이 그의 눈길이 향했던 방향으로
몸을 날렸다.
　건물과 건물 사이의 어둠에 잠긴 곳만을 골라 달려가던 만
석이 목표했던 건물에 도착한 것은 뜨거운 찻물이 미지근하게

식을 시간이 지나서였다.

쉬쉬쉭!

'이런!'

만석이 건물 그림자 속에 숨자마자 날카로운 파공음이 만석의 귓전을 쑤셔왔다.

거의 동시에 목, 가슴, 그리고 하체 세 군데에 쏘아진 깃털 같은 암기. 가볍게 발을 굴러 허공에 뜬 만석의 신형이 연이어 몇 번 위치를 바꿨다. 다음에 있을 상대의 공격을 대비한 민활한 움직임. 그러나 추가 공격은 없었다.

'저쪽이다!'

다른 공격이 없음을 알아챈 만석의 시각에 골목길을 돌아가는 괴인영의 옷자락 한 귀퉁이가 걸렸다.

'놈! 나를 놀리고 있구나!'

'이 자식이 찐드기처럼 끈질기네?'

괴인영은 괴인영대로 만석이 껄끄러웠다.

큰 행사를 앞두고 무림맹의 경계가 아무리 삼엄하다고 해도 그건 무림맹의 손님으로 온 요인들에 대한 경계에 집중될 수밖에 없다.

오늘의 무림맹에는 무림에서 높은 위치에 있는 주요 문파의 수장들과 고위 인사들만 해도 수백 명. 무림맹 내에서 그러한 인물들 중의 한 사람만 죽어도 무림맹에 대한 신용은 땅에 떨어질 것이다. 첫 시작부터 삐걱거리는 무림맹의 모습이 눈에 선하다.

그러니 상대적으로 아녀자들에 대한 경계는 덜해진다.

탐화랑(探花郞) 무무성(茂武成)은 바로 그걸 노린 것이다.

무무성은 다시 한 번 그녀에 대한 기억을 떠올렸다.

무림맹주의 딸인 무림삼화 중 성화(聖花) 금혜지(錦慧智).

아수라혈마공(阿修羅血魔功)을 익히는 데 가장 적합한 음혈(陰血)을 가진 여인. 그녀의 미간에 찍힌 작고 푸른 점은 바로 백 년 만에 한 번 태어난다는 음령지체(陰靈之體)의 상징이었다.

보통 사람들의 눈에는 보통의 점으로 보이지만 무무성은 그녀를 한눈에 알아봤다. 그 청점은 아수라혈마공을 익힌 자에겐 멀리서도 잡아끄는 기운을 가지고 있었다.

무무성의 신형이 은밀히 지붕 사이의 대들보로 스며들자 무무성이 섰던 자리에 만석이 나타났다.

'막힌 골목?

막상 골목길로 들어가 보니 두 건물 사이로 회랑이 이어져 있어 만석의 앞은 막혀 있었다. 만석의 눈이 부리나케 지붕 사이를 올려다보았다.

'저기밖에 없다!'

만석은 망설이지 않았다. 놈이 연기가 아니라면 다른 곳으로 도망칠 방도가 없다.

‘크윽! 여기까지 와서 포기를 해야 하다니!’

금혜지의 처소의 천장으로 기어들어 온 무무성은 억울하기 짝이 없었다. 그의 참담한 손길이 저도 모르게 품속을 더듬거렸다.

별도 제작된 금곽에 넣어온 마혈충(魔血蟲)은 살던 곳을 떠나면 하루도 버티지 못하고 죽는다. 때문에 바로 지금 그녀의 은밀한 곳에 이 마혈충을 집어넣고 교접을 해야만 그녀가 가진 음혈을 최대한 흡수할 수 있었다.

그런데 놈은 자신의 종적을 끝까지 놓치지 않고 있었다.

무무성은 만석이 자신의 뒤를 따라 대들보로 들어온 것을 알았다. 놈의 뛰어난 감각이라면 금세 자신이 있는 곳으로 들어오리라. 일부러 넓은 건물 천장 속을 이리저리 돌며 들어오긴 했지만 약간의 시간을 번 것일 뿐이었다.

무무성은 마음이 급해지는 것을 느꼈다. 더 이상 머뭇거릴 때가 아니었다.

얼마 안 있으면 닭이 회를 치는 소리가 들리고 여명이 움터 오를 것이다. 그러면 행동에 많은 제약이 생긴다.

‘크윽. 나의 대계를 방해한 네놈에게 죽어도 죽지 못할 고통을 안겨주리라.’

속으로 이를 갈아붙인 무무성이 금혜지가 깨어나는 기척을 느끼며 천장을 떠났다.

촤아, 촤아악!

몸에 물을 끼얹는 소리가 간헐적으로 들렸다. 괴인영이 잠시 머물렀던 곳으로 들어온 만석이 때아닌 목물 소리에 흠칫하며 귀를 기울였다.

'큭. 누군지는 몰라도 부지런하기도 하구나.'

만석은 놈의 종적을 다시 놓치고 말았지만 아쉽지는 않았다. 놈이 끝내 자신의 목적을 달성하지 못하고 돌아갔을 것이라 믿은 때문이다.

'아니, 그러고 보니 여기 젊은 여인의 규방?'

어쩐지 이상한 향내가 난다고 했더니 천장을 얼기설기 지나간 들보 사이로 소담스런 꽃무늬가 수놓아진 침상와 면경, 그리고 화장품들이 한눈에 내려다보이는 것이었다. 벽면으로는 고아한 분위기를 가진 수묵 담채의 그림들이 걸려 있고, 방 안의 장식과 어울리는 크고 작은 화분들에는 붉고, 노랗고, 하얀 꽃들이 싱싱한 자태를 뽐내고 있었다.

'가만있자, 혹시 놈이 여기에 사는 여인을 노리고?'

그렇게 생각하자니 아주 가능성이 없지도 않은 얘기다.

놈이 뒤쫓는 만석을 피해서 온 곳이 당초부터 놈이 노리던 여인이 거하는 곳이라면?

'큭. 대단한 놈인 줄 알았더니 겨우 색한이었나?'

만석이 잠깐 생각하는 사이에 물을 끼얹는 소리가 뚝 그치며 욕실 문이 열리는 소리가 들렸다.

문이 열리는 소리는 매우 미약했지만 만석의 눈이 절로 그쪽으로 향했다.

‘어헉!’

만석은 하마터면 비명을 내지를 뻔하였다.

대충 물기를 닦아 송골송골 물방울이 매달려 있는 여인의 나신은 뛰어난 장공이 심혈을 기울여 조각한 것처럼 섬세한 곡선을 이루고 있었다.

침침한 어둠 속에서도 백옥 같은 여인의 살결은 손가락으로 누르면 팅 하고 소리가 날 것 같은 탄력으로 넘치고 있어 만석은 그녀의 나신에서 눈을 뗄 수가 없었다.

순간적으로 몸에 힘이 들어갔나 보다. 만석이 디딘 들보에서 무거운 물체에 눌리는 소리가 들렸다.

“응? 무슨 소리가 난 것 같은데.”

은구슬이 옥쟁반 위를 구르는 것 같은 영롱한 목소리와 함께 별빛 같은 그녀의 눈망울이 만석이 서 있는 곳을 올려다보았다.

‘이, 이런!’

어둠을 격하고 피할 새도 그녀의 눈과 마주친 만석의 눈이 당혹감으로 흔들렸다.

“당신은 누구죠?”

손에 들었던 목욕 수건으로 급히 나신을 감추면서도 그녀의 음성은 작은 흔들림조차 없었다.

그녀의 미려한 알몸이 수건 속으로 감추어지자 만석은 문득 아쉬움을 느꼈지만 그녀의 차분한 음성에 급박하게 뛰놀던 가슴이 가라앉는 것을 느꼈다.

도리가 없어진 만석이 일 장 높이의 들보에서 가볍게 뛰어
내려 그녀의 삼 보 앞에 몸을 세웠다.

"아, 미안하오. 본의는 아니었소."

눈을 깜빡일 때마다 불길같이 타오르는 눈빛이 그녀의 눈을
태워 버릴 듯하였다. 게다가 허름한 옷을 걸친 마른 몸매에도
굴강한 느낌이 와락 와 닿는데, 태도를 보면 어디 한 군데 주저
하는 기색도 없이 당당하다.

'호오, 꼭 야수 같은 느낌을 주는 사람이구나.'

오빠 금기린의 정제된 기질과는 정반대의 느낌을 주는 자.

이런 자가 몰래 여인의 규방을 기웃거릴 턱이 없다.

다만 무림맹은 이중, 삼중의 철저한 경계망으로 둘러싸여
있어 외부에서는 바깥의 담장 하나 넘기가 어렵다. 무림맹 내
부에 거하는 자라고 해도 이 밤중에 후원의 심처에 있는 자신
의 침소에 잠입했다면 그 무공은 간단치 않을 것이다.

색한 같아 보이지는 않는다. 그렇다면 필히 다른 목적이 있
어야 했다.

"당신이 누군지 아직 밝히지 않았네요."

그녀가 옷장에서 미색 속치마와 겉옷을 걸치며 태연자약하
게 물어왔다. 네가 나를 어쩌겠느냐는 자신감이 그녀의 태도
에서 물씬 풍긴다.

'호오……?

삽시간에 옷을 갈아입은 그녀는 조금 전의 요염한 모습에서
성결한 자태가 서리서리 뻗치는 것을 본 만석이 속으로 경탄

했다.

'여인은 머리 모양만 바꿔도 분위기가 전혀 바뀐다더니, 이 여인이 그렇구나.'

그렇게 생각하면서도 만석은 그녀의 얼굴이 누군가와 매우 닮았다는 느낌을 받고 있었다.

'그러고 보니 무림삼화(三花) 중 성화(聖花) 금혜지?'

"내가 누군지 밝히는 것은 어렵지 않으나 말을 해도 소저는 모를 거요. 다만 그대의 침소에 괴인영이 잠입하는 것을 보고 쫓아 들어왔을 뿐. 그럼, 이만 실례하겠소."

곧 동이 틀 시각이지만 어두운 밤중에 여인의 규방에 있는 것은 부담스러운 일이었다.

만석이 막 신형을 움직이려고 할 때 여인이 짤막하게 소리쳤다. 가히 서릿발 같은 음성.

"멈춰요! 들어올 때는 몰라도 나갈 때는 방 주인인 내 허락을 받아야 해요."

만석이 갑자기 돌변한 그녀의 태도에 움찔하고 서자 그녀가 빠르게 말을 이었다.

"내가 소리만 치면 당신은 오도 가도 못할 거예요. 설마 그러고 싶지는 않겠지요?"

"핫하. 이거 참. 따지고 보면 나는 당신을 구해준 은인이랄 수 있소."

"아뇨. 그건 단지 당신 얘기일 뿐이에요. 훗! 당신은 떠나면 그만이라고 간단하게 생각할지 몰라도 난 아니에요. 무엇보다 당신은 내 벗은……."

종달새처럼 말을 잇던 그녀가 일순 말을 멈추더니 얼굴을 사르르 붉혔다. 한 송이 배꽃처럼 청순하던 그녀의 얼굴이 복사꽃처럼 물든 모습은 남자의 보호 본능을 자극하기에 족했다.

'엉? 그러니 자신의 알몸을 보았으니 책임을 져라?'

물론 말도 안 되는 생각이었다. 규중처녀라 하더라도 자유분방한 무림의 여인. 설사 두 사람이 깊은 관계를 가졌다고 하더라도 쉽게 발설할 말이 아니다.

"내가 여기 남아 있으면 남들이 오해하기 딱 좋겠군. 나야 가진 것 없는 천한 자이니 상관이 없지만 무림맹주의 금지옥엽은 다를 텐데?"

"흥! 나를 알고 있었군요?"

"지금 처음 알았지. 하지만 금기린 대주를 만나본 자라면 소저의 신분을 짐작하기는 어렵지 않을 거요. 자, 소저와 나는 전에 일면식도 없었소. 소리쳐 사람을 불러보았자 그대만 손해라는 것이지. 크흣. 소저가 굳이 나를 잡아두려고 하니 이 기회에 무림맹주의 사위가 되어보는 것도 괜찮지 않을까?"

무림의 기린아이며 지위가 높은 금기린을 꼭 친구 부르듯 하며 무림맹주의 사위 운운하며 놀려댄다. 금혜지는 그것이 또 억울했다. 진짜 건방진 놈이었다.

"흐응! 정말 뻔뻔하군요. 당신이 나를 처음 봤다는 것도 거짓말이 아닌가요?"

그녀가 허리에 양손을 턱 올리고 눈을 앙칼지게 치켜 올리고 있을 때, 바깥에서 나직하지만 또렷한 소리가 들렸다.

"아냐, 아마 그 친구의 말이 맞을 게다. 문 좀 열어주겠느냐?"

'어, 어머, 이 목소리는?'

그랬다. 바로 그녀의 오빠 금기린의 목소리였다.

"네, 오라버니. 들어오세요!"

잘됐다는 듯이 소리를 치며 현관으로 달려나가 문을 열어주면서도 금혜지는 왜 그런지 몰라도 괜히 아쉬웠다.

"앗핫핫. 이거, 지나다 보니 얘기 소리가 들려 그만 실례를 하고 말았구나."

금기린이 누이에게 눈을 찡긋하며 겸연쩍게 웃었다.

세 살 터울의 동생을 대하는 금기린의 태도는 언제나 봄바람이 살랑거리듯 온후했다.

"아, 아녀요. 실은 이자가 내 규방을 엿보아서 붙잡고 있는 중이에요."

"오호, 저런? 난 또 저 친구가 너를 위협하나 보다 해서 걱정을 했더니, 이제 보니 저 친구가 너에게 잡혀 있었구나?"

'제길. 이거 꼼짝없이 당했구나.'

금기린이 말을 하는 사이에 최소한 수십 명이 건물을 에워싸는 기척을 느낀 만석이 씁쓸하게 웃었다.

이제는 모른 척 이 자리를 도망쳐 나간다고 해서 될 일이 아니었다. 금기린 남매가 자신을 놓아주지 않으면 옴치고 뛸 수

도 없다. 설혹 자신이야 이곳을 벗어난다고 해도 숙소에 있는
친구들은 어떻게 한다는 말인가.

"그대가 내 누이를 찾은 목적을 말해주어야겠다. 네 배후는
누구냐?"

누이동생을 대할 때와는 전혀 다르다. 웃지도 않고 쏘아보
는 금기린의 눈초리는 만년빙굴에서 흘러나오는 뼛골이 에이
는 바람처럼 사람의 마음을 꽁꽁 얼리는 듯했다.

'으음. 이자가 나를 엮어놓으려고 작정을 했구나!'

군중 앞에서 금기린과 무공을 겨루었다는 것은 만석에게는
영광이 될지 몰라도 신분이 만석과 천양지차인 상대에게는 심
각한 모욕이 될 수도 있었다.

위기였다. 대응을 잘못하면 끝장이 나고 만다.

"훗. 이거 졸지에 여인의 규방이나 침입하는 흉한이 되어버
렸군."

"그만! 너는 상황을 너무 낙관하고 있구나! 너도 알다시피
이곳은 맹의 심처. 너는 몰래 맹의 심처에 잠입한 자! 구차하
게 물어볼 것도 없이 지금 당장 너를 죽여도 그만이야. 말 한
마디에 너의 목숨은 물론 네 친구들, 더 나아가 네 가족들의 목
숨이 걸려 있다. 말을 조심하도록!"

추상같은 호통이었다. 실로 무림맹주의 아들이며 청천대주
라는 지고한 위치에 있는 금기린의 엄중한 경고였다.

"하, 이런! 좋소. 내 말을 못할 것도 없지. 그런데 서서 얘기
하자니 다리가 아프군. 앉아서 얘기합시다."

'대체 이자가 무얼 믿고?'

금기린의 깃털부채가 부르르 떨렸다. 언제나 코 아래를 가리고 있던 부채가 천천히 내려와 만석의 가슴을 가리켰다.

"정말 천둥벌거숭이 같은 자로구나. 좋다! 어디 앉아서 들어보자."

그러나 말과는 달리 미처 만석이 자리에 앉기도 전에 공기가 요동치며 휘돌았다.

부채 끝에서 뜨거운 열기가 쭉 뻗쳐와 가슴을 꿰뚫는 느낌.

일 장여를 격하고 강력한 기운이 가슴살을 온통 태워 버릴 듯이 짓누르자 만석의 안색이 벌겋게 변했다.

'이자는 나를 죽일 생각을 하고 있다.'

대라무적공의 기운이 절로 작동해서 가슴의 요혈을 보호하고 있었지만 그것만으로는 부족했다.

만석이 온몸의 기운을 끌어 모아 대라무적공의 탄결로 금기린의 기운을 밀어내려 하다가 거꾸로 흡자결로 바꾸었다.

그러자, 파직!

하는 소리가 들리며 만석의 신형이 주욱 밀리더니 옆에 있던 탁자와 함께 뒤로 나뒹굴고 말았다.

"커으윽, 쿨럭!"

만석이 답답한 신음과 함께 입을 크게 벌려 선명한 핏물을 토해냈다.

"어, 어맛!"

금혜지가 화들짝 놀라 새우등처럼 구부린 만석의 어깨를 잡아보니 가슴 부위의 옷자락과 가슴은 시커멓게 타 있었다.

"어쩜 좋아!"

살이 타는 노릿하고 고약한 냄새에 발을 동동 구르던 금혜지가 얼른 만석의 가슴의 혈도를 두드려 응급조치를 했다.

'큭. 오누이가 번갈아서 병 주고 약 주는군.'

조금 전과는 전혀 딴판인 태도. 그녀의 손길을 느낀 만석이 보이지 않게 고소를 흘렸다.

"비켜라, 혜지야!"

부채를 통해 구성의 내공을 모아 암중에 밀어낸 금기린의 목소리는 약간 쉬어 있었다. 일시에 구성의 공력을 내쏟는 것은 그로서도 힘겨운 일이었다.

"아, 안 돼요, 오라버니! 이 사람을 주, 죽일 작정인가요?"

그의 목소리에서 극도의 살기를 느낀 금혜지가 아직도 기력을 회복하지 못한 만석을 부여잡고 소리치자 다가들던 금기린이 멈칫하며 금혜지를 뚫어지듯이 응시했다.

여인이 피를 흘리는 남자를 아무렇지도 않게 끌어안고 오히려 오빠에게 원망의 말을 토해내는 경우는 한 가지밖에 없다.

'호, 혹시?'

그러나 금기린은 애써 고개를 저었다. 어렸을 때부터 동정심이 남달랐던 누이였다. 능글맞기까지 하던 만석이 갑자기 피를 토하며 쓰러지니 그녀의 가슴속에 잠들어 있던 동정심이 작용한 것이리라.

"혜지야, 이놈은 목불인견 중의 대견 정만석이란 자로 천하

디천한 놈이다. 이런 천한 놈이 약간의 명성을 얻었다고 기고 만장하고 있어. 게다가 놈이 너의 규방에 들었다면 죽음 외에 는 달리 줄 것이 없다!"

딱딱 부러지는 금기린의 음성에는 전혀 비집고 들어갈 작은 틈도 없는 것 같았다.

"그렇다고 해도 이 사람이 오라버니에게 죽을죄는 진 적이 없어요. 오히려 저의 생명을 구한 은인일지도 몰라요."

"그게 무슨 소리냐? 이놈이 언제 네 목숨을 구해주었단 말 이냐?"

반문하는 금기린의 목소리에는 힘이 빠져 있었다. 여린 마음을 가지고 있지만 한번 고집을 부리면 말리지 못한다. 언젠가는 기르던 강아지가 죽었다고 거의 일주일을 굶었을 만큼 그녀의 고집은 드세었다.

"네. 이 사람은 이제껏 나를 본 적도 없어요. 그런 사람이 내 방에 잠입할 이유가 뭐가 있겠어요?"

"으으음……!"

금기린은 침음성을 흘렸다. 만석이란 놈의 행적은 누구보다 자신이 잘 안다. 놈에 대해서는 단단히 감시하도록 명을 해둔 터. 사실 놈이 숙소에서 사라졌다는 수하의 보고를 받고 놈의 행방을 찾다가 누이의 숙소까지 이르게 된 것이었다.

오빠가 조금 풀어진 듯하자 그녀가 더욱 매달렸다.

"이 사람은 제 숙소의 지붕으로 괴한이 들어오는 것을 보고 따라왔다는 거예요. 저 사람이 아니었으면 제가 어떻게 되었을지 생각할수록 끔찍해요."

말을 하다 보니 진짜 그렇게 생각되었음인지 그녀의 눈길에는 만석에 대한 고마움까지 깃들어 있었다.

"하하. 그럴 리야 있겠느냐. 이 세상에서 감히 누가 너를 해코지할 수 있단 말이냐."

"오라버니……."

그녀의 쳐다보는 눈동자에 처연한 기색이 띠자 금기린이 금혜지에게 다가와 그녀의 어깨를 다독거렸다.

"그래, 그래, 네 처소 주변에 더욱 경계를 강화해서 다시는 이런 일이 없도록 해야겠구나."

사랑하는 누이동생이 봉변을 당할 뻔했다는 말에 애처로움을 느낀 금기린은 더 이상 어쩔 수 없다는 생각을 했다.

그러나 최소한 이 자리에서는 놈을 몸 성히 보낼 수밖에 없었지만 금기린은 속으로 웃고 있었다.

'나의 구성 공력을 버티다니 역시 대단한 놈이야. 하지만, 또 그렇기에 너는 아직 멀었어.'

무공의 수준이 높아질수록 실낱같은 차이가 실은 하늘과 땅 차이가 된다. 이 때문에 금기린은 언제든 만석을 죽일 수 있다는 자신감을 가질 수 있었다.

만석이 그의 심사를 아는지 모르는지 아직도 몸을 부들부들 떨며 간헐적으로 피를 게워내고 있었다.

"너 혼자 걸어갈 수 있겠지?"

그 형편없는 몰골을 보면서도 일어나 걸으라고 강요한다.

"무, 물론······!"

만석은 땅바닥에 손을 짚어 간신히 몸을 일으켰다. 천지가 빙글빙글 돌고 다리가 후들거리는 것이 금방이라도 넘어질 듯하자 금혜지가 만석을 부축하려고 손을 내밀었다.

"넌 그대로 있거라. 이 정도 상처를 가지고 제 발로 걷지 못한다면 이 녀석은 쓸모없는 벌레에 불과하다. 그것도 남에게 해악을 끼치는 더러운 벌레! 벌레를 죽이는데 어찌 값싼 동정이 필요하겠느냐?"

"네, 알았어요. 오라버니."

그녀의 역할은 여기까지였다. 이 이상 오빠의 말을 거역하면 그는 만석을 죽이고 말 것이다.

'제, 제길, 정말 고통이 지독하기도 하군. 괜히 연극을 하다 진짜 죽을 뻔했어.'

만석이 속으로 두덜거렸지만 사실 어쩔 수 없는 일이었다.

이렇게라도 하지 않으면 놈은 하늘이 무너지는 한이 있어도 만석을 놓아주지 않았을 것이다. 놈의 눈빛은 분명 그렇게 말하고 있었다.

그녀의 걱정 어린 눈길과 살기 어린 금기린의 무서운 눈초리를 뒷등으로 받으며 만석은 거의 기다시피 비척거리며 현관문을 나섰다.

"놈을 보내주어라!"

주위를 에워쌌던 청천대의 무사들이 만석의 앞을 막아서자 금기린이 소리쳤다. 그러자 청천대의 무사들이 썰물처럼 뒤로 물러났다.

'제길. 아직도 멀었다니까.'

흡자결로 금기린의 경력을 흡수해서 사그라뜨리려 했지만 그것은 만석이 한 번도 시도하지 않은 모험이었다.

내상을 입긴 했지만 그 한 번의 무모한 모험이 만석을 죽음의 위기에서 구해준 것이었다.

'하여간 그녀에게 빚을 지고 말았구나.'

자신을 위해 애원하던 금혜지를 떠올린 만석이 고개를 설레설레 저었다. 정확히 말하자면 서로 주고받은 셈이지만 만석은 그녀가 고맙지 않을 수 없었다. 그러나 그뿐이었다.

상대가 누구라도 절대 그냥 목숨은 내놓지 않는다.

그 자리에서 만석이 죽었다면 금기린도 최소 치명상을 입었을 것이라고 만석은 자신했다.

'하나, 자려를 생각해서라도 오늘의 일은 너무 경솔했다.'

만석은 이 순간에도 갑자기 떠오르는 홍자려의 환영을 보고 있었다. 만석의 마음속에 다른 여인이 다가오면 언제나 그녀의 얼굴이 떠오른다. 위기에 처했을 때도 그랬다.

第十二章

똥통 속의 살수

목불인견 중 대견 정만석의 참패!

소문은 쉽사리 퍼졌다. 금기린이 입을 엄금하지 않는 한 소문이야 당연히 퍼질 수밖에 없었다.

밤중에 겁없이 돌아다니던 정만석이 경비 상태를 점검하던 금기린에게 걸렸다는 것이다. 함부로 행동하지 말라고 꾸짖는 금기린에게 정만석이 건방진 태도로 항거했고, 이에 금기린이 단 한 수로 만석을 쓰러뜨렸다는 것이 소문의 전말이었다.

"참, 별것도 아닌 놈이 깝쳐 대었구만."

"큭. 누가 아니래? 난 또 장강의 수적들을 해치웠다는 소문도 그렇고, 금기린 대주와 대등하게 겨루었다고 해서 무림에 신룡이 등장한 줄 알았더니 이제 보니 다 헛소문이었어."

“아암, 그렇구말구.”

듣는 사람 대부분의 반응은 이랬지만 무림맹 정문에서 벌어진 사건을 기억하는 사람들은 고개만 갸웃거렸다.

“그것참. 그때 보니 정말 엄청나지 않았어?”

“그래. 난 대체 이해가 안 가는군. 소문이야 믿을 게 못 되니 무슨 다른 사정이 있을 거야.”

그들끼리는 이렇게 수군거렸지만 대놓고 얘기할 성질은 아니었다.

두둥둥둥!

큰북이 울리는 소리가 연이어 들린다.

개파대전이 열리는 대연무장.

일부 뼈대만 구성된 무림맹이라고는 하지만 수백 명의 무림맹 무사들이 진초록 무복을 걸치고 정연하게 도열한 모습은 하늘을 찌를 것 같은 드높은 기상을 느끼게 했다.

“와아아! 무림맹 천세! 천세, 천천세!”

식이 진행될수록 분위기는 한층 고조되었고, 하늘이 무너질 듯한 함성이 연이어 무림맹 전체를 들었다 놓았다.

이렇듯 무림맹 전체가 잔치 분위기로 돌아가고 있었지만 만석은 숙소에서 꼼짝도 하지 못했다.

침상에 누운 만석의 머리맡을 지키던 소이와 우거형이 아무 걱정 말라고 등을 떼미는 만석에게 밀려 나가고, 마지막까지 남았던 빙한설도 혼자 있고 싶다는 만석의 말에 숙소를 떠나 대연무장을 기웃거리고 있을 때,

무중살객 운산은 만석의 숙소 옆, 백양나무 숲 그늘에서 숙소 안으로 주의를 집중하고 있었다.

만석이 금기린에게 당해 중상을 입었다는 소문을 운산이 못 들었을 리가 없다. 비록 만석의 박달목봉에 다친 왼 어깨가 덜렁거리기는 하지만 이제야 청부를 완수할 수 있다는 기쁨으로 운산의 마음은 터질 듯한 희열로 가득 차 있었다.

이렇게 좋은 기회가 또 있을까?

개파대전이 벌어지는 대연무장과 외곽의 경계는 여전히 삼엄했지만 객청 주변은 개미새끼 한 마리 보이지 않는다.

'아무도 없다고 생각할 때가 실은 위험한 때야.'

운산이 목을 돌려 굳어진 근육을 푸는 시늉을 하며 자연스럽게 주변을 살폈다.

살수를 펼치기 전에는 언제나 심신을 풀어줘야 한다.

가끔씩 불어오는 후덥지근한 바람에 고개를 주억거리는 풀잎을 손으로 희롱하는 운산의 모습은 한가하기까지 했다.

눈에 안 띄는 평범한 옷차림에 작고 왜소한 체구, 한 번 보면 쉽게 잊혀질 것 같은 보잘것없는 외모의 운산이다.

그런 운산을 주목할 사람이 있기나 할까?

그때,

"아저씨, 여기서 뭐 하세요?"

'엉?'

마음을 놓아도 너무 놓아버렸던가 보다.

중천에 뜬 햇살을 받아 짧은 그림자가 눈앞으로 어른거리는

가 싶더니 겨우 십여 살로 보이는 꼬맹이가 빤히 운산을 내려
다보고 있었다. 얼굴이 얼마나 더러운지 커다란 눈만 깜빡이
는 조그만 아이는 성별도 짐작이 가지 않았다. 자신의 어린 시
절을 떠올린 운산의 입가에 슬며시 웃음기가 떠돌았다.

'개방의 거지 아이인가?'

운산의 짐작은 그랬다. 아이, 그것도 보통이 거지 아이가 무
림맹에 들어올 수는 없다.

"임마, 뭐 하긴. 보면 모르냐? 아무 일도 안 하고 있지."

꼬마가 얼굴을 갸우뚱하며 운산의 얼굴을 살핀다.

"하긴 키가 작아서 가봤자 구경도 못하겠네."

"뭐? 구경하고 키가 작은 것하고 무슨 상관이냐?"

"에이, 아저씨가 몰라서 그래. 사람들이 하도 빽빽하게 둘러
서서 키가 작으면 안이 보이지도 않는걸?"

"야, 이놈아! 나뭇가지에 올라서서 보면 될 거 아니냐!"

"쳇. 거기도 벌써 사람들로 꽉 찼어. 나도 거기 갔다가 속은
안 보이지, 그래서 심심해서 돌아다니고 있는걸."

놈이 첫마디만 존댓말을 쓰더니 그 다음부터는 순 반말이었
다.

'고놈 참, 맹랑한 녀석일세?'

운산은 되레 잘됐다 싶었다. 어차피 만석과 마주쳐도 얼굴
을 알아볼 리도 없지만 요 꼬마하고 대화를 나누고 있으면 누
구도 운산의 정체를 의심하지 않을 것이다.

그런데 아이가 할 말을 다 한 양 고개를 돌려 객청을 기웃거

리자 뭔가 느낌을 받은 운산이 불쑥 물었다.

"너, 지금 누구 기다리냐?"

"참. 여기 언제부터 있었어?"

"그건 왜?"

"응. 만석 아저씨 봤나 해서."

'어? 이 녀석이 그자를 안단 말인가?

경각심이 든 운산이 약간 주저하면서 물었다.

"아, 아는 사이냐?"

"아니, 몰라. 근데 워낙 유명하잖아?"

"유명한 거하고 네가 그 친구 찾는 것하고 뭔 상관인데?"

"칫. 어떻게 생겼는지 궁금하잖아?"

"녀석. 궁금한 것도 많구나."

"그 아저씨 우리 거지들의 우상인걸 뭐. 하인 출신에 그만한 사람이 어딨어, 그치?"

"그야 그렇다만… 음… 나가는 것은 못 봤긴 한데……."

운산이 떨떠름해하며 대답하자,

"아, 그럼 안에 있겠네?"

하고 쫑알거리며 눈을 반짝이던 아이가 쪼르르 객청으로 달려가면서 소리쳤다.

"아저씨, 그럼 이따 봐요!"

"이, 인석아!"

벌떡 일어서며 아이를 붙잡아 말리려던 운산이 무언가 기척을 느끼고 움찔하며 동작을 멈추었다.

그의 감각에 닿아온 느낌은 목표물이 움직이고 있다는 것이었다.

침상에 누운 채 만석은 대라무적공 중 운기요상법으로 내상을 치료하고 있었다.

하지만 이마에서 땀만 삐질거리며 흘러나올 뿐 쉽게 일이 진척될 리가 없었다.

"츳. 어렵군, 어려워."

그러나 내상은 쉽게 건드릴 수 있을 만큼 간단하지 않았다.

무리하다가는 잘못하면 주화입마에 걸릴 수도 있었다.

쉬엄쉬엄하며 운기요상을 진행시키던 만석은 아랫배가 살살 아파오는 것을 느꼈다. 그제야 만석은 사흘에 한 번, 새벽 시간에 가던 뒷일을 내상 때문에 거른 것이 생각났다.

"하, 그것참."

왠지 비참한 기분이 된 만석이 상체를 일으켜 세우다 얼굴을 와락 찌푸렸다.

주먹만큼 살이 타버린 목 바로 아래 가슴 부위가 바짝 땡기며 아파오고 내장이 뜨거운 열기로 뒤틀리며 뼛골을 생으로 태우는 것 같은 고통이 치민다.

"크으윽!"

그러나 뒷간에 가려면 일어나야 한다.

'응? 누구지?'

오만상을 찌푸리며 간신히 몸을 세운 만석의 눈이 빼꼼 열린 문으로 향했다.

복도를 통해 조심스럽게 다가오던 발길이 문 앞에서 멈춘 것이다.

만석이 잠시 그러고 있자니 작고 시커먼 얼굴이 살짝 문틈을 비집곤 만석을 보고 배시시 웃는다.

"에헤헤! 아저씨, 안녕하세요?"

'이제 보니 거지 아이로군.'

더덕더덕 기운 걸레 같은 옷에 태어나서 평생 씻지 않은 것처럼 시커먼 때로 치장한 얼굴.

"네가 보다시피 안녕하지 못하다."

"어머머? 진짜 크게 다친 모양이네?"

'응? 여아란 말인가?'

저렇게 더러운 아이가 여자라니. 의외라고 느낀 만석이 눈을 크게 뜨자 아이가 얼른 다가와 만석이 팔을 부축했다.

"어디 나가시려는 거 맞지?"

"응? 그, 그래. 네가 부축까지 할 필요는 없다."

"어마, 그럴 수야 있어? 음. 아픈 사람은 항상 도와줘야 한다고 사부님이 입버릇처럼 말씀하시는걸."

"호오? 네 사부님이 누군데?"

"에이, 말해줘도 모를 거예요. 그냥 그런 줄 아세요."

녀석이 시치미를 딱 뗀다.

"핫하하. 그래, 그렇단 말이지? 으으윽!"

자기도 모르게 웃음을 터뜨리던 만석이 가슴에서 갑작스런 통증이 치밀자 몸을 구부렸다.

"어머머! 진짜 심하신가 보다. 그러게 뭣 하러 몸을 움직여? 내 어깨를 짚고 천천히 침상에 앉아."

"핫하. 네 말은 고맙다만 난 지금 뒷간으로 가야 한다."

"으응? 뒤, 뒷간?"

"앗하하하하!"

여자 아이가 큰 눈을 잔뜩 찡그리며 몸을 주춤하자 만석이 다시 웃음을 터뜨렸다.

'뭣? 뒷간으로 간다고?'

이렇게 되면 사정이 또 달라진다. 중상을 입었다고 해도 실제 눈으로 직접 확인하기까지는 마음을 놓을 수 없었다.

운산은 그가 어깨를 다친 상태에서 떠올린 마지막 수단을 떠올리지 않을 수 없었다.

아무도 없다고 하지만 여기는 용담호혈의 무림맹, 게다가 백주대낮이다. 중요한 순간에 방해자가 나타날지도 모른다.

생각은 길었지만 행동은 빨랐다. 객청에서 가장 가까운 뒷간으로 달려가는 운산의 발길은 활기로 그득했다.

'커흑!'

이렇게 지저분할 줄이야!

명색이 무림맹의 뒷간이었다. 그런데 밤새 과음한 사람들이 토해놓았는지 뒷간은 어느 칸이나 마찬가지로 각종 오물로 뒤덮여 있었다. 아마도 행사 준비에 바쁜 사람들이 깜빡하고 넘어간 모양이었다.

그러나 한두 번 뒷간을 이용한 것이 아닌 바에야 더럽다는 생각은 금세 사라졌다.

십여 칸으로 이루어진 뒷간이다. 만석이 어느 칸으로 들어올지 모른다. 그러나 똥통 속은 모두 통해 있다.

똥통 속에 들어가 머리만 내밀고 있다가 단 한 번의 칼질로 놈의 항문을 쑤신다. 그러면 끝이다. 품속에서 한 자 길이의 단검을 꺼내 든 운산이 양쪽 소매를 어깨 부위부터 잘랐다. 옷을 입고 일을 하다 보면 똥물에 젖은 소매 때문에 일을 그르칠 수가 있는 것이다.

'크윽! 정말 못할 짓이라니까.'

뜨거운 열이 천지를 달구는 한여름의 초입이다. 서늘한 가을철에도 똥통 속은 변이 부식되는 열기로 뜨거운 판이니 지금은 아예 한증막처럼 땀이 줄줄 흘러내렸다.

게다가 똥 위를 부지런히 무리지어 떠다니며 꼬랑지를 흔드는 희끄무레한 놈들은 보기만 해도 역겨웠다.

'제기. 놈이 몸이라도 성하면 오래 기다릴 필요가 없는데 말이지.'

변속에서 머리만 내민 운산은 그게 못내 아쉬웠다.

그러고 보니 이렇듯 똥통 속에 몸을 담근 것도 꽤 오랜만이었다.

기다림의 시간, 최대한 몸의 근육을 이완시키고 마음을 풀어놓는다. 사람의 집중력이란 오래갈 수 없다. 단 한 번의 결정적인 순간을 위해 모든 긴장의 끈을 풀어두는 것이다.

이럴 때면 언제나 사부의 말이 생각났다.

거지 굴에서 동냥을 하던 어린 거지. 할당량을 채우지 못했다고 죽도록 얻어터지던 그를 구해준 사부가 한 첫마디는,

"너는 너무 작고 평범하게 생겼구나."

두 번째로 사부가 한 말은,

"너의 눈은 세상에 대한 원한으로 가득하구나."

였다.

이렇게 해서 사부를 따라간 운산은 살수가 되었다.

그 후 운산은 살수 수련에 수없이 죽을 고비를 넘겨야 했다.

하지만 운산은 자신의 인생을 후회하지 않았다.

이렇게 사는 것이 그에겐 최선의 선택이었으니까.

운산은 이십 년 전에 천수를 마친 사부가 기회가 있을 때마다 일러주던 말을 다시금 떠올렸다.

"살수에게 두 번은 없다. 단 한 번 살수를 펼친 다음에는 모든 것을 잊어라."

운산은 두 번 손을 쓴 적이 없었다. 십여 년간 그가 행한 이십 번의 살행은 모두 단 일 수에 상대의 명줄을 끊었다.

"정면으로 상대해서 죽일 수 있는 상대는 죽이지 마라. 나는 무

림에서 활동한 삼십 년 동안 단 열 번의 살수를 펼치고도 최고라
는 소리를 들었다."

운산의 청부 대상은 늘 힘겨운 상대였다. 바느질실 끝 같은
틈만 있어도 그는 여지없이 살행을 성공시켰다.

"피 냄새를 잊은 살수는 그때부터 살수가 아니다. 언제나 피 냄
새를 맡아 감각을 유지해라."

운산의 직업은 백정이었다. 하루에도 수십 마리의 소와 돼
지를 죽였다. 정 죽일 것이 없으면 산중에 들어가 호랑이와 늑
대를 죽였다.

"살수에게는 세상 사람 모두가 청부의 대상이다. 정을 주지 말
아라."

운산은 홍화를 떠나는 순간 그녀를 잊었다.

"나는 죽림마원의 절대십마 중 환영살마였다. 훗날 언젠가 죽
림마원 사람들을 만나게 되면 그들을 도와야 하리라. 하지만 너는
내가 아니기에 언제나 자유롭구나."

사부가 마지막으로 한 말이었다. 죽림마원을 도울지 여부는

운산에게 맡긴다는 것에 사부의 진정이 담겨 있는 것이다.

"후욱, 후우욱!"

전신에 끼쳐 오는 열기는 내장마저 삶아버릴 것처럼 뜨거웠다.

그러나 운산은 오히려 즐거움을 느꼈다.

살을 태울 듯한 열기는 그의 살심을 더욱 부추기는 역할을 하고 있는 것이다. 일이 어려울수록 희열을 느낀다. 운산이 가진 최대의 장점이었다.

숙소에서 뒷간까지는 겨우 십여 장 거리.

그러나 만석의 발걸음은 더디기만 했다. 한 발짝 옮기고 잠시 쉬고, 두 발짝 옮기고 하늘을 본다.

지금 만석은 걸음을 옮기면서도 대라무적공의 운기요상법을 시전하고 있는 것이다.

그러다 보니 아랫배를 갈구던 변통도 길게 내쉬는 호흡에 묻혀 어느새 사라지고 있었다. 변의(便意)를 참는다는 것은 쉬운 일이 아니다. 그러나 예부터 적에게 암습당하기 가장 쉬운 곳이 잠자리와 뒷간이었다. 만석은 자신에게 다가왔던 이상한 기운을 느끼면서 줄곧 생각한 것이 있었다. 그 기운을 가진 자가 만약에 자신을 노리는 살수라면 어떻게 되었을까. 죽지는 않더라도 쉽게 회복치 못할 상처를 입을 수도 있었다.

그러면 끝장이다. 무림에서 일 대 일로 싸우는 경우는 오히려 많지 않은 것. 적은 하나가 아닌 것이다.

'제기! 놈이 굼벵이 젖 먹고 자랐나, 왜 이리 느리냐?

줄곧 유지되어 왔던 평정심이 무너지려 하고 있었다.

십여 장이 될까 말까 한 지극히 짧은 거리.

무림인이라면 한 호흡에 올 수 있는 거리다.

그런데도 놈의 기척을 보니 일각 동안에 반도 오지 못했다.

'놈이 똥 마렵다는 소리는 거짓이었단 말인가?

그도 너무도 잘 안다. 벌써 사흘 동안 변을 보지 못한 자가 변의를 느끼면 참지를 못한다. 그런데도 놈은 없는 똥을 만들어 오는 것처럼 느리기만 했다.

'제기랄. 제발 얼른 오란 말이야!

시간이 꽤 지나서일까? 처음 똥통에 들어올 때 맡아야 했던 고약한 냄새가 다시금 의식되며 골머리를 헤집고 있었다.

눈앞이 희미해지고 귓속에서는 벌레 울음소리가 들리는 것 같았다. 부상당한 왼쪽 어깨의 통증은 한층 심해지고 변 밖에 내민 단검을 잡은 손에는 진땀이 잔뜩 잡혔다.

똥물에 잠긴 목 아랫부분이 갑작스레 뻣뻣해지면서 마비가 되고 있었다.

'크으으. 이러다간 똥독이 올라 똥통 속에서 죽고 말겠어.'

운산은 마음껏 심호흡을 해서 참기 힘든 고약한 냄새를 몰아내고 싶었다.

하지만 부상을 입었다고 해도 놈은 절정고수. 겨우 오 장 떨어진 거리에서 기척을 낸다면 놈의 예리한 감각에 그대로 걸려들 것이다.

숨 쉬기가 곤란해지니 몸을 움직이고 싶어 마음이 조급해졌다.

어서 똥통을 벗어나 밖으로 나가 신선한 공기를 마시고 싶었다.

하지만 운산은 신선한 공기를 마시는 대신에 심신을 안정시키는 방법을 알고 있었다.

그 방법이란 다른 생각을 하는 것이었다.

'제기. 똥독은 그렇다 치고 여기서 나가서 피부가 벗겨지도록 박박 씻어도 평생 똥 냄새가 남아 있을 것 같단 말이야.'

운산은 쓸데없는 걱정이라는 것을 알면서도 그 생각이 문득 들었다. 사실 무서운 것은 똥독에 중독되는 일이었다.

이런저런 상념 속에 빠져 있던 운산의 의식이 깨어난 것은 만석의 발이 뒷간 문 앞에 멈췄을 때였다.

'놈이 왔다!'

그렇게 느껴지자 갑작스레 온몸의 세포가 알알이 깨어나며 비명을 질러대는 것 같았다. 잠시 후면 이 지옥 같은 똥통에서 벗어날 수 있다.

그러나 몸이 아우성을 쳐대는 것과는 반대로 운산의 마음은 거울 속을 보는 것처럼 깨끗해졌다. 차가운 감각이 운산의 살의를 날카롭게 갈아세우고 있는 것이었다.

열 개의 뒷간 문을 차례로 열어본 만석이 다시 처음으로 돌아왔다. 더럽긴 하지만 다른 곳보다는 깨끗하다.

벌컥!

다시 문이 열릴 것이다. 그리고 놈이 주춤거리며 안을 살핀다. 놈에게 선택의 여지는 없다. 놈이 더럽다고 투덜대는 소리가 들리는 듯하다.

변기통 위에서 허리띠를 풀고 엉덩이를 깐 놈이 조심스럽게 쪼그리고 앉겠지. 놈의 항문에서 살짝 굳은 첫 번째의 분비물이 나올 때, 그때가 가장 좋은 기회다.

단 한 번! 두 번이 있을 턱이 없다.

운산의 단검은 절대 목표물을 놓치지 않을 것이다.

인체에서 가장 취약한 항문 살이 자신의 단검에 찔려 푸들푸들 떠는 모습이 운산의 눈앞에 선하게 떠올라왔다.

'놈! 나 운산을 만난 것을 하늘에 원망해라!'

쓰러진 놈의 멱살을 잡아 흔들면서 하고 싶은 말이었다.

'제기. 근데 왜 이리 허전하냐?'

막상 성공이 눈에 빤히 보여서 그런가? 운산은 자신의 품속에 빨간 속곳이 없는 것이 아쉬웠다.

『허공답보』 3권으로

무한 상상 · 공상 세계, 청어람 신무협 & 판타지

『한백무림서』 11가지 중 『무당마검』, 『화산질풍검』을
잇는 세 번째 이야기 『천잠비룡포』의 등장!!

천잠비룡포(天蠶飛龍袍) / 한백림 지음

천상천하 유아독존!!
새로운 무림 최강 전설의 탄생!!

『천잠비룡포』
(天蠶飛龍袍)

천잠비룡황, 달리 비룡제라 불리는 남자.

그는 누군가의 명령을 받고 움직이는 남자가 아니다.
그는 자신의 적을 앞에 두고 물러나는 남자가 아니다.
그는 자신의 이름 안에 있는 자들의 원한을 결코 잊는 남자가 아니다.

그 누구보다도 결정적이고 파괴력있는 면모를 지닌 남자.
황(皇)이며, 제(帝). 그것은 아무나 지닐 수 있는 칭호가 아니다.
그는 제천의 이름으로도 제어할 수가 없는 남자였다.

무적의 갑주를 몸에 두르고
가로막은 자에게 광극의 진가를 보여준다.

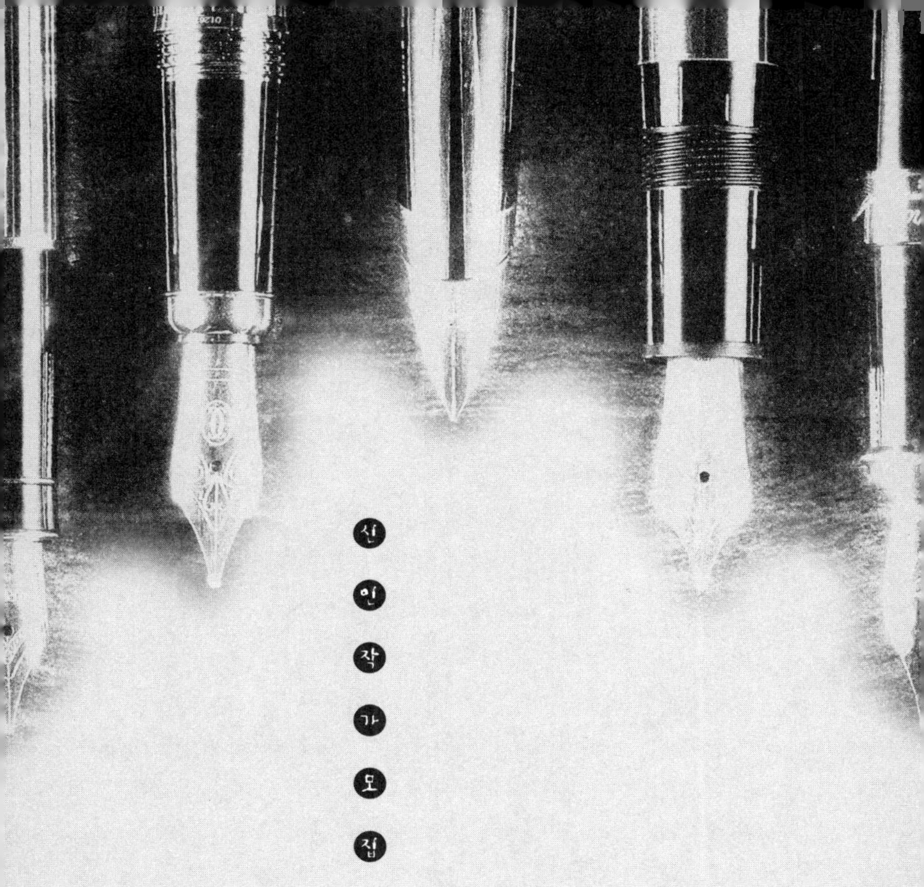

신
인
작
가
모
집

다세포 소녀 원작 만화 출간!!

전국 서점가 최고의 화제작!
OCN 슈퍼액션 드라마 시리즈 방영!

왜? 사람들은 다세포 소녀에 주목하는가!
상식을 뒤엎는 기발하고 엉뚱한 상상력!

『다세포 소녀』의 숨겨진 힘!!

다세포 소녀 원작만화 (전 5권 예정)
B급 달궁 글·그림 | 값 9,000원 / 부록 예이츠 시집

몇 페이지만 읽어도 좌중을 휘어잡을 이야깃거리가 넘쳐난다!
둔감해진 머리에 영감을 주는 아이디어가 마구마구 솟구친다!
원작을 더욱더 빛내주는 기발한 댓글 퍼레이드!
300만 다세포 폐인을 열광시킨 상식을 뒤엎는 엉뚱한 상상력!

또 하나의 이야기! 또 하나의 재미!
소설 『다세포 소녀』

초우 장편소설 | 값 9,000원 / 원작자 B급 달궁

"그건 모르겠고, 나는 외눈의 사랑이야. 사랑을 줄 수는
있어도 마주 할 수 없는 사랑이지. 두 눈을 가진 사람은 주
고받을 수 있지만, 나는 주는 것만 할 수 있어. 나는 주는
사랑으로 족해. 외사랑이지."
－외눈박이

초등학생이 반드시 읽어야 할 좋은 책 49권

각 학년별로 초등학생이 반드시 읽어야할 좋은 책을 선정하여 통합논술의 기본이 되는 '올바른 독서법'을 일깨워 줍니다.

교과서와 함께하는
초등학교 통합논술

초등1학년 | 값 12,000원 | 초등2학년 | 값 9,500원 | 초등3학년 | 값 11,000원 | 초등4학년 | 값 9,500원 | 초등5학년 | 값 9,500원 | 초등6학년 | 값 11,000원

♣ 혼자 할 수 있어요.

엄마가 책 읽는 방법을 가르쳐 주어도 좋아요.
독서지도하는 선생님이 가르쳐 주어도 좋답니다.
"초등 교과서와 함께하는 통합논술 시리즈"는
아이 스스로 독서할 수 있도록 꾸며진 책이에요.
엄마와 선생님은 요령만 가르쳐 주시면 된답니다.

♣ 교과서의 중요한 내용이 총정리되어 있어요.

각 학년별로 중요한 교과 내용이 함께 수록되어 있어요.
초등학생은 교과서 내용을 충실하게 공부해야합니다.
아울러 그와 병행한 독서가 대단히 중요하지요.
"초등 교과서와 함께하는 통합논술 시리즈"는
두 가지 방법 모두 알려준답니다.

♣ 이 책은 훌륭하신 선생님들이 함께 쓰신 책이랍니다.

동화작가 선생님들이 쓰셨어요. 소설가 선생님도 쓰셨답니다.
국어 논술독서지도 선생님들도 함께 쓰셨지요.
"초등 교과서와 함께하는 통합논술 시리즈"는
엄마의 마음으로 모든 선생님들이 함께 꾸민 책이랍니다.

입소문을 통해 아는 분은 다 알고 계십니다!
올 한해 공인중개사 최고의 화제작!

1~2권 합본 | 이용훈 지음
3~4권 합본 | 이용훈 지음
5~6권 합본 | 이용훈 지음
용 어 해 설 | 이용훈 지음
1~2차 문제풀이집 | 이용훈 지음

수험생 기본 필독서
만화 공인중개사

제목 : 만화공인중개사 쓰신 분에게 감사드립니다.

학원을 두달 다녔어요. 근데 과연 그 숫자 와우기 그런게 몇 문제나 나올까 생각을 했어요.
아니라는 생각이 드네요. 학원강의를 뒤로 하고 서점을 갔어요. 내 머리에 가장 이해될 수 있는
책이 없나 하구요. 거기서 만화를 발견했어요. 무조건 세번 봤어요. 3개월 걸렸어요. 문제집을
보라고 했는데 그건 시행을 못했어요. 근데 합격을 했네요.

어떻게 감사의 말을 해야 될지…

도서관에서 만화책 들고 다니니까 사람들이 비웃더라구요. 만화책으로 공인중개사를 공부한
다고 미친사람처럼 보더라구요. 근데 그거 다 감수하고 했던 내가 자랑스럽습니다.

어떻게 감사의 말을 해야 할지 정말 감사합니다.

부디 행복하세요. 제 나이 41살에 좋은 스승을 만난 거 같습니다.

엎드려 감사드립니다.

-본사 홈페이지에 독자분이 올린 메일 中 에서 발췌-

잘나가고 싶은 사람은 읽어라!

그에게 한눈에 반했다! 그것은 분위기 탓?
애인과 나란히 걸어갈 때 당신은 좌, 우 어느 쪽에 서는가?
이성은 왜 서로 끌리는 걸까? 그 심층 심리를 해명한다!

30초의 심리학

■ 30초의 심리학
아사노 하치로우 지음 / 계일 옮김 | 값 8,500원

처음 본 사람인데 와 닿는 느낌이
너무나도 강렬한 사람이 있다.
흔히 하는 말로 '필이 꽂힌 사람',
그래서 잊혀지지 않는 사람,
한눈에 반했다고 하는 것이 바로 그것이다.
이런 인간의 감정을 논하는 데
남녀의 구분이 있을 수 없다.
사랑하는 그, 혹은 그녀를
생각하는 것만으로도 가슴이 두근거린다.
이상할 것 없다. 당연히 그럴 수 있는 것이다.
그렇기에 인간을 감정의 동물이라 하지 않는가.
그러나 그렇게 좋아하는 그 사람이
어느 날 갑자기 싫어지는 경우는 왜일까?

Psychology